中国作家协会脱贫攻坚题材报告文学创作工程

神山印象

一个村庄 的 脱贫攻坚史

SHENSHAN YINXIANG
YI GE CUNZHUANG DE TUOPIN GONGJIAN SHI

丁晓平————

著

江西高校出版社
JIANGXI UNIVERSITIES AND COLLEGES PRESS

图书在版编目（CIP）数据

神山印象：一个村庄的脱贫攻坚史 / 丁晓平著. —南昌：江西高校出版社，2020.9

ISBN 978-7-5762-0229-8

Ⅰ. ①神… Ⅱ. ①丁… Ⅲ. ①报告文学—中国—当代 Ⅳ.①I25

中国版本图书馆 CIP 数据核字（2020）第 163177 号

出 版 发 行	江西高校出版社
社 址	江西省南昌市洪都北大道 96 号
总编室电话	(0791)88504319
销 售 电 话	(0791)88517295
网 址	www.juacp.com
印 刷	浙江海虹彩色印务有限公司
经 销	全国新华书店
开 本	700 mm × 1000 mm 1/16
印 张	18
字 数	210 千字
版 次	2020 年 9 月第 1 版
印 次	2020 年 9 月第 1 次印刷
书 号	ISBN 978-7-5762-0229-8
定 价	58.00 元

赣版权登字-07-2020-865

本书照片除署名外，均由井冈山市茅坪乡和神山村提供。

目 录

丁晓平/摄

引言

带一本书去神山

世界上有神山吗？

你知道神山在哪里吗？你不知道的话，就不知道神山有多神。

你去过神山吗？你没去过的话，就不知道神山有多美。

古人云："山不在高，有仙则名；水不在深，有龙则灵。"

神山确实不算太高，最高海拔也不过 1200 多米，但今天的神山真的有名了，而且神气起来了。

神山为什么有名？

神山为啥这么神气？

神山又美在哪里？

其实，我要告诉你的神山，并不是一座山，而是中国一个村庄的名字。我还要告诉你，这个名叫神山的小村庄，它真的藏在一座"神山"里——这座山就是闻名天下的神圣又神奇的井冈山。

有一首歌叫《井冈山道路通天下》，它在中国曾家喻户晓、人人传唱："红太阳照亮了井冈山，武装了工农千百万。伟大的领袖毛主席，历史的关头指航向。建立根据地，展开游击战。星星之火可以燎原。井冈山道路通天下，枪杆子里面出政权。"——这是井冈山的神圣。

有一首歌叫《人民军队忠于党》，所有当过兵的人都唱得澎湃激昂："雄伟的井冈山，八一军旗红，开天辟地第一回，人民有了子弟兵。从无到有靠谁人，伟大的共产党，伟大的毛泽东。"——这是井冈山的神奇。

神圣又神奇的井冈山，是一座革命的神山，也是一座神秘的山。在这里，中国共产党人带领人民用生命、鲜血和智慧写下了历史的神话，创造了伟大的"井冈山精神"，这一精神成为中国共产党和中国人民取之不尽、用之不竭的宝贵精神财富。

井冈山精神代代传，红色基因代代传。

因为神圣，人们敬仰井冈山。

因为神奇，人们热爱井冈山。

因为神秘，人们向往井冈山。

然而，在这神圣、神奇和神秘的高光、亮丽、荣耀的背后，也曾隐藏着许多鲜为人知的关于贫穷、贫困、贫苦的故事。这些故事，如同藏在深山皱褶里的传说一样，已经渐渐成为茶余饭后爷爷奶奶们老掉牙的谈资，慢慢地变得古老并随着岁月流逝而淡出人们的视野，不再是在新时代成长起来的孩子们的童年记忆。

历史没有走远，并非很久很久的从前。

历史不会忘记，时间距离我们很近很近。

2019年9月，应人民文学杂志社的邀请，我参加了中国作家协会召开的"脱贫攻坚题材报告文学创作工程"启动座谈会。"十一"黄金周一结束，我便在第一时间赶往神山村采访调查，第一次走进了井冈山。

说实话，此前，我从来没有想到，也从来没有想过，以闻名天下的"天下第一山"井冈山命名的井冈山市(江西省吉安市代管的县级市)竟然是全国著名的贫困县。作为一名军人,我也没有想到,我第一次来井冈山竟然让自己的人生与伟大的脱贫攻坚斗争联系在一起。

你还记得《八角楼的灯光》吗?

你还记得《朱德的扁担》吗?

你还记得《井冈翠竹》吗?

井冈山曾经用红米饭、南瓜汤滋养了一支人民的军队,壮大了一个人民的政党,成为中国革命的摇篮,是中国共产党人的精神高地,但它竟然也曾是一块经济发展的洼地。人们不禁要问——这是为什么?问题到底出在哪里?而在脱贫攻坚的战场上,井冈山人民在党和政府的领导下,又是如何打响脱贫攻坚的"第一枪",率先实现脱贫致富奔小康的梦想的呢?

就是带着这些疑问,我来到了井冈山,走进了神山村,见到了神山人,听到了神山的声音,看到了神山的笑脸,找到了神山的答案。

为了写好神山,我随身带了三本书:一本是《毛泽东选集》第一卷,一本是习近平的《摆脱贫困》,一本是费孝通的《乡土中国》。

在神山,我和乡亲们同吃同住同劳动,一起生活了整整一周的时间,完成了我的"朝圣"之旅。

现在,就跟着我,带着这本书,去神山吧!

我们一起去看神山,去看看一个村庄的脱贫攻坚史,看看一个村庄里的乡土中国。那里有你喜欢的蓝天白云,那里有你喜欢的青山绿水,那里还有你记得住的乡愁……

上篇：天时

不了解农村，不了解贫困地区，不了解农民尤其是贫困农民，就不会真正了解中国，就不能真正懂得中国，更不可能治理好中国。

——习近平《在参加十二届全国人大二次会议贵州代表团审议时的讲话》（二〇一四年三月七日）

"你呀,不错嘞!"

1

神山村的父老乡亲,永远都不会忘记2016年2月2日这一天。对他们来说,这一天,不再仅仅是一年365天中的一天,也不再仅仅是时间概念上的日子。

是的,这一天,对神山村来说,是乡亲们一辈子从来不需想起永远也不会忘记的美丽时光。因为这个日子,已经被历史记住,并成为国家历史的一部分。

历史是时光的雕刻师。

2016年2月2日这一天,是农历小年。

下雪了,是雨夹雪。雪是从昨天开始下起来的。雪花飘飘,银装素裹,这是老人和孩子们都欢喜的——瑞雪兆丰年嘛。但这一场不大不小的雪,让神山村的乡亲们多了一丝担心,也多了一份期待,他们的盼望也愈加强烈了。

乡亲们在担心什么呢? 他们又在盼望什么呢?

原来,中共中央总书记、国家主席、中央军委主席习近平要在这一天来神山村看望乡亲们,看一看乡亲们是如何开展脱贫攻坚工作的,看一看乡亲们在奔小康的道路上走得怎样,听一听乡亲们还有什么要求,听一听扶贫干部还有哪些困难。几天前,乡亲们就知道了这个天大的喜讯,这是村庄有史以来最大的新闻。人们欢欣鼓舞奔走相告,兴奋得几天几夜没有睡好觉。小山村沸腾了!可是,可是,这老天爷忽然从天空上撒下了雪花,还下起了小雨。乡亲们担心的是,来神山村的崎岖山路更加难走了,山高路险,路窄沟深,总书记还会不会来呢?

神山村的乡亲们在焦心地等待着,渴盼着,念叨着……

过小年了,孩子们放假了,在外面打工的年轻人也回家了,家家户户张灯结彩,乡亲们贴上红对联,挂上红灯笼,还要蒸上几笼新鲜的米果子,打上几斤糯香的糍粑,招待亲戚好友。年味真的是越来越足了。

这天清晨,已经两天两夜没睡好的老支书彭水生早早地起床了。他打开家门一看,小雨已经停了。他抬头望望天,像小星星一样闪烁的雪花儿若无其事地从天空落下来,粘在脸上,有一丝丝很舒服的凉意,沁人心脾,却又好像跟老人捉迷藏的小孩,瞬间不见了踪影。他开心地笑了:"老天爷,你真是好样的,给我们神山老百姓长了脸。"

神山村和井冈山的许多村庄一样,是一个典型的"八山一水一分田"的边远山区,气候多变,雨水较多,具有"同山不同季,十里不同天"的气候特征。天公作美,和彭水生一样,神山村的乡亲们现在终于不用担心了,他们已经做好了所有的准备,欢天喜地地打开家门,等待着他们最尊贵的客人——习近平总书记的到来。

2016年,是党中央和国家"十三五"规划的开局之年,也是全面建成小康社会进入决胜阶段的开局之年。新年伊始,习近平总书记来到了"中国革命的摇篮"——井冈山。这是习近平总书记第三次来到井冈山。前两次分别是 2006 年和 2008 年。

——2006 年 3 月,时任浙江省委书记习近平和时任省委副书记、省长吕祖善率领的浙江省党政代表团,到江西这块红土地上接受革命传统特别是井冈山精神的教育。

——2008 年 10 月,时任中共中央政治局常委、中央书记处书记、国家副主席习近平在江西调研考察期间,专程到瑞金瞻仰了第一次、第二次全国苏维埃代表大会会址等革命旧址,到井冈山瞻仰了茨坪革命旧居旧址群并参观了井冈山革命博物馆,向瑞金红军烈士纪念塔和井冈山革命烈士陵园敬献了花篮、花圈。习近平饱含深情地说,无数革命先烈用鲜血和生命换来的江山,为我们创造美好生活奠定了坚实基础,他们留下的优良传统是永远激励我们前进的宝贵财富,任何时候都不能丢。

2015 年 3 月 6 日,习近平总书记在参加十二届全国人大三次会议江西代表团审议时,接到了代表们向他发出的邀请。他愉快地接受了邀请,殷殷嘱托:决不能让老区群众在全面建成小康社会进程中掉队,立下愚公志、打好攻坚战,让老区人民同全国人民共享全面建成小康社会成果。

2

"您晕车吗,丁老师?"就在我准备抬脚上车的一刹那,小罗忽然跑过来关心地问我。

"当兵的人，不晕车。"我笑着回答道，心里暗暗地为小罗姑娘的细心而感动。

小罗名叫罗相兰，是井冈山市扶贫办的职员，文静淑雅，落落大方。在北京与她通话时，每次挂电话前她都要说上一句"好喔"，柔柔的，暖暖的，一种久违的亲切油然而生。或许因为她弟弟也当过兵，我们的心理距离更近了。小罗来扶贫办工作才一年时间，但对井冈山的扶贫攻坚工作如数家珍，了如指掌。

汽车的引擎已经发动了。现在，她就要带着我去一个三年前连神仙也不知道的小山村。这个小山村却有一个十分好听的名字，叫"神山"。

神山村位于罗霄山脉的深处，在黄洋界北坡的山脚下，距离井冈山市区一个多小时的车程，是茅坪乡的一个自然村，也是井冈山 106 个行政村中贫困程度最深的一个。有民谣唱道："神山是个穷地方，有女莫嫁神山郎。走的是泥巴路，住的都是土坯房，穿的是旧衣服，红薯山芋当主粮。"

沿着井睦高速开了不到半个小时，我们的车就转入了 220 国道，再转入"村村通"公路。通过导航的地图，我们可以看到，这道路就像是一根细细的面条，麻花般缠绕、重叠在一起。巍巍井冈山，层峦叠嶂，郁郁葱葱，风光旖旎。汽车在山道上盘旋，忽高忽低，忽上忽下，一会儿高入云端，一会儿深潜谷底，荡漾在绿色的海洋里。此时，我才明白小罗为什么询问我晕不晕车。

"一山未了一山迎，百里都无半里平。"此情此景，让我顿时想起毛泽东主席 1965 年 5 月重上井冈山时写的诗词《念奴娇·井冈山》：

参天万木，千百里，飞上南天奇岳。故地重来何所见，多了楼台亭阁。五井碑前，黄洋界上，车子飞如跃。江山如画，古代曾云海绿。

弹指三十八年，人间变了，似天渊翻覆。犹记当时烽火里，九死一生如昨。独有豪情，天际悬明月，风雷磅礴。一声鸡唱，万怪烟消云落。

历史没有走远，现实也非常逼真。如今，时光走过了 55 个春秋。江山依然如画，人间则是"变"了。与当年毛泽东重上井冈山的时候相比，今日的井冈山又岂是一个"变"字所能概括的呢？即使在"变"字前面再加上一个"巨"字，似乎也难以准确地形容井冈山翻天覆地的变化。

车过黄洋界，我告诉小罗："这是我第一次到井冈山。作为一

群山拥抱的
神山村

名军人,我是带着一种朝圣的心情来的。"但是,我也没有想到,第一次来井冈山竟然让自己的人生与伟大的脱贫攻坚斗争联系在一起。然而,这一路上,哪里能看到贫困的影子呢?一座座白墙黛瓦的民居,如同白云般浮在山间,与绿色的大山融合在一起。只要你愿意按下手机快门,就能随时随地摄取一幅幅山居美景图;如果你愿意分享朋友圈,朋友圈的内容肯定能让久居城市的朋友们惊羡不已。

小罗笑着说:"神山村是井冈山最后一个通水泥路的村庄。习近平总书记也是沿着我们今天走的道路来神山村的,不过那时的路还没有今天这么好。"

要致富,先修路。在神山村住了一个星期后,我才知道,15年前,这里连自行车都骑不进来,哪里还有机会晕车呢?

3

2016年2月2日,井冈山人民永远不会忘记这一天。

这一天,习近平总书记特地把时间选在猴年春节前,应约而至,首站就是井冈山。这是他担任总书记以来,第四次春节看望基层群众:第一年甘肃,第二年内蒙古,第三年陕西,这一次就来到了江西。他曾经说过:"不了解农村,不了解贫困地区,不了解农民尤其是贫困农民,就不会真正了解中国,就不能真正懂得中国,更不可能治理好中国。"❶这一次来江西井冈山看望老区人民,总书记再次释放了强烈信号:全面建成小康社会,没有老区的全面小康,没有老区贫困人口脱贫致富,那是不完整的。

❶ 2014年3月7日,习近平《在参加十二届全国人大二次会议贵州代表团审议时的讲话》。

❶ 井冈山革命烈士陵园由纪念碑、纪念堂、雕塑园、碑林组成。纪念堂设有陈列室、吊唁大厅、忠魂堂。井冈山斗争时期有 4.8 万名革命英雄壮烈牺牲，吊唁大厅石碑上镌刻着 15744 名烈士的英名；为纪念 3 万多无名烈士，大厅内特设了一块无名碑。

❷ 八角楼革命旧址群位于茅坪乡茅坪村，1927 年 10 月至 1929 年 2 月，毛泽东同志经常在此居住和办公，领导井冈山革命根据地斗争，写下《中国的红色政权为什么能够存在？》《井冈山的斗争》两篇光辉著作。当年毛泽东居住在进深左侧第四间楼上，其卧室顶有一个八角天窗，故称为"八角楼"。

这一天，雪花飞舞，群山肃立树含情。习近平总书记一大早便前往井冈山革命烈士陵园❶，向革命烈士敬献花篮。他沿着 109 级台阶，拾级而上。在开国元勋、牺牲烈士照片墙和烈士英名录前，习近平总书记认真听取了讲解。他说，多来这里看看很有必要，要让广大党员干部知道现在的幸福生活来之不易，多接受红色基因教育。

这一天，天寒地冻，万木霜天红烂漫。习近平总书记来到茅坪八角楼革命旧址群❷，这里是他向往的地方："我们唱过《八角楼的灯光》……"从"枫石"到中共湘赣边界第一次代表大会会址，从毛泽东、朱德住室到士兵委员会旧址，他认真察看，不时提问，了解情况。听说毛泽东当年住室里的桌、床、凳都是原物，他嘱咐一定要保护好。

这一天，温暖如春，天南地北总关心。在八角楼革命旧址，习近平总书记和全国道德模范龚全珍、毛秉华以及革命烈士后代等围炉而坐，向几位老人家致以新春祝福。习近平总书记说，伟大的理想信念要有扎实的理论基础，井冈山道路是马克思主义中国化的经典之作，从这里革命才走向成功。行程万里，不忘初心。井冈山革命理想教育要坚持下去，希望你们继续做出贡献。

这一天，欢天喜地，一枝一叶总关情。竹影婆娑，山道弯弯。连日的雨夹雪，使冬季的井冈山的道路变得十分湿滑。2 月 2 日上午，习近平总书记乘车沿着蜿蜒的山路辗转来到黄洋界脚下的茅坪乡神山村。天空中飘着小小的雪花，半尺长的冰凌还严严实实地挂在屋檐上，滴滴答答地滴着水。村委会门口，一副崭新的"井冈春早"对联,表达了村民对脱贫和小康的渴盼。上联是"党政倾情心系老区扶真贫",下联是"干群合力创新实干奔小康"。小村家家户户也都贴上了春联,一派喜庆气氛。

在村党支部,习近平总书记走进村党支部会议室,了解基层组织建设和精准扶贫情况,他拿起台账和村居改造的设计图认真察看,仔细翻阅规划、簿册和记录,并不时询问。为总书记介绍情况的是时任茅坪乡党委书记兰胜华,他回忆说:"总书记翻到中间还不时地问我,说这家怎么只有儿子、孙子,我说这家有些特殊情况,家里有变故。他看了很多户,而且每户都仔细看。总书记心系群众,心系人民,对革命老区精准扶贫工作看得很重。"看到总书记还有一些不放心,兰胜华自信地说:"我请总书记放心,说我们有信心,有决心,把神山村的精准扶贫工作抓好,让神山村和茅坪乡全乡人民一同在今明两年摘帽脱贫,让人民过上更幸福的日子。"❶

"总书记这么重视老区脱贫,对我们提出了新期待。"时任神山村党支部书记黄承忠第二天在接受新华社记者采访时说,村里下一步主要是要打好三大脱贫攻坚战役,一个是产业扶贫,大力扶持黑山羊等养殖;二是搞好安居工程,加快村里土坯房的改造和加固;三是兜底保障,即对红卡户由政府兜底保障。谈到产业扶贫,黄承忠说出了自己的想法:"神山村有青山绿水,民风淳朴,可以搞原汁原味的生态旅游,就是乡村游。"❷

在村里,看到一家人正在打糍粑,习近平总书记拿起木杵,同村民一起打糍粑。在红军烈士后代左秀发家,总书记看到左家加工竹制工艺品的做法,他给予肯定。听说他家年后要改造房子,总书记十分高兴,并祝愿他一家人早日住上新房,生活越来越好。总

❶❷《弘扬井冈精神,决胜全面小康——习近平总书记春节前夕赴江西看望慰问回访记》,《人民日报》2016年2月6日。

书记不仅送来了年货,还给孩子们带来了新年礼物——书包和文具,叮嘱孩子们要好好学习。

在贫困户张成德家,总书记进厨房,看卧室,询问生产生活情况,还察看了羊圈、娃娃鱼池、水冲厕所。张成德妻子彭夏英拉着总书记的手说,感谢您来看我们,总书记给全国人民当家当得好,老百姓感到很幸福。

习近平总书记回应她说,我们国家是人民当家作主,包括我在内,所有领导干部都是人民勤务员,帮你们跑事的。

在神山村,习近平向老区和全国人民拜年。村路边挤满了乡亲们,老人们一脸慈祥,孩子们一脸欢乐,青年们一脸喜悦,一张张笑脸、一阵阵笑声、一句句笑语,神山村一下子变成了欢乐幸福的海洋。总书记向大家拜年,与大家热情握手。他说:"我对井冈山怀有很深的感情。这是我第三次来,来瞻仰革命圣地,看望苏区人民,祝老区人民生活越来越好。"

一村一地,一户一家,一草一木,一点一滴。总书记的心和人民的心就这样千丝万缕地联系在一起,人民就这样沿着脱贫之路一步一个脚印向着全面建成小康社会迈进。

在神山村,习近平总书记用他那特有的浑厚的男中音郑重地向乡亲们说:"我们党是全心全意为人民服务的党,将继续大力支持老区发展,让乡亲们日子越过越好。在扶贫的路上,不能落下一个贫困家庭,丢下一个贫困群众。""老区在全国建小康的征程中啊,要同步前进,一个也不能少,都要共同迈入小康社会,我们要精准扶贫,走共同富裕的道路。所以像我们这里啊,神山村呐,我们这个井冈山的各地啊,扶贫工作我们还是要继续做好。我们的这些生活好的,要过得更好;生活还有一定困难的,要克服困难,走上富裕之路。这方面呢,党和政府都会帮助大家。"❶

❶ 《习近平春节前夕赴江西看望慰问广大干部群众》,中央电视台《新闻联播》2016 年 2 月 3 日。

习近平总书记强调,我们要发扬跨越时空的井冈山精神,坚定不移地走精准扶贫之路,坚持因人因地施策、因贫困原因施策、因贫困类型施策,让贫困地区人民情愿、主动、自信、坚定地走上脱贫致富的道路,早日建成全面小康社会,实现中华民族的伟大复兴。

临行前,村民们有的提着一篮子红鸡蛋,有的提着一篮子金橘,有的提着一篮子花生,希望总书记品尝品尝山村的味道。习近平总书记饱含深情地说:"衷心地祝愿我们井冈山人民、老区人民、神山村群众生活越来越幸福,我们老人们过得越来越安心,孩子们好好成长,祝大家猴年春节愉快! 猴年吉祥!"❶

总书记真挚热情的话语、铿锵有力的声音在神山村久久回荡,在井冈山久久回荡,温暖着井冈山人民的心,激荡着革命老区的山山水水,滋润着奋斗在奔小康征程上的每一个农民的心。

这一天,神山村从井冈山走向了全中国,走向了全世界。

❶❷《习近平春节前夕赴江西看望慰问广大干部群众》,中央电视台《新闻联播》2016 年 2 月 3 日。

4

2016 年 2 月 3 日,中央电视台《新闻联播》节目头条播发了习近平总书记在江西考察的新闻,时长 24 分钟左右,在其中第 9 分钟左右出现了神山村老支书彭水生的镜头。

75 岁的彭水生紧握着总书记的手,激动地说:"你真是我们的好领导,那么远,到我们这个穷山沟里来,这是我们穷山沟的福气,是我们中国人民的福气。你呀,不错嘞! 好书记嘞! 我们代表群众,大家一起欢迎你! 现在中央的政策也好,对我们老百姓关心都很好。"❷

"你呀,不错嘞!"彭水生竖大拇指为习近平总书记点赞的视频瞬间传遍大江南北,上了头条,刷爆了朋友圈。

那个夜晚,在电视里,全国人民都看到了这一幕,看到了神山村老人和孩子们的笑脸,也看到了习近平总书记开心的笑容。许多人在看到《新闻联播》播出这个镜头的那一刻,他们确实感到有些惊诧——没想到一个老农民竟然敢以这种方式为党和国家最高领导人点赞,这是需要勇气的。更没有想到的是,《新闻联播》竟然以同期声播出了这个画面,这同样也是需要勇气的。这是一条好新闻!看到的人们无不为彭水生老人点赞,为中央电视台点赞,更为习近平总书记点赞。

老百姓是天,老百姓是地。老百姓心中有一杆秤。老百姓对人民领袖的点赞,就是人民群众对党中央核心的拥护,就是人民群众对共产党最高的奖赏。

彭水生曾经是"蓝卡"贫困户,如今成了井冈山的大名人。回

神山村老支书
彭水生

想起见到习近平总书记的那一刻,他就有说不完的话。他说:"听说总书记要来我们神山村,我激动得两个晚上睡不着觉,不知道见面后要向总书记说啥好,心里还有点发慌。后来,许多人见了我都夸'老支书,你的胆子不小啊!'其实,我哪里是胆子不小啊,说的都是我们农民的心里话,是从心中流淌出来的话。可是,当时我还是又喜欢又激动,本想说'你呀,干得不错嘞!'谁知这一激动,就把'干'字给说漏掉了。"说完,老人家又开心地笑了。

在我来神山村采访的前一个月,也就是2019年9月13日,彭水生应邀去了一趟省城南昌,参加了江西省脱贫攻坚事迹报告会。在会上,他代表神山村村民做了一个发言。他说:

我是井冈山市茅坪乡神山村村民彭水生,今年78岁了,很高兴作为井冈山的代表参加这次会议。2016年2月2日,习总书记来到了我们神山村,并发表了重要讲话。他说,老区在全国建小康的征程中,要同步前进,一个也不能少,都要共同迈入小康社会,都要精准扶贫,走共同富裕的道路。3年来,在各级党委政府和领导的关心下,神山村发生了翻天覆地的变化,2017年2月26日,包括我们神山村在内的井冈山群众都顺利摘掉贫困帽子。这两年神山村又先后荣获了第五届全国文明村镇、中国美丽休闲乡村、江西省4A级乡村旅游点等荣誉称号。

特别是刘奇书记,多次来到我们神山村,给予了我们莫大的关心和鼓舞。3年前,村里人大多往外跑,这几年,他们又慢慢回到了村子里。现在村里家家户户都搞起了自己的产业，有开农家乐的、有做竹工艺品的、有种黄桃和茶叶的，全村共种植了500亩黄桃、200亩茶叶，开办了16户农家乐，18户群众正在发展民宿。像习总书记去过的彭夏英家也办起了农家乐，听她说今年收入有10多万元，大家的腰包都鼓了起来。现在我们村里的路也宽了，旅游大巴都能进来了，庭院也更漂亮了，游客来了都说"神山是世外桃源"。来我们神山村的游客每年都在增加，今年达到了27万多人。大家还自觉参与公共环境的维护，开展垃圾分类回收处理。干部和群众的关系也越来越好了，大家脸上的笑容也多了，大家都说过上了好日子了。我作为一名老党员，也带头开起了农家乐和乡村民宿，并经常在村里义务向游客宣讲习总书记来我们神山村的重要讲话精神。

3年来，我们神山村可以说不仅脱贫了，而且与全国人民一道，走在共同富裕的道路上，大家都说这是党和政府的好政策，我们要感恩党中央，感恩习总书记。作为老党员，我一定会带好头，和我们神山群众一起牢记总书记的嘱托，一起加油干，把我们神山村建得越来越漂亮，让日子越过越红火。

村里的乡亲们听说我到省里开会，都托我给刘奇书记和各位领导拜个早年，祝大家新春快乐、身体健康、万事如意！也欢迎大家来我们神山村做客、打糍粑！

彭水生的发言时间很短，获得的掌声时间却很长。他的发言实实在在,都是干货,就像农民在秋天把收获的稻谷晒干后装进了粮仓,没有水分。

5

每一个来神山村参观学习或者旅游的人都想见见这位老支书,听听他给总书记点赞的故事。

神山村的村民大多是祖辈或父辈从湖南移民来到这里的,1941年出生的彭水生也是如此。他的祖籍是湖南湘乡县(今湘乡市),和毛主席的外婆家是一个地方。他的父亲叫彭喜五,小名叫彭五伢,共生了八个孩子,五女三男。彭水生排行老三,是男孩中的老大,水生是他的小名,父亲给他取的大名叫彭湘发,但这个名字现在没有人晓得了。因为田地少,家境艰难,在茅坪小学只读了两年书的彭水生辍学回家跟着父亲干农活,砍竹子、挖笋子、做草纸,父亲做什么,他就做什么。后来,从湖南益阳来了一位老师傅,在神山村办了一个筷子厂,家家户户都跟着他学做筷子。神山村的竹子好,所以筷子也做得好,乡亲们就挑着筷子翻过黄洋界到井冈山去卖。后来,他们的筷子卖到了吉安,卖到了南昌。20世纪70年代,在村支书黄明钦的带领下,神山村村民做的"猴竹筷"还走进了人民大会堂。

这个时候,年轻帅气的彭水生当上了坝上村民兵连长。1964年,他入了党,当年就提拔为坝上村党支部副书记。1968年,因行政区划调整,神山村、桃寮村从原来的坝上村划出,他担任了神山村党支部书记。1977年,他弟弟从部队退伍,他觉得弟弟有文化,见多识广，就主动卸任了村支书，"让贤"给弟弟。后来，因为老伴范月梅身体多病，自己又患上高血压，年老体弱，生活陷入贫困，2014 年被评为"蓝卡户"。

现在，习近平总书记来了，神山村发生了翻天覆地的变化。吉安市、井冈山市、茅坪乡各级政府加大了对神山村的扶贫力度，派出了比以往更强的扶贫工作组，下了更大的决心，要把神山村打造成井冈山脱贫致富的样板村。

走进神山村，你就会发现，沿着总书记视察的路线，家家户户的大门前都装裱悬挂了总书记和他们在一起的巨幅彩色照片。彭水生家也不例外，他给总书记竖大拇指的照片就悬挂在面朝进村路口的墙上，占了大半个墙面。如今，他不仅成为神山村的大名人，也是脱贫攻坚的直接受益者。为此，他把原先在龙市镇开小店的三儿子彭小华召回来，开办"神山老支书农家菜"，使其成为神山村农家乐的品牌之一，他家也因此一下子甩掉了贫困的帽子。他还与上海某企业合作，把二楼的房子出租给他们做了专业的民宿。民宿装修一新后，收入不菲。

在一个细雨绵绵的夜晚，农家乐的客人散去，小村恢复了平静。我走进彭水生的家，看见堂屋的墙上悬挂着他和总书记合影的大照片。对他来说，照片背后的回忆历历在目。彭水生能说会道，操着一口湖南家乡话，抑扬顿挫、亲切自然、生动有趣，来神山村的人都喜欢听他的讲演。他不厌其烦，乐在其中，年复一年、日复一日地讲演着，快乐着神山的快乐，幸福着神山的幸福。

现在，坐在他家的堂屋，他绘声绘色地给我一个人做了一场演讲，是绝对没有删节的原生态版本——

尊敬的同志们：

你们好！我呢，是茅坪乡神山村土生土长的一个农民家，我今年78岁了，我的名字叫彭水生。2016年2月2号，习主席来到了我们神山。习主席来之前呢，我们神山下了雨，还下了雪。习主席一到神山，雨也停了，雪也停了。习主席一下车，就走到老乡的前面。他看到老的，就和老的握手。握了手，我们习主席说："祝你健康长寿！"我们习主席看到小孩嘞，他又摸摸他的头，还摸摸他的脸，我们习主席还说："祝你健康成长哦！"我看到习主席那么好，我心里面很高兴，但我心里面又是很激动喽。那我就匆步走上去，我双手握住习主席的手，我说："习主席您好啊！今天天气这么冷，路又那么远，你今天来到我们神山这个穷山沟里面，这就是我们神山穷山沟里面人民的福气喽，也是我们中国人民的福气。现在中央政策好，全国人民拥护你！我说，你呀！你不错嘞！"

说到这里，彭水生告诉我："我每次讲到这里，大家都会热烈鼓掌，哈哈大笑。"妻子范月梅静静地坐在一旁，幸福的微笑一直挂在她慈祥的脸上。他接着讲演道：

我们神山是个穷地方，但我们神山的名字很好听。我们神山是一个特困村，有一个顺口溜，外面的人都这么说我们神山："神山是个穷地方，有女莫嫁神山郎。神山住的是土坯墙，走的是小黄泥巴路，穿的是旧衣裳，吃的是红薯山芋当主粮，青年儿女流外乡。"习主席一到我们神山呢，我们神山就翻天覆地地变化喽。神山的灯也亮了，马路也宽了，喇叭也响了，家家户户过上了红红火火的新的生活。我们神山是一个特困村，只有两个小组，54户人家，231人。现在，我们神山人都感谢习主席，我们翻身不忘共产党，幸福不忘毛主席，脱贫不忘习主席。

彭水生的演讲就是这么的短，但听众的掌声都特别长、特别响。

讲演时，彭水生喜欢称呼习近平总书记为习主席，就像他喜欢称呼毛泽东为毛主席一样。乐观、爽朗的他，一讲起他为总书记点赞的故事，就像变了一个人似的，像一个"老顽童"，又像一个"开心果"。他深谙演讲的门道，他说："讲长了，人家不爱听。"演讲的时候，大眼睛始终是笑眯眯的，一口湖南乡音很有穿透力。他的话都是农民的大白话，抑扬顿挫之中自带朴素的感情，感染力很强。他走到哪里，就把欢声笑语带到哪里，掌声就响到哪里。每次演讲，他从来不带讲稿，也从来不背台词，信手拈来，侃侃而谈。用他自己的话说，这些话都是从他的心中流淌出来的。

吃水不忘挖井人。如今，走向富裕的彭水生被推举为神山村"关心下一代工作委员会"主任委员。从2017年开始，他每年都募集资金10000元左右，在中秋节、春节前后给神山村最困难的老人送上酒、月饼等礼物进行慰问。对孩子们的成长，他也十分关心。村子里有一个叫赖凤利的小孩，父母离异，他跟着父亲生活，家庭十分困难。2018年，彭水生组织村民和驻村合作社开展捐款活动，帮助赖凤利家，自己带头捐了400元，共筹集善款1000元。

让彭水生感到更加自豪的是,他家里现在共有 4 名共产党员,成为神山村党员最多的人家。除了自己之外,大儿子彭丁华、大儿媳范秋英和孙儿媳袁小丽,也都是共产党员。现在,彭水生实在太忙了,他不仅要为来神山旅游的客人们做"红色讲解员",还要去市里做"义务宣传员"。在乡亲们眼里,他已经成为神山村的"形象大使"。日程满满的他,干得比年轻人都带劲。

"糍粑越打越黏，日子越过越甜"

6

亲爱的读者，请原谅我的孤陋寡闻——在来井冈山之前，我真的没有想到，也不会相信，因闻名世界并被誉为"天下第一山"的井冈山而得名的井冈山市，竟然是国内出了名的贫困县。

要知道，井冈山是我们中国共产党人的精神高地。它哺育了伟大的井冈山精神，在这里创建了中国革命的许许多多个"第一"，比如：建立了第一支正式的红军部队，开天辟地有了人民的子弟兵；开创了"支部建在连上"的政治工作制度，这一制度成为我军的制胜法宝；创建了第一个农村革命根据地，并被誉为"中国革命的摇篮"；开辟了"农村包围城市，武装夺取政权"的中国革命胜利道路……也正是在这里，中国共产党人探索、实践并形成了党的群众路线，使发动群众、依靠群众成为党的优良传统。而井冈山的红米饭、南瓜汤养育了人民军队，滋润了中国革命。

要知道，井冈山人民为中国革命付出了巨大的代价。我们来看如下一组数字：井冈山儿女当年参加红军的共有18万人，在战场上牺牲的有名有姓的烈士有 15744 人。1928 年 4 月,朱毛红军会师的宁冈县(2000 年并入井冈山市)当时人口才 9 万多,却有 3600 多人参加了红军、3800 多人参加了暴动队、1100 多人参加了赤卫队、1600 多人参加了少先队、1300 多人参加了儿童团,还有 4100 多人支前、880 多人参加了妇女洗衣队。1928 年 8 月,红军主力离开井冈山出击湘南,国民党反动派和地方反动武装卷土重来,宁冈古城的寺源村第四次遭到反动派洗劫:仅有 32 户人家的村子,有 28 户民房、3 座祠堂被烧毁;130 多人的村庄,就有 10 多名干部群众被杀害。整个井冈山斗争时期,寺源村有 40 多人为革命牺牲。1929 年 1 月,红军主力向赣南游击,离开井冈山,国民党军队和地方反动武装又杀气腾腾重返井冈山,大肆烧杀,进行疯狂报复:大井村被烧了 9 次,小井村被烧了 13 次;从井冈山的下庄到荆竹山的 50 里路段内,所有民房被烧毁;井冈山五大哨口内,原人口不满 2000 人,被杀害的群众超过 1000 人;大小五井 120 多户居民,被杀绝的达 69 户;只有 250 多人的茨坪,敌人先后 7 次杀害群众达 64 人。1949 年,当人民解放军解放井冈山时,他们看到当年的根据地民不聊生、遍地白骨,几十里路没有人烟,一片凄凉景象,不禁为老区人民的牺牲洒下了热泪……

——你还记得《八角楼的灯光》吗?

——你还记得《朱德的扁担》吗?

——你还记得《井冈翠竹》吗?

井冈山的这些耳熟能详的经典篇章,曾经照亮我们少年时代的梦想,曾经点燃我们人生信仰的火炬,也曾经温润我们的初心,鼓舞我们砥砺奋进。

人们不禁要问——新中国成立 70 年了,改革开放 40 年了,曾经为中国革命做出巨大贡献和牺牲的老区人民却依然没有摆脱贫困，中国共产党和中国政府对得起老区人民吗？2019年11月，笔者刚刚结束井冈山神山村的采访行程，在北京东城区图书馆为庆祝新中国成立70周年做"人民的胜利"的讲座时，就有读者向我发出了这样尖锐的提问。

不可否认，我也曾经有过这样的疑惑。

没有调查，就没有发言权。走进井冈山，知道了它的过去，了解了它的现实，才能看清它的现在，从而展望它的未来。而一个地方的发展和建设，既摆脱不了自然条件的客观制约，也离不开社会人文的主观开放。

从地理环境上来看，井冈山地处罗霄山脉，位于湘赣边界，是一个"八山一水一分田"的典型边远山区。这里气候多变，雨水较多，具有"同山不同季，十里不同天"的气候特征，地质灾害频发。山高路远，交通不便，直到1958年它才有了第一条出山的省级公路。

从社会环境上来看，井冈山的村庄布局分散，人口居住零散，村与村之间跨度大，因此，教育、医疗、文化活动等基础设施建设成本较高，建设资金缺口较大，农村通水、通电、通路、通信等基础条件很不完善。在国家的综合实力还不够强大的情况下，国家的财力支援，只能有计划、分步骤、分阶段地暂时先行解决市政建设等大的方面的问题，却无法深入到千村万户，更难以为每一户老百姓的衣食住行排忧解难。

受自然条件的限制，井冈山经济发展的内生机制与沿海、平原地区相比，尤其与交通便利、发达的大城市相比，已经不是存在差距的问题，而是在经济发展的现实对比中，反倒呈现出逐渐落后的趋势。

正因此,井冈山成了集革命老区、边远山区、贫困地区为一体的"三区叠加"的贫困县。

7

行程万里,不忘初心。毫无疑问,努力使"老少边穷"地区摆脱贫困,始终是中国共产党念兹在兹的伟大梦想,这是"全心全意为人民服务"根本宗旨的根本内容之一。党中央和中央人民政府始终没有忘记革命老区,没有忘记井冈山。

1949 年,从废墟上站立起来的新中国,百废待兴,这时的党中央和人民政府就开始在井冈山推行扶贫与发展计划。1950 年,国家设立井冈山特别区;1958 年,国家组织力量抽调 10 万民工修建了井冈山的第一条公路——井泰(井冈山通往泰和县)公路;1959 年,国家设立了省辖的井冈山管理局,抽调了数百名干部来到井冈山参加山区建设;1984 年,成立了井冈山市;2000 年,经国务院批准,井冈山由县级市升级为省辖市,由吉安市代管。党中央和各级政府还先后在井冈山实行了从救济式扶贫到精准扶贫的一系列举措,革命老区终于迈开了摆脱贫困奔小康的脚步。

"我们走得再远,也不要忘记来时的路,不要忘记我们为什么出发。"中国的扶贫工作,一路走来,实在不容易,也不简单。作为一部报告文学,我必须以真实性为创作的第一原则。因此,在本书中,我必须引用大量的历史材料和具体数据。这些材料和数据看起来枯燥无味,一点文学性也没有,但它却是比故事更具有历史感、冲击力的"硬核"。现在,我们不妨来回顾一下中国扶贫工作所走过的漫长又曲折的道路。

1949年，积贫积弱的中国一穷二白，全国工农业产值仅466亿元，国民收入358亿元，粮食产量1.1亿吨，钢产量15.8万吨。显然，这些数据平均放在"四万万七千五百万的人口"这个基数上，贫困的帽子是摘不掉的。尽管国家处于百废待兴的状态，但中国共产党和中央人民政府依然把帮助更为贫困的人民群众脱贫，作为一项义不容辞的长期工作，纳入工作机制。国家每年从中央财政预算中拨出专项扶贫资金进行扶贫工作，地方政府也拨出配套资金进行帮扶。对那些为中国革命做出过贡献和牺牲的革命老区，党和政府更是格外关心。但由于国家和人民整体贫弱，这一时期，中国的扶贫工作走得十分艰难。

1985年4月，邓小平在会见坦桑尼亚联合共和国副总统姆维尼时指出："贫穷不是社会主义，社会主义要消灭贫穷。不发展生产力，不提高人民的生活水平，不能说是符合社会主义要求的。"显然，消灭贫穷就要靠发展生产，提高生产力，而对于处在绝对贫穷状态的人群来说，没有国家的特别扶持他们是不可能摆脱贫困的。也就是从20世纪80年代中期开始，中国开启了真正有意识、有组织、有计划、有制度的扶贫工作。

1986年，国家成立了专门的扶贫机构——国务院贫困地区经济开发领导小组（1993年改名为国务院扶贫开发领导小组），该领导小组在全国范围内有计划、有组织地开展大规模的扶贫开发工作，使得农村扶贫更加规范化和制度化。也就在这一年，国家首次确定贫困县，共计331个。

1994年，国家颁布实施《国家八七扶贫攻坚计划》。该计划明确提出要"集中人力、物力、财力，动员社会各界力量，力争用7年左右的时间，基本解决目前全国农村 8000 万贫困人口的温饱问题"，实现救济式扶贫向开发式扶贫的转变。也就在这一年，国家第一次调整贫困县范围，贫困县数量不降反升，达到 592 个。

2001 年，在国家八七扶贫攻坚计划目标基本实现的情况下，《中国农村扶贫开发纲要(2001—2010 年)》颁布实施。该纲要提出的奋斗目标是："尽快解决少数贫困人口温饱问题，进一步改善贫困地区的基本生产生活条件，巩固温饱成果，提高贫困人口的生活质量和综合素质，加强贫困乡村的基础设施建设，改善生态环境，逐步改变贫困地区经济、社会、文化的落后状况，为达到小康水平创造条件。"国家把扶贫开发的重点集中在中西部少数民族地区、革命老区、边疆地区和特困地区，同时把残疾人纳入扶持范围。也就是在这一年，贫困县改称国家扶贫开发工作重点县，国家还将东部地区的 33 个贫困县的指标全部调往西部，扶贫开发工作重点县数量仍然是 592 个。

2011 年，为进一步加快脱贫步伐，促进共同富裕，党中央颁布实施了《中国农村扶贫开发纲要(2011—2020 年)》，这标志着中国扶贫开发已经从以解决温饱为主要任务，转入巩固温饱成果、加快脱贫致富、改善生态环境、提高发展能力、缩小发展差距的新阶段。同时，国家又提出了下一阶段的总体目标，即"到 2020 年，稳定实现扶贫对象不愁吃、不愁穿，保障其义务教育、基本医疗和住房。贫困地区农民人均纯收入增长幅度高于全国平均水平，基本公共服务主要领域指标接近全国平均水平，扭转发展差距扩大趋势"。也就是在这一年，在原先划定的扶贫开发工作重点县的基础上，国家又划定了 14 个连片特困地区，包含的县(市、区)数量为 680 个，扣除交叉计算的地方，全国贫困县(市)数量达 832 个，占全国 2800 多个县(市、区)的近三分之一。

瞧!问题又来了。

细心的读者肯定会问——国家连年不断地持续做扶贫,贫困县的数量为什么不降反增,一次比一次更多呢?

这个问题问得好!

是啊!这是为什么呢?

其实,原因很好理解,也很简单——那就是随着国家经济体量的不断增加,发展速度的逐步加快,中国设定的贫困标准也在不断提高。

——水涨船高嘛!

道理很简单,但不一定所有人都了解,也不是所有人都能理解。

改革开放 40 年来,中国政府多次上调国家扶贫标准,如:2009 年,中国国家扶贫标准从 2008 年的年人均纯收入 1067 元上调至 1196 元;2010 年,又上调至 1274 元。2014 年,中央决定将农民年人均纯收入 2300 元作为新的国家扶贫标准。从 1978 年的人均 100 元 / 年,提高到 2014 年的人均 2300 元 / 年,按照这一标准,国家统计局公布:中国 2014 年的贫困人口有 7017 万人。中国共帮助 7 亿多人摆脱了贫困,这个数字是同期全世界其他国家脱贫总人口的两倍。因此,国务院决定从 2014 年起,将每年 10 月 17 日设立为"扶贫日"。当时,有专家解读认为,按照国际购买力平价方法来计算,这一扶贫标准超过了世界银行 2008 年制定的国际贫困新标准。此后,中国国家的贫困标准仍在逐步提高。2015 年,中国将贫困线的标准设定为 2800 元;2016 年,又提升为 3146 元。

中国多次上调国家扶贫标准,就是用事实表明中国政府是极其务实的——追求的不是数字上的减贫成绩,而是扶贫减贫质量的动态提升。联合国和世界银行在各自的研究报告中均承认，全人类取得的减贫事业成就中，三分之二应归功于中国。

一个负责任的大国，必须首先对人民高度负责。

我们再回过头来看看井冈山的人均收入情况。在 2015 年的时候，井冈山人均收入为 7687 元，全国人均收入为 11422 元，井冈山人均收入比全国人均收入低了 32.7%。这个差距实在太大了。虽然依靠发展旅游业，井冈山的百姓收入有了较大幅度的增长，但井冈山仍无法做到与其他地方同步发展，尤其是居住在离已开发的旅游景点较远的百姓，更是造血功能不足，内生发展机制不完善，无法跟上时代和社会的前进步伐。

显然，一个不争的事实和不得不承认的现实呈现在井冈山人民的面前——作为凝聚中国革命元气的红色圣地，井冈山是中国共产党人引领中国发展的精神高地，但现在的它却是一块经济发展的洼地。

现实是残酷的，现实不是文学，不能虚构，不容想象。

我们还可以回过头来看看这样一组数字：2011 年，国家确定的 832 个贫困县(市)分布在全国 22 个省、自治区，其中江西省就占 24 个。它们是兴国县、宁都县、于都县、寻乌县、会昌县、安远县、上犹县、赣县(区)、井冈山市、瑞金市、南康市(区)、永新县、遂川县、吉安县、万安县、上饶县、横峰县、鄱阳县、余干县、广昌县、乐安县、石城县、修水县和莲花县。这 24 个贫困县(市)绝大多数都是当年的苏区、红区、老区。正因此，2012 年，国务院批准《罗霄山片区区域发展与扶贫攻坚规划(2011—2020 年)》。该规划把属于原井冈山革命根据地和中央苏区范围内的特殊困难地区，作为国家新一轮扶贫开发攻坚战主战场之一。

——中南海惦记着井冈山，也永远不会忘记井冈山。

8

瑞雪兆丰年。

神山村的父老乡亲不仅白天没想到,就连晚上做梦也没有想到,平常只能在电视新闻上看到的中共中央总书记、国家主席、中央军委主席习近平,竟然冒着严寒来到这个偏僻得不能再偏僻的小山村,走到了自己的家门口。的确,2016 年 2 月 2 日,这个猴年的农历小年,对神山村的父老乡亲来说,是有史以来最欢喜、最热闹、最红火的小年。

竹影婆娑,山道弯弯。一下车,习近平总书记先是来到村部,一页一页地翻看台账,又看了村居改造设计图,了解询问党支部建设和精准扶贫情况。随后,他来到了烈士左桂林的后代左秀发家。在大门口,村民们正在这里准备年货——糍粑。

看到乡亲们热火朝天地打糍粑,习近平总书记也兴高采烈地接过木杵,和乡亲们一起打了起来。这一幕,将永远铭刻在神山村人民的记忆中。

和习近平总书记一起打糍粑的村民名叫李宗吾,他和左秀发家是屋前屋后的邻居。回忆起这件事儿,李宗吾黑红的脸庞就荡漾起无比的幸福,一双小眼睛因为笑容眯得更小了。他笑眯眯地说:"我怎么也没有想到啊!现在想起来,心里都热乎乎的,一辈子都不会忘记。"

打糍粑看起来容易做起来难,要想打好还真不容易。李宗吾清楚地记得,当时他和彭满林正在左秀发家门口一道打糍粑。

习近平总书记被乡亲们簇拥着,微笑着走过来了。左秀发夫妇和孙子迎上前,夫妇俩挽着总书记的胳膊,孙子也跟着爷爷抱着总书记的左胳膊,亲亲热热,好像是一家人。

习近平总书记走近了,停下脚步,看着李宗吾和彭满林两人你一下、我一下地打糍粑,笑着问道:要打多久?

左秀发的孙子一直抱着总书记胳膊不放,他抢着回答说:12分钟左右。

这时,站在一旁的江西省委书记强卫见总书记饶有兴致,就问道:您愿不愿意捶一下?

习近平总书记很开心,欣然同意:捶一下。

只见习近平总书记接过彭满林递过来的木杵,很轻松地举起来,一杵捶了下去。木杵上黏着的蒸熟的米粒已变成了糊糊,这些糊糊白白的、黏黏的。就这样,你一下,我一下,李宗吾和总书记一起配合着打了起来。

习近平总书记打得很带劲,笑着说:12分钟啊?

这时,站在一旁的乡亲们回答道:也不一定。

习近平总书记问道:它就是越打越黏,是吧?

乡亲们异口同声地回答说:是的。

糍粑越打越黏,而糍粑越黏就越好吃。很快,一锅糍粑就打好了。

习近平总书记感叹道:打12分钟的话,身体就好了。❶

李宗吾记得,习近平总书记共捶了11下,每一下都和他配合默契,令他佩服不已。他说:"我刚开始时好紧张,生怕把糍粑打掉到地上。可是没想到习总书记很随和,干活干得这么棒,他很会打糍粑,打得很专业,很自然,又认真。从这件小事上,我看到习总书记跟毛主席一样,很会干农活,关心农民,对农村很清楚,知道农村的苦,知道农民的苦。"

的确,曾经在陕北梁家河当了7年知青的习近平,有过当农

❶ 《习近平春节前夕赴江西看望慰问广大干部群众》,中央电视台《新闻联播》,2016 年 2 月 3 日。

神山糍粑

民的亲身体验，"那时候什么活儿都干，开荒、种地、铡草、放羊、拉煤、打坝、挑粪……几乎没有歇过"。当过村支书的他，懂得农民，懂得农村，也懂得农业。

不过，李宗吾跟习近平总书记打完糍粑，没顾得上跟总书记握一下手，现在想起来，他觉得还是非常遗憾。

故事变成了黄金。李宗吾没有想到因为与总书记一起打糍粑，现在打糍粑成了神山村的旅游项目，成了一个脱贫致富的产业，也成了他发家致富的门路。他在自家门前摆上一口石臼，一边让来神山旅游的客人体验打糍粑，一边向他们讲与总书记打糍粑的故事，还让他们尝尝神山糍粑的味道。

糍粑是中华民族一道古老的传统美食，传承了几千年。《易·系辞》中就有记载："断木为杵，掘地为臼。"打糍粑的方法，看起来原始，却是非常绿色环保的。李宗吾的糍粑打得好，绵软劲道，鲜香甜糯。5斤米一臼的糍粑能卖100元，抛开糯米、黄豆粉、白糖等成本，打一次糍粑能够收入70元左右。仅此一项，他一年的收入就接近10万元，旺季的时候一个月能盈利近2万元。

"糍粑越打越黏，日子越过越甜。"如今，这句话成了神山村村民脱贫致富的口头禅,也成了神山形象宣传的广告词。为此,左秀发专门请人从山上弄来一块大石头,立在自家大门前的石臼旁,镌刻上"习总书记在这打糍粑"9个大字,同时又立起了一个宣传栏,镶嵌"习总书记在我家打糍粑"的大幅彩照,招徕游客。李宗吾笑着说:"左秀发家的糍粑生意比我家还要好。"

李宗吾是一个特别勤劳、本分,又十分精明、练达的农民。他原本是湖南娄底双峰县荷叶乡人。1968年,14岁的他就跟着大人出来务工,来到了江西宁冈县,背竹子,做小工,一天能挣6毛钱,最多的一天能够挣9毛钱。一年下来,他能够积蓄100多元。贫穷和痛苦,总是人生的伤痕中最深刻的那一道。回忆起贫困的难日子,李宗吾给我算了一笔账:"一斤猪肉才7毛4分钱呢。"

1977年,23岁的李宗吾终于落户神山村,与同龄的黄甲英结了婚,算是上门女婿。婚后,两人种地,砍竹子,挖笋子,勤俭持家,小日子过得红红火火。他们生了三个孩子,两女一男,再加上岳父岳母,七口之家,其乐融融。前不久,他把在湖南老家的母亲接过来小住一段时间,尽尽孝心。

现在,李宗吾家平常只剩下他和老伴两个人,成了名副其实的"空巢老人"了。前些年,岳父岳母先后去世了,没有赶上这个好时代。两个女儿也出嫁了,各自有了自己的家庭。儿子在省城南昌,找了一个城里的儿媳妇。儿媳妇家在洪城大厦开了一个店铺,生意红火。因为儿子会做生意,深得岳父岳母喜爱,不放儿子回神山,要他接班当老板。

在神山村采访的日子里,我每天中午和晚上都是在李宗吾家搭伙吃饭,所以和他交谈得比较多。每一餐,65岁的李宗吾都要喝一杯自家酿制的米酒。酒量虽然不大,但他喝起来非常认真,自斟自饮,沉浸在一种妙不可言的陶醉状态中。边吃边喝,边喝边聊,说起家事,李宗吾心里总是美滋滋的。这种美滋滋的状态,我觉得应该就是小康生活最美的"表情包"了。

的确,在神山村,李宗吾不是贫困户,经济生活可谓是"上等"户。他悄悄地告诉我,现在政府给家家户户的房子都统一装修了,墙壁都涂抹成了白色。从表面上看,这些屋子好像都长得一模一样,实际上是不同的。在神山村,大多人家的墙壁都是土坯墙,而他家的屋子在20世纪90年代就全部是青砖砌成的,非常漂亮、非常牢固。李宗吾之所以跟我说这些,不是在说酒话,当然也不全是炫耀,我知道,他更多地是想告诉我,即使在神山村这个穷山沟里,依靠自力更生、艰苦奋斗、勤俭节约,也能发家致富。而他自己就是这么干出来的!

李宗吾是聪明的,也是勤劳的。他跟我唠叨神山村的人和事的时候,经常用手指指自己的脑袋,那意思是说:过日子,过生活,需要动脑筋;要做得好,要活得好,要走在别人的前面,就得先想在别人的前面。习总书记来神山后,他把家里二楼的屋子全部装修一新,跟城市的宾馆一样,有标准间,也有大床房,成为神山村最早的民宿之一,在这里既可以吃饭,又可以住宿。他把自家的民宿取名"神山人家",铭牌高高地挂在大门上方二楼的栏杆上,很是醒目。为了扩大经营规模,他又把原来的柴房彻底进行了翻新改造,马上就要竣工接待客人了。

习近平总书记说:"幸福是奋斗出来的!"李宗吾深信不疑。

习近平总书记看望神山的乡亲们,李宗吾家是必经之地。在总书记走到他家大门口的时候,他正在屋后的左秀发家门口和彭满林打糍粑,妻子黄甲英站在自家大门口炒板栗。总书记稍稍停留了一会儿,与她攀谈了几句家常话。这个镜头,被随行的记者拍了下来。后来,李宗吾把这张照片放大装裱起来,悬挂在大门左手边的墙壁上,上面写着"2016年2月2日习总书记到我家啦!"。妻子黄甲英手持簸箕的灿烂笑容,好像挂在天边的云彩。在大门右侧的墙上,悬挂着他和总书记打糍粑的大幅照片,上面写着"习总书记和我(李宗吾)一起打糍粑"。

现在,神山村许多在外面务工的青年人都回来了,但李宗吾的儿子没有回来。其实,他也希望儿子能够回来跟他一道做生意。因为自从习总书记来了以后,神山村出现了前所未有的彻底的大变化,他相信儿子会比自己经营得更好。但是,南昌毕竟是大城市,比神山更有发展前途。俗话说:"人往高处走,水往低处流。"尽管这"高"与"低",每个人都有自己的定义,但毕竟时代不同了。李宗吾理解儿子的选择。

在村里,经常有邻居跟李宗吾开玩笑说:"以后儿子在南昌城里发达了,就把你们老两口都接到城里养老呢。"

"嘻——嘻——"李宗吾偷着乐了,露出一嘴的大白牙,正儿八经地说:"我才不去呢!城里可不是我想待的地方,还是我们神山好。我习惯这地方了,这辈子也离不开了。那城市里的空气有我们神山的空气好?自来水有我们神山的山泉水好?再说了,他们再好,也都是要花钱买呀。你看我们神山,习总书记来了以后,彻底大变样了,哪里还有穷山沟的样子嘛。小康生活还能怎么样,不就是现在这个小样子?不愁吃不愁穿,也不愁花,过的都是神仙过的日子了。你看,白天有四面八方的游客,要热闹有热闹,一到晚上又恢复了平静,泉水哗哗从门前流过,要多安静有多安静。"

作为一个农民,李宗吾知足常乐,心中充满着他的小桥流水和诗情画意。是啊！什么是小康呢？李宗吾面带微笑的回答，就像从他家门前流过的小溪，日夜奔流不息，泉水叮咚叮咚……

说起神山村的巨变，李宗吾扳着指头跟我讲了五个方面，娓娓道来，好像早就打好了腹稿似的。

第一个变化是交通。要致富先修路。路就像人体的血管，路通了，神山的动脉和静脉与国家的血脉连接在一起了，神山就又活泛了，有了动力。

第二个变化是房子。在统一装修之前，村里专门给每家每户的老房子拍了照，留作纪念。今昔对比，照片里那些破旧、丑陋、简陋的土坯房，年久失修、蒿草遍地的样子，简直让你难以相信自己的眼睛。

第三个变化是通信。前几年，神山村还没有通网络，更没有微信。李宗吾告诉我："（过去）女儿过年回家，跟朋友打电话，还要翻山越岭爬到山顶上去。"现在，建了基站，手机打通了，网络有了，微信也有了，还有了 Wi-Fi，手指动动就可以随时随地和儿女见一面聊一聊。

第四个变化是环境。李宗吾说："我们神山的绿化更美了。"群山环绕、四季常绿的神山村，自然环境还需要绿化吗？当然要！现在神山村的环境绿化工作跟城市一样，路是路的样子，树是树的样子，盆景是盆景的样子，就连垃圾也是以垃圾的样子放在应该放的地方了，再加上路灯照明系统，神山村干净了、整洁了，居住环境改善了。

第五个变化是思想。李宗吾说："从前，我们看不到党组织，现在市里有第一书记，乡里有驻村队长、大学生村官，党支部活动开了，老百姓有话可以说了，即使有牢骚也能找到地方发了。农民的思想发生了变化。"更让我想不到的是,对总书记来神山村的意义,他用了一句极其简短的话做了概括:"这是神山村在新时代的一次解放。"他话音未落,我眼睛一亮,感觉这个农民不简单,他说出了一个农民的心声,要温度有温度,要高度有高度。

群众的眼睛是雪亮的。的确,神山村在新时代的脱贫攻坚战中迎来了一次新的解放。我知道,李宗吾所说的这个"解放",是他和他的乡亲们在思想观念上获得了新的大解放——口袋富起来的神山老百姓,脑袋也要"富"起来。

李宗吾是 1954 年出生的。说是"空巢老人",其实现在他的"巢"一点儿也不"空",夫妇俩忙得不可开交,也不亦乐乎。每天,他的家里人来客往,生意兴隆,热热闹闹,好像是城里的一个大饭店。现在,他家的"神山糍粑"被评为井冈山十佳特色小吃之一,成为一块金字招牌。他依然像一个忙忙碌碌、勤勤恳恳的小蜜蜂,依

神山村的道路

靠自己勤劳的双手酿造更甜蜜的生活。

夜已经很深了,离开李宗吾家的时候,天上还在下着小雨。烟雨蒙蒙,溪水潺潺,神山的夜晚是如此的静谧,忽然想起神山村的一首客家歌谣《月光华华》——

月光华华，细妹泡茶，

阿哥兜凳，大伯食茶。

茶又香，酒又浓，

食到大伯面绯红。

"政府扶持我们，不是抚养我们"

9

"只要有信心，黄土变成金。"

"小康不小康，关键看老乡。"

2012 年 11 月 8 日，中国共产党第十八次全国代表大会在北京隆重召开，会上选举出了以习近平同志为核心的新一届中央领导班子，提出了"解放思想，改革开放，凝聚力量，攻坚克难，坚定不移沿着中国特色社会主义道路前进，为全面建成小康社会而奋斗"[1]的战略目标。

11 月 16 日，习近平发表重要文章，专门论述扶贫工作的重要意义——

> 我们的人民热爱生活，期盼有更好的教育、更稳定的工作、更满意的收入、更可靠的社会保障、更高水平的医疗卫生服务、更舒适的居住条件、更优美的环境，期盼孩子们能成长得更好、工作得更好、生活

[1] 《坚定不移沿着中国特色社会主义道路前进　为全面建成小康社会而奋斗》，《人民日报》2012 年 11 月 9 日。

得更好。人民对美好生活的向往，就是我们的奋斗目标。人世间的一切幸福都需要靠辛勤的劳动来创造。我们的责任，就是要团结带领全党全国各族人民，继续解放思想，坚持改革开放，不断解放和发展社会生产力，努力解决群众的生产生活困难，坚定不移走共同富裕的道路。❶

❶ 《人民对美好生活的向往　就是我们的奋斗目标》，《人民日报》2012 年 11 月 16 日。

❷ 《毛泽东选集》第三卷，人民出版社 2009 年版，第 1031 页。

"人民对美好生活的向往，就是我们的奋斗目标。"习近平的这句话，情深意长，充满着诗情画意。

"人民，只有人民，才是创造世界历史的动力。"❷中国共产党始终把人民置于至高无上的地位。

作为黄土地的儿子，习近平怀着对人民深厚的感情，从云贵高原到茫茫草原，从高土高坡到雪域林海，从西部边陲到中原腹地，跨过千山万水，历尽千辛万苦，走遍了全国 14 个集中连片特困地区，吹响了脱贫攻坚战的冲锋号。

在这里，我们不妨简单回顾一下，在来神山村视察调研之前，习近平对脱贫攻坚工作都做了哪些重要论述和决策。

2013 年 11 月，习近平总书记在湖南湘西考察，第一次作出了"实事求是、因地制宜、分类指导、精准扶贫"的重要指示。随后，中共中央办公厅详细规制了精准扶贫工作模式的顶层设计。从此，"精准扶贫"的思想像种子一样在全国落地生根，标志着扶贫工作的模式由"大水漫灌"转向"精准滴灌"。

2014 年 3 月，习近平总书记在参加十二届全国人大二次会议贵州代表团审议时指出："精准扶贫，就是要对扶贫对象实行精细化管理，对扶贫资源实行精确化配置，对扶贫对象实行精准化扶持,确保扶贫资源真正用在扶贫对象身上、真正用在贫困地区。"

2015年1月,习近平总书记在云南昭通考察时强调:"扶贫开发是我们第一个百年奋斗目标的重点工作,是最艰巨的任务","时不我待,扶贫开发要增强紧迫感,真抓实干,不能光喊口号"。

2月13日,习近平在陕甘宁革命老区脱贫致富座谈会上,饱含深情地说:"加快老区发展步伐,做好老区扶贫开发工作,让老区农村贫困人口尽快脱贫致富,确保老区人民同全国人民一道进入全面小康社会,是我们党和政府义不容辞的责任。对这个问题,我一直挂在心上,而且一直不放心。"

6月18日,习近平在贵州考察时指出,脱贫攻坚工作"进入啃硬骨头、攻坚拔寨的冲刺期","形势逼人,形势不等人"。他要求"在扶贫攻坚上进一步理清思路、强化责任,采取力度更大、针对性更强、作用更直接、效果更可持续的措施,特别要在精准扶贫、精准脱贫上下更大功夫"。

10月16日,习近平在"2015减贫与发展高层论坛"发表主旨演讲,首次提出了"六个精准""五个一批"。他说:"中国在扶贫攻坚工作中采取的重要举措,就是实施精准扶贫方略,找到'贫根',对症下药,靶向治疗。我们坚持中国制度的优势,构建省市县乡村五级一起抓扶贫,层层落实责任制的治理格局。我们注重抓六个精准,即扶持对象精准、项目安排精准、资金使用精准、措施到户精准、因村派人精准、脱贫成效精准,确保各项政策好处落到扶贫对象身上。我们坚持分类施策,因人因地施策,因贫困原因施策,因贫困类型施策,通过扶持生产和就业发展一批,通过易地搬迁安置一批,通过生态保护脱贫一批,通过教育扶贫脱贫一批,通过低保政策兜底一批。我们广泛动员全社会力量,支持和鼓励全社会采取灵活多样的形式参与扶贫。"

同时,他还指出:"扶贫必扶智,让贫困地区的孩子们接受良好教育,是扶贫开发的重要任务,也是阻断贫困代际传递的重要途径。我们正在采取一系列措施,让贫困地区每一个孩子都能接受良好教育,让他们同其他孩子站在同一条起跑线上,向着美好生活奋力奔跑。"❶

11 月 27 日至 28 日,习近平在中央扶贫开发工作会议强调,消除贫困、改善民生、逐步实现共同富裕,是社会主义的本质要求,是我们党的重要使命。全面建成小康社会,是我们对全国人民的庄严承诺。脱贫攻坚战的冲锋号已经吹响。我们要立下愚公移山志,咬定目标、苦干实干,坚决打赢脱贫攻坚战,确保到 2020 年所有贫困地区和贫困人口一道迈入全面小康社会。❷

2016 年 1 月,习近平在重庆调研时强调:"扶贫开发成败系于精准,要找准'穷根'、明确靶向,量身定做、对症下药,真正扶到点上、扶到根上。脱贫摘帽要坚持成熟一个摘一个,既防止不思进取、等靠要,又防止揠苗助长、图虚名。"同日,在省部级主要领导干部学习贯彻党的十八届五中全会精神专题研讨班上的讲话中,他号召"特别要加大对困难群众的帮扶力度,坚决打赢农村贫困人口脱贫攻坚战"。❸

2 月 2 日,习近平来到了江西,看望慰问广大干部群众。在井冈山神山村,他说:"在扶贫的路上,不能落下一个贫困家庭,丢下一个贫困群众。扶贫、脱贫的措施和工作一定要精准,要因户施策、因人施策,扶到点上、扶到根上,不能大而化之。"❹

东风浩荡,山河呼啸。

❶ 习近平总书记的上述论述均摘选自中共中央宣传部"学习强国"平台"新思想"《论脱贫攻坚》。

❷ 习近平:《脱贫攻坚战冲锋号已经吹响 全党全国咬定目标苦干实干》,《人民日报》2015 年 11 月 29 日。

❸ 习近平:《深入理解新发展理念》,系 2016 年 1 月 18 日在重庆调研时的讲话,来源于《习近平扶贫论述摘编》,中央文献出版社 2018 年版。

❹《习近平:扶贫路上不能落下一个贫困家庭、丢下一个贫困群众》,新华社南昌 2016 年 2 月 3 日电。

井冈山的领导干部行动起来了，井冈山的党员干部行动起来了，井冈山的人民群众行动起来了，决心发扬井冈山精神，以攻城拔寨的勇气，啃下贫困这块"硬骨头"，打赢脱贫攻坚战。

毫无疑问，这是一场硬仗。

可是，这仗该怎么打呢？

——兵家曰："知己知彼，百战不殆。"

贫困人口究竟有多少？

贫困到什么程度？

贫困人口的生存状态到底又是什么样子？

一没有数据，二没有档案，三没有资料。

怎么办？

没有调查就没有发言权。井冈山首先做的工作就是摸清贫困的底数，像进行人口普查一样，对贫困进行一次大排查。因为只有掌握了第一手的真实材料，才能按照习近平总书记"看真贫、扶真贫、真扶贫"的指示，做到"因户施策、因人施策，要扶到点上、扶到根上"，实现精准发力，精准脱贫。

对脱贫攻坚工作，习近平总书记曾这样谆谆教导说："党的十八大以后，我第二次到地方调研，就到了河北阜平县，后来又去了不少贫困地区。我到这些地方调研目的只有一个，就是看真贫、扶真贫、真扶贫。不了解农村，不了解贫困地区，不了解农民尤其是贫困农民，就不会真正了解中国，就不能真正懂得中国，更不可能治理好中国。各级领导干部一定要多到农村去，多到贫困地区去，了解真实情况，带着深厚感情做好扶贫开发工作，把扶贫开发工作抓紧抓紧再抓紧、做实做实再做实，真正使贫困地区群众不断得到真实惠。"❶

❶ 《习近平：坚决打赢脱贫攻坚战》，来源于人民网 – 中国共产党新闻网2017 年 11 月 3日，系习近平总书记 2014 年 3 月 7日在参加十二届全国人大二次会议贵州代表团审议时的讲话。

习近平的讲话，道出了中国脱贫攻坚工作的真谛，传授了真经。只有带着深厚的感情，深入到农民生产、生活当中，贴近群众、贴近基层，真实地了解他们生活的真相，把握贫困状况的底数，有的放矢，对症下药，才能把脱贫攻坚这场战役打好、打赢！

总书记身体力行，为脱贫攻坚工作做出了好榜样。

东方风来满眼春。

2014年春天，一场"进村入户大走访"的行动在井冈山轰轰烈烈地开展起来。

在井冈山，有一个特别有意思的现象，井冈山人在工作中很少说"井冈山市"，一般都说井冈山，在官方讲话、文稿中也把"市"称作"山"。一时间，井冈山人民看到，山上山下，山里山外，不论是山上的羊肠小道，还是山间的农家小院，四处可见扶贫干部忙碌的身影，党员干部大面积地派遣到贫困村庄一线进行调查，覆盖率达到100%。这情景，老百姓惊呼——当年的红军又回来了，"愚公移山"精神又回来了……

不查不知道，一查吓一跳。

谁知，这一下去，从一线收集到的反馈情况，引起了井冈山管理局和井冈山市委、市政府班子成员的不安，"山"里的人睡不着觉了。

数据很快就统计出来了——截至2014年年初，井冈山总人口为16.8万人，其中贫困户4638户，贫困人口为16934人。井冈山市的贫困发生率高达13.8%，而同时期全国贫困发生率才5.4%。

不比不知道，一比吓一跳。

数字是冷的。数据的对比，差距大得惊人。井冈山老百姓的经济收入远远低于全国平均水平。

人心是热的。看了这一组数据，井冈山领导们的心里也打了一个寒战。

井冈山市下辖21个乡镇（场），80%的乡村处在山区，70%的人口生活在边远山村，2014年，全市农民人均纯收入6799元，而这一年，中国社会科学院农村发展研究所公布的全国农民人均纯收入已达9900元，前者不到后者的70%。

显然，造成贫困的原因多种多样，既有历史因素、地理因素，也有教育因素、文化因素，以及人口综合素质因素，等等。从调查统计来看，井冈山贫困人口中，残疾人口、因病致贫的人口比重较大，这是贫困率高居不下的重要因素之一。而从登记造册的贫困人口中还可以看到，井冈山的所有贫困人口教育程度比较低，几乎全部为初中以下文化程度，其中文盲、半文盲比例不小，有些家庭的"当家人"甚至"扁担倒下不知是个'一'字"，用老话讲属于"目不识丁"。

现在，社会上流传"红二代""官二代""富二代"的说法，而在"老少边穷"地区，贫困的"基因"中也同样存在着代际传承的现象，出现了人们不愿意看到的"贫二代"。他们由于缺乏有效的致富手段、能力和条件，导致"贫困"像一道枷锁扼住了他们对美好生活向往的咽喉，又如同一道镣铐捆住了他们奔小康的脚步，形成了新的越来越严峻的贫富差距现象。

有资料显示，如果按照国家标准的统计口径，截至2012年年底，我国有贫困人口9899万人，到2017年底，贫困人口累计减少6853万人，贫困发生率从2012年的10.2%下降至3.1%。随着改革开放的不断深入和国民经济的蓬勃发展，地处偏僻、交通不畅、信息闭塞但又闻名天下的井冈山，却依然长期处于远离时代潮流、远离社会时尚、远离开放前沿的尴尬境地。

作为中国共产党人的"精神高地",井冈山在政治和历史上的地位,决定了党和政府理所应当、责无旁贷地给予它关怀和重视,力所能及地给予它财力、物力上的扶持。在这一点上,新中国成立70年来,党中央和中央人民政府的所作所为,既无愧于革命先辈,也无愧于老区人民。但是,一个地方要从根本上摆脱贫困,走上小康乃至富裕之路,仅仅靠"输血"还是不够的,关键还在于增强其"造血"功能。

通过"进村入户大走访",井冈山扶贫人员发现了一个不同寻常的现象——在农村,除了绝对贫困户,多数贫困农民的收入会在一个相对稳定的范围内上下波动。而往常的扶贫工作,虽然用了很多方法,做了大量工作,但调查贫困户的具体情况时,缺乏精准手段,导致多年来都是用"大水漫灌"的方式扶贫。不可否认,在那个普遍贫穷的年代,"大水漫灌"的确起到了作用,所有扶贫地的所有贫困人口都能够平等地获得相应的扶助,经济上也有了共同的提升。但是,当扶贫事业经过几十年的发展,到了全国基本实现大面积脱贫的历史阶段之后,这种方式显然已经不能解决最需要解决的问题。自1978年以来,全国脱贫人数逾7亿,是2014年剩余的贫困人口的10倍,剩下的7000多万贫困人口,之所以没能跟上奔小康的步伐,主要还是受制于一些特殊的主客观因素,这使得他们凭个体的能力无法轻易改变甚至主宰自己的命运。党中央把这一次的扶贫工作称之为"攻坚战",可以想象这场战役的艰难、艰巨和艰辛的程度。

通过"进村入户大走访",井冈山发现了扶贫工作又有了新的现象——不可否认,从20世纪80年代中期以来,经过30多年的扶贫济困,中国大地上,早期的绝对贫困户和贫困人口的生活条件已经有了根本性的改善,无论在城镇还是乡村,哪怕是像在井冈山茅坪乡神山村这样的深山沟里,基本上是看不到有冻馁之虞的人了。也就是说,绝对贫困的问题基本上算是得到了解决。但是,贫困户和贫困人口的认定标准,随着中国整个社会和经济的发展与时俱进、水涨船高。在解决了"吃不起饭""住不起房"的问题之后,接踵而来的则是要解决"读不起书""看不起病"和生活质量相对贫困化的问题。

那一夜,井冈山市委会议室灯火通明,一直亮到下半夜。会议的议题只有一个——如何打赢脱贫攻坚战?

对井冈山来说,这一战,非同小可,也非比寻常,只能胜,而且要全胜!

是的,这的确是一场攻坚战,这是一场不能输的硬仗,没有击鼓,但有冲锋;没有硝烟,但有呐喊。攻城拔寨,不胜不还!——井冈山的扶贫干部发出了这样的誓言。

历史与现实、苦难与辉煌、光荣与梦想,就像大山一样,压在井冈山市委、市政府领导班子成员的心上。

前面,党中央决心已定,号令如山:坚决打赢脱贫攻坚战!

身后,井冈山的父老乡亲在眼巴巴地看着,对美好生活的向往在召唤!

在全面实现小康社会的大路上,一个村庄也不能丢下,一个群众也不能少!

没有退路,只能前进!

只能胜利,不能失败!

这次会议开得很长。

神山村脱贫
攻坚战标语

　　会上,没有不痛不痒的官腔,没有隔靴搔痒的官调,所有的话都挠痒处、戳痛处,直至要害,直指人心。一句话,那就是大家齐心协力,撸起袖子加油干! 以上率下,上下同欲,无坚不摧,立下军令状——扶贫不达标,不能回机关!

　　这次会议开得很扎实。

　　最后,经过民主讨论,集体酝酿,会议决定:要在2016年全市脱贫"摘帽",在井冈山革命根据地创建90周年时,向为这座大山流过血、拼过命的老一辈革命者,向井冈山父老乡亲,向党和人民交上一份令人满意的答卷!

10

　　没有调查,就没有发言权。

做了调查，也不一定有发言权。

为什么？问题就在于——调查的方法是否正确，调查的结果是否准确，解决问题的手段是否合理、合情、合法。调查研究有学问、要智慧，根本的方法就是要活学活用马克思主义，既要懂得唯物主义，还要学会用辩证法。

就井冈山而言，以往扶贫工作一直是"面上掌握"，没有精细到户、到人。现在按照党中央和习近平总书记提出的扶贫脱贫要求——因户施策、因人施策，要扶到点上、扶到根上，精准发力、精准扶贫——来执行。在这样的时代背景和政策条件下，井冈山决定在"精准"二字上下功夫，以实现党中央、国务院提出的"精准扶贫""精准脱贫"的要求。用老百姓的话形容，那就是要"普遍撒网，重点捕鱼"。

"普遍撒网"重在调查，"重点捕鱼"重在精准。于是，井冈山结合实际在脱贫攻坚实践中探索出了新路径——独家创制了"三卡识别机制"。

何谓"三卡识别机制"？

"三卡识别机制"就是按照国家确定的现行扶贫标准，以红、蓝、黄三种颜色的卡片来确定贫困对象的等次，明确标准后再依照该等次来确定帮扶措施，这就改变了"大水漫灌"的方式，不再是"撒胡椒面"，而是做到"有的放矢"，一对一地精准施策。

"红卡"为特别贫困户（特困户），其标准是无劳动能力、无职业、无法依靠自身力量摆脱贫困的人家。

"蓝卡"为一般贫困户，致贫原因为劳动力缺乏，同时也缺资金、缺技术，需要有针对性地加以扶持的人家。

"黄卡"为2014年已经实现脱贫的贫困户。

2014 年的"进村入户大走访"调查结果显示：井冈山市 21 个乡镇（场），总人口为 16.8 万，共有 47779 户人家，仍有 35 个贫困村，共有 4638 户贫困户 16934 人，其中"红卡户"为 1483 户 5014 人，"蓝卡户"2218 户 7787 人，"黄卡户"为 937 户 4133 人。由此，可以推算出一个结果，井冈山的贫困发生率高达到 13.8%，而同时期全国贫困率才 5.4%。井冈山的农民平均收入为 6799 元，全国农民的平均收入为 9900 元。即使到了 2015 年，井冈山的人均收入为 7687 元，比起全国人均收入 11422 元仍然低了 32.7%。

数据会说话，数据很惊人！

"三卡识别机制"出台，克服了以往扶贫工作中搞的"大概印象，笼统数据"，转而聚焦"贫困面有多大，贫困人口有多少，致贫原因是什么，脱贫路子靠什么"等一系列问题，依靠建立"百姓档案"，确保"贫困户数一个不少，贫困原因户户门儿清"。

"摸清底数，心中有数"——通过"三卡识别机制"，在"摸清底数"的基础上，井冈山确定了有针对性的脱贫方案，做到扶助对象和扶贫干部双方"心中有数"，从而能够有机配合，协同一致，实现扶贫攻坚的战略目标。

通过"进村入户大走访"的系列跟进、推进，井冈山从市、乡镇和村组各个层面建立了完整的"百姓档案"，档案采集的内容包括户主姓名、家庭基本信息、收入现状、致贫原因、主要诉求等，实现了"户有卡、村有册、乡（镇）有簿、市有档"。贫困户信息档案的建立，一下子保证了"五个精准"——扶贫对象精准、项目安排精准、资金使用精准、措施到户精准、脱贫成效精准，为推进扶贫攻坚工作做好了坚实完备的数据支撑。

写到这里，肯定有读者提问了——"三卡识别机制"好是好，可是你凭什么标准去识别呢？标准是一把尺子，但尺有长短，具体量化的时候还是有人为的因素，是不是符合国家标准，能不能符合农民愿望呢？也就是说"精准识别"能不能做到又"精"又"准"呢？

这个问题，在全国扶贫工作中都是一个容易受到群众诟病的问题。在我来神山村采访之前，国务院扶贫办主任刘永富在中国作家协会办公大楼十层的会议室给我们做辅导报告的时候，就曾公开说起"马山事件"——2015 年 10 月审计署就查出广西马山县违规认定 3119 名扶贫对象，教训深刻。不过在听报告的那一刻，我忽然觉得党中央任命一个名字叫"永富"的人当国务院扶贫办主任，真是意味深长，寓意美好。

贫困户的确定，能不能做到公平、公正、公开，关系到千家万户，也关系到党和政府的形象。这也是我在井冈山采访时尤其关注的问题之一。

井冈山是怎么做的呢？我们不妨以神山村为例，看看"山"里人是如何做到又精又准，把真正的穷人找出来的。

黄承忠从 2003 年 12 月开始到神山村挂点任茅坪乡驻神山村工作组组长，到 2015 年 6 月担任村党支部书记，直至 2018 年 10 月调任新城镇副镇长，见证了神山村扶贫攻坚工作的全过程。当我驱车来到新城镇采访他时，1977 年出生的黄承忠非常激动，他说："从 27 岁到 42 岁，我的青春都是在神山度过的。"

位于井冈山黄洋界脚下的神山村，有两个村民小组，一个叫神山组，一个叫周山组。作为井冈山 44 个贫困村之一，和许多没有摆脱贫困的山村一样，贫穷、落后的帽子始终压得神山村抬不起头、喘不过气。黄承忠说："我们神山只有 54 户、231 人，全山执行'三卡识别机制'后,神山最终建档立卡的贫困户高达21户、50人,比例相当高。其中,'红卡户'4户、8人,'蓝卡户'15户、35人,'黄卡户'2户、7人。在全山范围来说,处于罗霄山脉最深处的神山村,是一个土坯房相对集中、贫困相对集中的封闭落后的深度贫困村。"

在神山村村部,我看到村委会会议室墙上有这样一张表格,表上所有贫困户的贫困人口、贫困类型、帮扶人、帮扶单位、脱贫年度和帮扶致富产业等情况一目了然。

表1　神山村贫困户脱贫情况表(2019)

序号	村民小组	户主姓名	贫困人口	贫困户类型	帮扶人	帮扶单位	脱贫年度	致富产业			
								产业入股	旅游业服务	合作社务工	其他
1	神山组	黄端初	2	★	黄小勇	茅坪乡人民政府	2017	√	√		
2	神山组	葛湘村	2	★	陈学林	井冈山市科协	2016	√		√	
3	周山组	赖伯芳	3(死亡1人)	★	杨烨	茅坪乡人民政府	2016	√			
4	神山组	邹姜莲	1	★	已去世						
5	神山组	邹长娥	1	●	肖冬华	茅坪乡人民政府	2016	√	√		
6	神山组	罗林辉	3	●	黄小勇	茅坪乡人民政府	2015	√	√		
7	神山组	彭德良	6	●	陈学林	井冈山市科协	2015	√	√	√	
8	神山组	王青阳	1	●	刘晓泉	茅坪乡人民政府	2016	√			

序号	村民小组	户主姓名	贫困人口	贫困户类型	帮扶人	帮扶单位	脱贫年度	致富产业			
								产业入股	旅游业服务	合作社务工	其他
9	神山组	谢福庄	1	●	袁小刚	茅坪乡人民政府	2016	√			
10	神山组	左从林	2	●	李燕平	茅坪乡人民政府	2015	√	√		
11	神山组	彭水生	2	●	李燕平	茅坪乡人民政府	2016	√	√		
12	神山组	彭云生	2	●	刘晓泉	茅坪乡人民政府	2015	√			
13	神山组	熊吉甫	1	●	袁小刚	茅坪乡人民政府	2015	√			
14	神山组	张成德	2	●	康莉	茅坪乡人民政府	2016	√	√		
15	神山组	邹有福	2	●	兰胜华	井冈山市人民政府	2015	√	√		
16	神山组	左秀发	5(迁出1人)	●	康莉	茅坪乡人民政府	2016	√	√		
17	周山组	彭亮妹	2(死亡1人)	●	肖冬华	茅坪乡人民政府	2016	√			
18	周山组	赖福洪	2	●	杨烨	茅坪乡人民政府	2015	√			
19	周山组	赖石来	3	●	肖平华	井冈山市科协	2016	√	√		
20	周山组	赖志鹏	4	▲	陈学林	井冈山市科协	2014	√		√	
21	周山组	赖福山	3	▲	陈学林	井冈山市科协	2014	√	√		

注：★为红卡户　　●为蓝卡户　　▲为黄卡户

凡事有经有权。

"三卡识别机制"设立后，在执行中又制定了相应的保障制度。黄承忠告诉我："井冈山市出台了《贫困户精准识别界定办法》，扶贫工作组循照此办法，采取普遍宣传、村组推荐、入户调研、群众评定、程序公开等方式，让乡里乡邻参与评鉴，使得'精准识别'不盲目、马虎作风一扫空、群众口服心也服，经得起客观检验。还有一条非常重要的原则，那就是坚持让群众参与评定，让集体参与决策，不搞哪一方说的算，杜绝一个人说的算。目标只有一个，那就是把真正的穷人找出来。"

"应扶尽扶，一户不少；优亲厚友，一个不行。"为确保"精准识别"又"精"又"准"，黄承忠给我详细介绍了井冈山市脱贫攻坚创新工作法的"一二三四五"。

井冈山市借鉴党务和政务工作中的一些好的方式方法和模式，大胆进行工作创新，采取了"一二三四五"的认证程序，即：

　　　　一访——走访贫困户；

　　　　二榜——在村组和圩镇张榜公示；

　　　　三会——分别召开村民代表大会、村两委会、乡镇（场）党政班子会；

　　　　四议——通过村民小组提议、村民评议、村两委审议、乡镇（场）党政班子决议；

　　　　五核——村民小组核对、村两委审核、驻村工作组核实、乡仲裁小组核查、乡镇（场）党政班子会初核。

作为最底层的始终在扶贫一线战斗的扶贫工作人员，黄承忠深有体会地说："通过一访、二榜、三会、四议、五核，精准识别到了每户每人,这就为精准脱贫系好了第一粒扣子,有状你先告,村内装穷的、外面有钱的都识别出来了。"

在落实"一二三四五"认证程序中,井冈山市委、市政府对乡镇(场)和工作组还提出了新的工作标准——"沉下去,查实情;接地气,访真贫;当表率,扬正气;明导向,服民心。"同时,井冈山还出台了一些具体的规定,明确量化了评定标准,并确定"五类人员"不准进入,即家中有国家公职人员(财政系统发工资)的、建了新房的、买了私家车的、购买商品房的、办企业的。这样,评定过程中,指标量化了,过程透明了,信息公开了,"靶向扶贫"的目标也达到了。

对"一二三四五"认证程序和"三卡识别机制",茅坪乡党委书记刘晓泉用四句话做了比较通俗易懂的概括:"组内最穷,村内平衡,群众公认,乡村把关。"

"三卡识别机制"运行后,井冈山市的"精准扶贫"工作根据中央提出的"因户施策、因人施策,要扶到点上、扶到根上"的要求,精准发力,确实取得了良好效果,真正实现了"看真贫、扶真贫、真扶贫"。在识别过程中,井冈山市共排查非贫困户 303 户、1155 人,新纳入建卡对象 44 户、136 人。

"三卡户"的家庭生活、经济收入等情况每年都是在发生变化的,尤其是部分"黄卡户"。"黄卡户"收入虽然达到了脱贫标准,但返贫的可能也随时存在的。因此,井冈山市在扶贫攻坚当中,始终实行动态管理,采取精准纳入和精准退出密切结合,又通过"基本信息卡、帮扶记录卡、政策明白卡、收益登记卡"的"四卡合一",建立起"百姓档案",做到每家每户每年的情况清清楚楚、实际收入明明白白,确保"贫困在库、脱贫出库",从而达到"贫困户一个不漏,非贫困户一个不进,贫困原因个个门清,脱贫门路户户有数"。

　　神山村不大，村内新修的水泥路如同一根枝丫，不到一刻钟就能走完。抵达神山村的当天下午，茅坪乡副乡长、驻神山村工作组组长李燕平带着我沿着习近平总书记考察调研的路线，一路向北走去。地势越来越高，我们一直爬到北边的山顶上。山顶上只住着一户人家，女主人叫彭夏英。

　　几个月前，彭夏英家门口的山体出现了严重塌方，泥土裹着灌木、野草和石头滑落，甚至覆盖了山脚下的空地。现在村里正在用水泥对这片山坡进行加固，做了梯形被覆墙，还沿着山沿修建了一道栏杆，相比之前，更加漂亮了。

　　小人物也有大命运。

　　说起彭夏英，这个农村妇女不简单。现在，她不仅是神山的大名人，不仅是井冈山的大名人，也不仅是江西的大名人，还是全国的

神山村"蓝卡贫困户"彭夏英家山体滑坡后，村里修建的护坡

丁晓平／摄

大名人。2016年春节前，在全国几乎所有的主流媒体上，都能看到这样一张著名的照片——习近平总书记坐在一户农家的八仙桌上首，与女主人话家常。这位女主人就是彭夏英。

见到彭夏英的时候，她一手拿着A4复印纸、一手拿着圆珠笔，站在厨房门口不停地念叨着什么。经过介绍，她赶紧放下手中的活计，带着我们来到她招待习近平总书记的堂屋参观。

这是一栋老屋，破旧、低矮、简陋，散发着浓浓的烟火味，黄黑色的土墙覆盖着岁月的烟尘。大家开开心心地进了屋子，客客气气地互相让座，高高兴兴地轮流体验总书记坐过的位置。

生于1967年的彭夏英文化水平不高，只读到小学四年级。1981年，她和在这里做木工的"川娃子"张成德结婚后，生了三个孩子，大的是女儿，两个小的是儿子。1990年，张成德帮左秀发家撤老屋，突然墙塌了，把他压在下面，造成重伤。后来虽然命保住了，但再也不能干重体力活了。

男人倒下了，这个家的顶梁柱就塌了。上有老，下有小，怎么办？彭夏英一边把伤心的眼泪往肚子里吞，一边默默地一个人扛起了生活的重担。1993年，省吃俭用的他们把多年的积蓄拿出来盖了三间瓦房。谁知，房子刚刚建好不到半个月，就因为山体滑坡塌了。祸不单行，没过几年，她上山砍竹子时，一不小心摔倒了，从山上滚到山下，爬不起来了。乡亲们把她抬到医院后，她被诊断为严重骨折，在手术台上躺了5个多小时。

就这样，彭夏英一家的生活越来越困难了，由拮据渐渐滑入了贫困。女儿生病时她连10元钱都借不到，她一家成了神山村需要帮扶的贫困户之一。

通过井冈山"三卡识别机制"的识别认定，2015年，彭夏英被确定为"蓝卡户"。在这种情况下,政府扶持她家养了6头黑山羊种羊,还请来专家教她如何防病治病。很快,她就扩大养殖,发展到30多头。那时,一只黑山羊在市场上可以卖到上千元,几只羊羔出手,彭夏英就赚到了以前全家一年的收入。随后,她又在政府的帮扶下,养了十几头牛,还养了娃娃鱼,很快就摆脱了贫困。

2016年2月2日,就在习近平总书记来她家做客的头一天晚上,她家的羊竟然生下了双胞胎,好像是专门来给她报喜似的。

一见面,习近平总书记就微笑着跟张成德、彭夏英夫妻二人打招呼:我给你们拜年啦!

习近平走进了屋,看到厨房里热气腾腾,笑着说:好热闹啊!

彭夏英激动地说:"乡亲们正在我家里蒸米果,这是我们的过年年货,年年都要送这个礼物。"

与习近平肩并肩坐在自家的八仙桌前,干练、爽朗的彭夏英内心激动,但一点儿也不拘束。她用果盘装了红鸡蛋、花生、瓜子、杨梅干、豆角酥和井冈山蜜柚,盛情招待习近平总书记一行。总书记体察民情,与她家长里短话桑麻,嘘寒问暖谈民生,亲切得就像亲戚。习近平问什么,她就答什么。习近平问得很仔细,她回答得很具体。

"你们家有几口人吃饭?"

彭夏英回答:"我们家有五口人吃饭。我和爱人,一个老母亲,还有两个儿子。女儿出嫁了。"

家里有什么收入啊?

彭夏英回答:"就是种点田打点粮食,地里种点蔬菜,山里面砍竹子搞点零花钱。"

孩子都在哪里打工?有多少钱一个月?

彭夏英回答："儿子在深圳打工，1000多块钱一个月。"

政府对你们家里有什么扶持项目？

彭夏英回答："政府扶持项目有好几个，一个是帮我们入股种了黄桃，每年都有股份分红，还送了黑山羊给我们养。另外，我们有低保，医疗也有合作社保障。砍竹子一年也有两三千元，加上政府扶持资金，一年下来也有9000多元收入。"

说着，习近平总书记忽然指着墙上挂的一幅年画，上面写着"光荣之家"几个字，问道：你家为什么挂这幅画？

没等彭夏英回答，站在一旁的茅坪乡党委书记兰胜华说："老张当过兵，（彭夏英）是军属。"

习近平颔首微笑着。

这时，村支书黄承忠端着热气腾腾的米果从厨房里走出来，放在桌子上。

看着热气腾腾、香味扑鼻的豆粉米果，习近平十分高兴，拿起筷子夹起一个，尝了尝，还叫陪同的其他领导同志大家都来尝尝。

放下筷子，习近平问道：你们过年时招待客人，也是这些茶点吧？

彭夏英回答："也就是这些。"

这时，习近平站起来，给张成德、彭夏英夫妇送上准备好的年货——一袋大米、一壶油、一袋花生、一袋红枣和一个电取暖器。

彭夏英激动地说："总书记千里迢迢地来看望我们，非常感谢您！"

习近平笑着说：给你们拜年嘛！

说完，习近平走进卧室。看到书桌上摆着一台旧电视，拿起遥控器问道：你们这个电视机能收到几个台？

彭夏英说："以前只能收到一个台，现在政府送了户户通小锅子给我们,可以收到 50 多个台了。"

听了之后,习近平就拿着遥控器调了 5 个频道,感觉很不错,才放下,笑着说:电视还是老电视,你们还没有买新的啊。

彭夏英笑着回答道:"我们已经准备好了,等儿子回来,准备买一个新的。"

走到床铺边上,习近平指着床上的被子,问道:你们盖的被子冷不冷?

彭夏英说:"不冷啊,我们屋子里有火盆呢。"

看完卧室,习近平走到屋外,看到水池里养着娃娃鱼,问道:这个娃娃鱼吃什么东西呀?

彭夏英说:"吃猪肉、泥鳅、虾米。"

习近平笑了,说:这些小东西还要吃好的啊!

说完,大家都乐了。

一边走一边看一边问,习近平又走进彭夏英家的厕所,看见里面装有自来水冲厕装置,就亲自按了一下水箱的按钮,只见水哗哗地冲了出来,他放心地点了点头。

走到屋外东边的小路上,习近平看到了一对非常可爱的小羊羔。彭夏英告诉总书记,这对羊羔是昨天晚上才出生的一对双胞胎。

习近平听了非常开心,关切地问道:这个羊都吃什么东西?

彭夏英告诉总书记:"吃竹叶、树叶,它们每天都自己在山上找吃的,不用买饲料喂。这羊好养,白天放到山上,晚上它们自己回家,不用我们去找。"

这个羊是什么品种?

"成都麻羊。"彭夏英回答道。❶

上厅堂、下厨房,习近平总书记在彭夏英家里里外外转了转,

❶ 上述内容来源于笔者 2019 年 9 月 11 日、9 月 15 日采访彭夏英、张成德的录音。相关内容亦可参见——凌翼《井冈山的答卷》,江西人民出版社 2019 年版,第 311、312 页。

亲自操作遥控器看一看电视机能够搜索多少个频道,到卫生间亲自按下自来水冲厕水箱按钮看一看有没有水流出来。细微之处见精神,也见真情。什么叫一滴水中见太阳? 人民领袖与人民之间的鱼水情,就是在这点点滴滴中荡漾开来,在人民的心中扎了根。

离开时,看到习近平眼神中似乎还是有些不放心,彭夏英拉着总书记的手说:"我们生活过得非常好! 我们感谢党的好政策,感谢您来看我们,您给全国人民当家当得好,我们老百姓感到很幸福!"

习近平谦虚地说道:"我们国家是人民当家作主! 包括我在内,所有领导干部是人民勤务员。"❶

听着习近平总书记意味深长的话语,彭夏英的眼泪在眼眶里打圈圈。

一晃半个小时就过去了,日理万机的习近平总书记要告辞了,彭夏英两口子舍不得总书记走,想一直送总书记到村口。习近平客气地让他们留步,不要送了。他们就站在山坡的路口上,不停地挥着手,目送着总书记一行。❷

没想到,习近平总书记前脚走才两天,春节前夕,三位陌生人闻讯来到了神山村。这是神山村来的最早的游客。他们自称是退伍军人,在村里转了转,中午想在彭夏英家吃个饭。彭夏英也爽快,就炒了四五个家常菜。山里寒冷,平时山里人都爱喝点烧酒去去寒,爱人张成德也爱这一口。因为都当过兵,张成德见了战友格外亲,就这样四个退伍军人一边吃一边喝一边聊,更加亲热了。

告辞时,三个退伍军人留下 100 元钱,彭夏英和张成德坚决不收,但是最后还是拗不过人家,收下了。不过,这件事给了他们夫妇很大的启发。春节时,儿子女儿都回来了,最后大家一合计,

❶ 《习近平春节前夕赴江西看望慰问广大干部群从》,中央电视台《新闻联播》2016年2月3日。

❷ 2019年9月11日、9月15日,笔者采访彭夏英、张成德的录音

在龙市镇工作的女儿决定回家开办农家乐,每年交给父母3万元的租金。

这年正月二十,全村第一家农家乐——"成德农家宴"在彭夏英家开张了,生意好得有些意外。因为习近平总书记来过彭夏英家,在这里叙谈了20多分钟,而且还吃过她家的米果,因此来神山村旅游和见学的人们都会慕名来她家吃饭、购物。

2017年下半年,因为女儿在龙市镇的工作分不开身,彭夏英老两口就决定自己承办农家乐,半年下来就挣了5万元。同时,他们还开了一家"神山特产小卖部",零售一些自家生产的土特产,比如果脯、米果子、茶叶、笋干、竹篮,还培育兰花、映山红等盆景来出售。这样,一年下来,她家的收入翻了好几番,达到了10万元,成为村里的脱贫典型。

2017年底,彭夏英主动向村里写申请,不要政府的低保,不当贫困户,要求把救助让给"比我更需要的人"。面对一些已经脱贫却不肯写脱贫申请的人,她直率地说:"我不想当贫困户,贫困户

张成德在做
竹编手艺

的小孩找对象都难。"

面对政府发放的救助金,有人觉得"不要白不要",彭夏英却说:"党和政府只能扶持我们,不能抚养我们。"

彭夏英这简简单单的一句话,感动了无数的人们。站在她的面前,我甚至有点难以相信,这句富有哲理的话,竟然出自一个农村妇女之口。这需要多么大的志气和胸怀啊!这需要多么大的勇气和自信啊!该用什么语言来形容呢?又该用什么词语来赞美呢?在听到这句话的那一瞬间,我想到了一个词语——觉悟。这个觉悟,就是家国情怀,就是在家与国之间的一种选择,是由家到国的灵魂跃升。是的,这就是觉悟。没有什么比这个平平淡淡的词语,更能形容和赞美彭夏英的家国情怀了。这是新时代农村妇女的崭新形象,是在脱贫攻坚战中一个农民从口袋富起来到脑袋"富"起来的最美表达。说起这些,淳朴、善良的彭夏英还用当地的俚语说道:"死水不经舀,要细水长流。"

> 食唔穷,着唔穷,
> 么划么算一生穷。

客家谚语木牌
丁晓平 / 摄

这是神山村流传下来的一句客家谚语,意思是说:"一个人吃不穷,穿不穷,但生活没有计划好,会一辈子穷。"

说起彭夏英的事迹,井冈山茅坪乡党委副书记王晓慧十分感动,真诚地对我说:"一个从来没有走出过井冈山大山沟的农村妇女,有这样的胸怀、素质和情怀,真是令我敬佩。要知道,在农村评低保,经常是人找人,找关系托人情,工作不好做。彭夏英是第一个主动向村里提出不要低保,让更需要的人去享受的,这真的是一件了不起的事情。她就是我们'最美茅坪人'。"

后来,为了配合神山村发展旅游业和新乡村建设需要,彭夏英又第一个在村里响应号召低价卖了自家养的黑山羊,第一个在村里带头拆了自家的牛圈和厕所。

王晓慧是在井冈山脱贫攻坚战中成长起来的一名女干部。2016年,时任茅坪乡党委委员的她,安排到坝上村定点帮扶,帮扶对象是61岁农民邓洪明。第一次走进邓洪明家时,她大吃一惊,简直不敢相信自己的眼睛,只见锅台上灰积如山,砧板上的油渍污垢黑得发亮,屋里的脏衣服散乱成堆……加上常年酗酒,邓洪明连话都说不太清楚了。"说心里话,刚一走进他的家里,看到脏、乱、差,心里确实有些受不了。"王晓慧记忆犹新,"那时候,脱贫攻坚没有模式,怎么管理,如何借鉴,都是摸着石头过河。"面对如此窘境,她迅速调整心态,决定从小事做起,从细节入手。

虽然乡里的工作很忙,但王晓慧每周都会挤出两天时间到邓洪明家看看,就像出嫁的女儿回娘家一样,什么活都干,扫地、清洗厨房、洗衣服等。王晓慧说:"一开始,老邓对我的态度还是比较冷漠的,也不爱和我说话。慢慢地,他对我的态度变得亲近了许多。"随风潜入夜,润物细无声。经过王晓慧的细心帮扶,邓洪明不但基本戒了酒,而且参加了村里"红军餐"的接待工作,年纯收入1万多元,儿子在外打工一年也有2万多元,2016年全家收入达4万元,家里还添置了一台5000多元的摩托车,日子开始红火起来。

有过亲身的扶贫一线实践,王晓慧对脱贫攻坚工作就有了更深切的体悟。她说:"毛主席在八角楼写下了著名的《中国的红色政权为什么能够存在?》《井冈山斗争》,都是从群众中来,到群众中去。实践出真知。在脱贫攻坚战中,人民群众给我上了一堂生动的课,尤其像彭夏英这样淳朴的农民,让我体会到'反哺'这两个字的重量,更加感到我们的工作有价值有意义,我们国家的脱贫攻坚工作将写在人类历史上。"

2017年,彭夏英荣获"感动吉安十大人物"称号,当选吉安市人大代表。

2018年10月17日,在北京召开的全国脱贫攻坚奖表彰大会暨首场脱贫攻坚先进事迹报告会上,彭夏英又荣获"全国脱贫攻坚奖奋进奖"。

听了彭夏英的故事,我忽然觉得,站在眼前的这个贤惠、聪明、清秀的农村妇女,虽然已经被生活的重担压弯了腰,但她是一个有志气的坚强的女人。

人穷志不短。从神山村这个山沟沟里,彭夏英依靠勤劳的双手,自力更生斩断了穷根,终于第一次坐上了飞机,第一次来到了首都北京,第一次获得了国家的奖励,这真是她夫妇俩一辈子想也不敢想的事情。

彭夏英的丈夫张成德,1950年出生于重庆合川,1968年参军,到西藏日喀则的吉隆县当了一名边防军人。当兵8年后,退伍回乡。不久,他离开家乡,四处谋生,当过木匠、篾匠,也当过瓦工、泥工,最后落脚井冈山神山村。1981年他与小他17岁的彭夏英结婚,倒插门做了上门女婿。

因为贫困,张成德离开家之后,就再也没能回过老家。2017年3月,他带着妻儿衣锦还乡,终于回到了阔别30年的故乡。回到老家,父母都已经不在了,只见到了大哥张成福。30年不见,斗转星移、物是人非,兄弟俩老泪纵横,抱头痛哭。把酒当歌,人生几何,岁月蹉跎,骨肉情深。现在日子都好了,幸福的未来更是充满希望,欢歌代替了愁容。交谈中,张成德激动地把习近平总书记来家中看望他们的事情告诉了哥哥。

哥哥张成福听了,摇摇头说:"成德,你说啥呢?你说啥,我不信习主席会去你们家,你没有这么大的面子。"

无论弟弟怎么说,哥哥怎么也不相信。无奈,张成德就从箱子里拿出早就准备好的照片递给大哥看,还让儿子从手机里调出视频来证明。可是,哥哥张成福还是不相信,脑袋晃得更凶了,笑着说:"成德,你回家了,我们高兴。在外面混了30多年,也没见你回来过一次,你可别在我这里吹牛!别拿网上的东西忽悠我这老头子。"

见哥哥不相信,张成德就主动邀请哥哥跟他一起来井冈山神山家里走亲戚,玩一玩,看一看。哥哥爽快地答应了。到了神山村,哥哥张成福在张成德家住了一个星期,在村里和井冈山又转了转,耳闻目睹后,这一下终于相信了。看到弟弟真的没有诳他,他开心地笑了。张成福看到弟弟家已经脱离贫困,发家致富了,打心眼里为弟弟感到高兴和自豪,并且觉得习近平总书记真是了不起。

吃水不忘挖井人。2018年春节前,也是过小年的时候,深怀感

恩的彭夏英想给习近平总书记写封信,感谢他的恩情,并汇报神山村这两年的大变化。坐在自家堂屋的八仙桌旁,心里回忆着当年与总书记肩并肩坐在一条板凳上谈心的往事,彭夏英心里百感交集,一时间不知如何说起。很久没有提笔写信的她,觉得手中的笔比做女红的绣花针还要难以拿起,比在田间劳动的锄头还要沉重。她这么写道:

尊敬的习总书记:

您好!两年前的小年,您来到我们神山村,来到我们家,询问我们日子过得怎么样?两年过去了,如今我们神山村发生了翻天覆地的变化。

政府帮助我们把房子进行了整修,路也变宽了。每家每户发了黄桃和茶树苗,成立了产业合作社,大家都入了股,去年还举办了黄桃节。

两年过去,大伙开起了农家乐,做起了小生意,有的卖工艺品,有的打糍粑。

> 曾经给总书记竖大拇指的老支书彭水生还经常被游客请去讲神山村的变化,讲井冈山脱贫的故事。村里制作竹筒的年轻人左香云,还当上了全国人大代表。我们都为他高兴,听他说过完年不久就要去北京开会。我们全村人都托他向总书记问好,大家说神山村的变化,都是总书记您带来的……

字少情浓,纸短情长。一封信,写满了中国农民对习近平总书记的爱戴之情。

因受中国老区建设促进会的邀请,彭夏英第二天就要去北京参加"巾帼心向党,建功新时代"2019年扶贫日论坛活动,我就匆匆结束了采访,约好等她回来时再详细地聊一聊。她答应了。

5天后,彭夏英从北京回来了。白天,我忙于到茅坪、新城采访,等我回到神山村的时候,已经是晚上9点钟了。因为第二天采访的行程已经安排好,我希望今晚就去完成对她的采访,可是又担心她已经休息。山村的夜,似乎黑得更早。江西高校出版社的朋友开着车,把我送到了她家前面的山脚下。我抬头望了望,二楼的灯依然亮着,就鼓足勇气爬上山坡,站在她家的楼下喊她。不一会儿,她打开窗子,看见是我,就打着手电下楼了。

进了堂屋,彭夏英继续讲她的故事,讲她这次在北京开会的见闻,还拿出她的获奖证书、奖杯、奖牌让我拍照。结束采访时,我提出想看一看第一天见到她时她正在准备的发言稿,看一看她这次到北京参加论坛都说了些什么。她爽快地答应了,麻利地从会议文件袋中找出来递给我。发言稿的题目是《幸福生活是干出来的》,她这么写道:

尊敬的各位领导、同志们：

我叫彭夏英，是井冈山市茅坪乡神山村一个贫困家庭的普通妇女。早年丈夫在外务工时，足部摔残，无法胜任重体力活，我便成了家中的顶梁柱。一家老小主要依靠我一人务农获得微薄的收入，日子很是煎熬，一直住在不足 60 平方米的破旧土坯房。2015 年，我家被列为建档立卡贫困户。

国家精准扶贫的春风吹进了神山村，党的阳光也照进了我的家门。2016 年 2 月 2 日，习近平总书记到井冈山市茅坪乡神山村视察精准扶贫工作，走进了我家，让我有幸受到总书记的关心关怀。总书记亲切询问我家生产生活情况，并鼓励我们要树立信心，脱贫致富。在习主席和各级政府的鼓励下，我焕发了青春，鼓足了劲头，不等不靠，抢抓机遇，自主创业，摆脱贫困。自己脱贫致富后，带动周围贫困群众一起致富共奔小康。

抢抓机遇加油干，做脱贫路上的先行者。毛主席说："自己动手，丰衣足食"；习主席说："幸福都是奋斗出来的。"我坚信领袖们的话，幸福生活是干出来的。受习主席视察我们神山村的影响，全国各地的游客纷纷到来，神山村迎来了旅游发展的新契机。面对踏破门槛的客人，我看到了脱贫致富的商机，全家人一合计，下定决心办农家乐，拿出了准备建房的全部积蓄，开办了全村第一家农家乐，将住了大半辈子的房屋腾出来，置办了餐具，开了6桌，可同时容纳60多人用餐。我带领一家人加班加点，苦心经营，不断改善菜品质量，提高服务水平；坚持和气生财、客人至上、诚信是金的经营理念，得到了游客们的赞誉。农家乐生意办得红红火火，年收入超过10万元。在经营"农家乐"之余，我和丈夫还开起了神山特产小卖部，除向游客出售自家制作的果脯、笋干、腊肉等，又重新拾起放下多年的竹篮编织和竹筷制作手艺，制成竹制品，从山上挖些野生兰花、映山红等做成盆景出售，每月还能增收不少。就这样不久，我家就过上了好日子，生活就像井冈山的翠竹，节节高。

要扶持不是要抚养，做自主脱贫的促进派。过去的神山村交通闭塞，基础条件差，部分贫困群众"等着扶，躺着要"，我虽然文化不高，但对这样的做法很不赞成！"我不想当贫困户，贫困户小孩找对象都很困难"，这是我经常同邻居们讲的内心感受。村里一个贫困户是我同族的亲戚，经过乡村两级帮扶，已完全达到当年的各项脱贫指标，但他就是不写脱贫申请，还想得到政府更多的资金扶持。我得知这一情况后，主动出马"现身说法"，同亲戚讲事实、摆道理，最后一句"政府只能扶持我们，不是抚养我们！"让这个贫困户很受触动，顿然释怀，主动写了脱贫申请。我不仅自己主动申请脱贫，还以实际行动引导符合条件的村民主动脱贫，支持政府早日完成脱贫攻坚任务。在村里评审低保时，我主动把丈夫享受的低保指标让给更需要的村民。我经常给领导们说："习总书记到了我家，很多游客也慕名来我家吃农家饭，我富裕了，这些就让给更困难的邻居吧。"

独享富不如共致富，做共同致富的带头人。我想，光自己富不算富，只有带动和帮助全村贫困户脱贫致富，才能共同发展，和谐共生。因此，我一方面把自己平时积累的客源介绍给其他"农家乐"；另一方面，积极与红色培训机构对接，争取更多的游客前来参加红色培训和休闲旅游。为提高村里接待能力，使更多的贫困群众在旅游市场获取收益，我主动牵头成立了神山旅游管理协会，并挨家挨户上门宣传动员，邀请他们加入协会。通过不懈努力，全村共有近百人入了会，有 16 户开办了农家乐，从业人员 56 人。通过协会的积极运作，来神山体验农家乐的游客越来越多了，大伙的生意也越来越好了。2017 年，全村农户人均纯收入 1.78 万元，其中贫困户人均纯收入达到 8737 元。

瞧！庄稼人说的都是庄稼话，就像种在地里的庄稼，是你看得见的那一片生机勃勃，是你喜欢的那一片青翠欲滴。

我粗略地看了一遍，发现在这张用 A4 纸打印好的发言稿的最后，她又工工整整地加写了一段文字，仅仅两行，内容如下：

我相信在党和政府的带领下，我们依靠自己勤劳的双手，生活一定会更加美好，我们也一定能够同步迈入小康社会。

读完彭夏英手写的这段文字，我内心一震，如果不是亲眼所见，我很难相信这是一个农村妇女说出的话，是一个曾经的贫困户写出的文字。什么叫不忘初心？什么叫共同致富？我心悦诚服地为彭夏英竖起大拇指点赞，不能不把尊敬的目光投给她。而从她的身上，我欣喜地看到，口袋富起来的神山村的父老乡亲在脱贫攻坚这场人类伟大的斗争中，脑袋真的"富"起来了！他们也是新时代最可爱的人。

彭夏英喜欢唱歌，嗓子也好，她用朴素的语言把自己脱贫致富的感悟编进了山歌里，欢唱着神山老百姓的幸福——

打起攻坚战，过起新生活

唱起幸福歌，温暖暖心窝

财富有多少，要靠自己去奋斗

没有翻不过的山，没有蹚不过的河

心中有梦无难事，苦辣酸甜都是歌

…………

井冈山是盛产民歌的地方。井冈山的山歌悦耳动听。与其说是彭夏英唱出了乡亲们的心声，不如说是我听见了神山在歌唱……

中篇：地利

要把扶贫开发同基层组织建设有机结合起来，抓好以村党组织为核心的村级组织配套建设，鼓励和选派思想好、作风正、能力强、愿意为群众服务的优秀年轻干部、退伍军人、高校毕业生到贫困村工作，真正把基层党组织建设成带领群众脱贫致富的坚强战斗堡垒。

——习近平《在部分省区市扶贫攻坚与「十三五」时期经济社会发展座谈会上的讲话》（二〇一五年六月十八日）

风景这边独好

❶ 此章节内容大部分参考引自《毛泽东传（1893—1949）》第八节《上井冈山》，中央文献出版社 1996 年版，第 159—180 页。

12❶

10 月 7 日，是神山村一个特别的日子。

10 月 7 日，也是茅坪乡一个特别的日子。

不知从什么时候开始，茅坪乡决定将这一天确定为党员主题活动日，神山村自然也是坚决执行，雷打不动，已经有 10 多年了。

为什么呢？

❷ 1927 年 10 月 7 日。
——编者注

原因很简单，因为 10 月 7 日❷这一天是毛泽东率工农革命军进驻井冈山茅坪乡的日子。

这一天，在袁文才部的帮助下，工农革命军在茅坪设立了留守处和后方医院，部队的辎重和多余枪支终于有了安放的地方，伤病员也得到了妥善安排。从此，茅坪成了党和人民军队"安家"的地方，井冈山也从此成为革命的圣地和中国共产党人的精神高地。

2020 年，在中国共产党实现全面建成小康社会的"第一个百年"目标决战决胜的伟大时刻，在叙述井冈山人民打赢脱贫攻坚战的故事中，我们非常有必要回顾这一段"安家"的艰难岁月。

——什么叫不忘初心？什么叫牢记使命？只有知道了初心是什么，明白了不忘初心为什么，才能懂得"不忘初心、牢记使命"干什么！

> 军叫工农革命，旗号镰刀斧头。
>
> 匡庐一带不停留，要向潇湘直进。
>
> 地主重重压迫，农民个个同仇。
>
> 秋收时节暮云愁，霹雳一声暴动。

这是毛泽东在 1927 年秋天写的《西江月·秋收起义》。这年 9 月 9 日，湘赣边秋收起义爆发。作为秋收起义领导机构中共湖南省委前敌委员会的书记，毛泽东迅速赶往江西铜鼓前线。就是在这一天，身穿白色褂子和长裤的毛泽东化装成安源煤矿的采购员，在途经浏阳张家坊时，被团防局的清乡队抓住。在被押送团防局处死的路上，他机智脱险，死里逃生。对这一段人生的历险，1936 年 10 月毛泽东在陕北保安（今陕西省志丹县）与美国记者埃德加·斯诺曾详细讲述过：

> 当我正在组织军队而仆仆往返于安源矿工及农民自卫军之间时，我被几个民团捕获。那时常有大批"赤化"嫌疑犯被枪毙。他们命令将我解到民团总部，要在那里杀死我。不过，我曾向一个同志借了几十块钱，我想用它贿赂护送兵来放掉我。那些士兵都是雇佣的兵，他们并没有特殊的兴趣看我被杀，所以他们同意释放我。但是那个解送我的副官不肯答应，因此

我决定还是逃走，但是一直到我距民团总部二百码的地方才有机会。在这个地点，我挣脱了，跑到田野里去。我逃到一块高地，在一个池塘的上面，四周都是很长的草，我就躲在那里一直到日落。士兵们追赶我并且强迫几个农民一同搜寻。好几次，他们走到非常近的地方，有一两次近得我几乎可以碰到他们，可是不知怎样地没有发现我，虽然有七八次我抛却希望，觉得一定再要被捕了。最后，到了薄暮的时候，他们不搜寻了。我立即爬越山岭，走了整夜。我没有鞋子，我的脚伤得很厉害。在路上我碰到一个农民，他和我很要好，给我住宿，随后又领我到邻县去。我身上还有七块钱，拿它来买了一双鞋子、一把伞和食物。当我最后安抵农民自卫军的时候，我的衣袋中只有两个铜元了。

随着第一师的成立，我成了它的前敌委员会的主席，一个武汉军校的学生成了它的指挥员，不过他多少是因了他部下的态度而不得不就任这个职位的。不久，他就弃职加入国民党。现在他在蒋介石先生手下，供职南京。

这个小小的军队，领导着农民暴动，向湘南移动。它冲破了成千成万军队，作了许多次战争，吃了许多次败仗。当时的军纪很坏，政治训练的水准很低，而官兵中有许多动摇分子，所以"开小差"的人很多。在第一届司令逃走后，军队改组，剩下来的队伍约有一团人，换了一个新的司令。后来他也叛变了❶。但是在最初的团体中有许多人还是忠诚到底，到今天还在

---

❶ 此处的"第一届司令"与前文的"一个武汉军校的学生"是同一人，名叫余洒度。"新的司令"名叫陈浩，后来因背叛遭处决。

军队中❶。当这一小队人最后爬上井冈山（一个近乎不毛的山寨，以前为盗匪盘踞）时，军队的数目只有一千左右了。

因为"秋收暴动"的计划没有被中央委员会批准，又因为部队受了严重的损失，同时从城市的观点看来这个运动好像一定要失败的，现在中央委员会坚决地排斥我了，将我从政治局和前敌委员会中革出。湖南的省委会也攻击我，称我们为"劫掠运动"。可是我们依然带着我们的军队，留在井冈山上，一面确切觉得我们在执行正确的路线，而以后的事实也充分证明了我们的正确。新的兵士添加进来，这一师又补充起来了。我成为它的司令。

从一九二七年冬到一九二八年秋，第一师以井冈山为根据地。在一九二七年十一月，最初的苏维埃，成立于茶陵，在江西、湖南省边境上，同时第一届苏维埃政府也选举出来。❷

上述文字来源于《毛泽东自传》。2011 年，笔者有幸编校这本尘封 70 年的传奇之书。经过重新编校，此书与广大读者见面，再次成为轰动全国的红色超级畅销书。

9 月 10 日，毛泽东艰难到达铜鼓。那里驻扎着来自浏阳的工农义勇队。毛泽东宣布将部队改编为工农革命军第一军第一师第三团，向浏阳进发。但是，由于兵力薄弱，又各自为战，行动不统一，再加上收编的黔军邱国轩团叛变并从背后袭击，工农革命军第一师全师几乎溃散，遭受严重挫折。面对实际情况，毛泽东当机

❶ 当年与毛泽东进入井冈山的还有罗荣桓、张宗逊、宋任穷、谭震林、杨立三等人。

❷ [美]埃德加·斯诺笔录：《毛泽东自传》，汪衡译，丁晓平编校，中国青年出版社 2013 年版，第 75—77 页。

立断,改变原定部署,下令各路起义部队停止进攻,先退至浏阳文家市集中。

9月15日晚,中共湖南省委决定停止第二天发动长沙暴动的计划。在遭受重挫的情况下,是继续按照中共中央决策进攻长沙,还是实行退却?如果不进攻,就会被加上"逃跑"的罪名;如果退却,又向哪里退却?

此时此刻,起义军面临着艰难的抉择。

毛泽东能不能、敢不敢下定这个决心?

9月19日,秋收起义部队工农革命军第一师的第一、第三团及第二团余部会师浏阳文家市,三个团5000人的兵力锐减至1500余人。晚上,毛泽东在里仁学校主持召开了前敌委员会会议,讨论工农革命军的行动方向问题。会议经过激烈争论,否定了师长余洒度等坚持的"取浏阳直攻长沙"的意见,在总指挥卢德铭等支持下通过了毛泽东关于放弃进攻长沙的主张,决定转向敌人统治力量薄弱的农村、山区,寻求落脚点,以保存实力,再图发展。这是从进攻大城市转到向农村进军的新起点。

第二天早晨,在里仁学校的操场上,毛泽东向工农革命军第一师全体人员讲话,宣布中共前敌委员会关于不打长沙转兵向南的决定。毛泽东说:"中国革命没有枪杆子不行。这次秋收起义,虽然受了挫折,但算不了什么!胜败乃兵家常事。我们的武装斗争刚刚开始,万事开头难,干革命就不要怕困难。我们有千千万万的工人和农民群众的支持,只要我们团结一致,继续勇敢战斗,胜利是一定属于我们的。我们现在力量很小,好比一块小石头,蒋介石好比一口大水缸,总有一天,我们这块小石头,要打破蒋介石那口大水缸!大城市现在不是我们要去的地方,我们要到敌人统治比较

薄弱的农村去,发动农民群众,实行土地革命。"●

人类伟大的壮举都是在不知不觉中静悄悄地发生的,而且都是在伟大的人物深谋远虑之后所做出的决定中发生的。毛泽东的一席话,如同战鼓,振奋了士气,鼓舞了人心。

9月21日,毛泽东与卢德铭、余洒度率领工农革命军,由文家市出发,沿罗霄山脉南下,向江西萍乡、莲花前进,开始向敌人力量薄弱的农村山区进军。

在南下的征途中,工农革命军始终遭受湖南、江西的国民党当局围追堵截,战斗频繁,充满险情。敌人悬赏5000块大洋捉拿毛泽东。由于山高路险,崎岖难行,再加上连续行军,长途跋涉,疟疾流行,病员增加,落伍者和逃兵也随之增多。

9月25日,在向莲花方向的突围中,总指挥卢德铭为掩护主力撤退,出师未捷身先死。失望悲观的情绪再次在部队蔓延。脚部受伤的毛泽东坚决拒绝坐士兵们临时捆绑搭好的竹担架,他头戴竹笠,拄着木棍,一瘸一拐地步行在队伍中,与士兵同行,谈心交心,鼓舞士气。途中,毛泽东接到宋任穷从江西省委带回的信件,得知罗霄山脉中段的宁冈有一支党领导的武装,有几十支枪。此前,他在安源张家湾会议上也曾听王兴亚谈到这个情况,但详细情况还不清楚。

9月26日,工农革命军在当地党组织和革命群众的配合下,攻克莲花县城。下午,毛泽东在县城召开莲花县党组织负责人会议。会上,大家听取了朱亦岳等人汇报莲花县党组织、农民武装以及永新、宁冈农民武装斗争情况,证实此前宋任穷、王兴亚提及的宁冈确有袁文才和王佐领导的两支地方武装。

必须承认,此时的工农革命军还是一支在政治上、思想上、组

● 中央文献研究室编:《毛泽东年谱》(一八九三——一九四九)上卷,中央文献出版社2013年版,第218页。

织上没有经过完全改造的旧式军队，依然存在着长官打骂体罚士兵、官兵自行离队、侵害老百姓等军阀习气，军纪松弛，士气低落。因此，工农革命军有的团、营出现了官多兵少、枪多人少的情况。那时候的军队，就像抓在手里的一把豆子，手一松就会散掉。

秋收时节暮云愁。一个月前，在八七会议上提出"枪杆子里面出政权"的毛泽东，此时思虑最多的是：如何把枪杆子牢牢抓在党的手中？怎样才能凝聚起这支部队？就在这个时候，整个队伍中唯一一个没有逃兵的连队，吸引了毛泽东的目光。这个连的党代表名叫何挺颖，曾是北伐时期的团党代表。

昏暗的油灯下，毛泽东与何挺颖彻夜长谈。毛泽东问，部队为什么抓不住？为什么逃兵这么多？何挺颖回答，主要原因是连队一级没有党的组织，党的影响没有渗透到队伍中去；党员太少，又没有捏在一起，形不成力量。

窗外，电闪雷鸣，风雨交加。屋内，灯光闪烁，思想碰撞迸发出星星之火。毛泽东终于找到了原因，也找到了办法——党支部不能只建在团一级，而要建到连队去！

当部队到达莲花县三板桥时，毛泽东叫来何长工，要他到永新去找一个可以安全休整的地方，他要对这支仍有旧式军队习气的农民军队进行整编改造。随后，何长工来到永新石市村，找到了第一次革命时期的农会干部汪季元，了解到走过高溪后，爬越十里山，有个群山环抱的山沟名叫三湾，那里有一条直达宁冈茅坪的山路。

9月29日，毛泽东率领工农革命军翻过山口，进驻永新县三湾村宿营。三湾村地处湘赣边区的九陇山区，是茶陵、莲花、永新、宁冈四县的交界地，有50多户人家，在山区算是较大的村庄。因为不了解共产党军队，当地群众纷纷躲进了大山里。群山环抱，山高路远，这里没有反动武装，又摆脱了追兵，毛泽东决定在九陇山下的这个小山村就地休整。他要求各单位立即分头上山喊话，向群众做宣传，请群众回村。这天晚上，毛泽东在一家名叫"泰和祥"的杂货铺召开了中共前敌委员会扩大会议，讨论部队现状及其解决办法，决定对部队实行整顿和改编。这就是著名的"三湾改编"。

这是一个不同寻常的夜晚，这是一次不同寻常的会议。罗霄山脉秋天的夜晚，已经散发着些许寒气，屋里只有一盏昏暗的煤油灯，灯光昏黄，忽明忽暗。毛泽东首先分析了第一次革命失败的原因在于共产党没有掌握自己的军队，提出了"党建在连上"的重大主张。余洒度当即提出质疑，陈浩、徐韩等人也站出来反对，争论得非常激烈。毛泽东耐心做解释，最后举了第一次国内革命战争时期的叶挺独立团的例子，因为把党支部建在团上，因为领导干部绝大多数是共产党员，党掌握了军队，以此说明，只有把"党建在连上"，才能发挥堡垒作用，在艰苦的战争岁月才能拖不垮、打不烂，这才是革命胜利的重要保证。

当晚，毛泽东宣布了三湾改编的决定：第一，整顿组织，将一个师缩编为一个团，称工农革命军第一军第一师第一团，下辖一营、三营、特务连和军官队、卫生队。改编时，提出去留自愿，愿留则留，不愿留发给路费，希望他们继续革命。第二，建立党的各级组织和党代表制度，支部建在连上，班排设党小组，连以上设党代表，营、团建立党委，部队由毛泽东为书记的中共前敌委员会统一领导，确立了"党指挥枪"的原则。第三，部队内部实行民主制度，官长不准打骂士兵，士兵有开会说话的自由，连、营、团三级设立士兵委员会。

三湾改编，是建设新型人民军队的重要开端。

会后，毛泽东从建立落脚点出发，给袁文才及中共宁冈县委负责人龙超清写信联系，派三湾村的一个农民把信送到井冈山北麓的宁冈茅坪。很快，毛泽东在三湾接待了前来接头的龙超清，对他说明工农革命军的政治主张和来意，希望同袁文才部合作，一道开展革命斗争。龙超清表示欢迎毛泽东率领工农革命军进驻宁冈，可以先到30里外的古城驻扎。

9月30日，在三湾枫树坪，毛泽东向全体指战员宣布中共前敌委员会关于部队改编的决定，并做动员讲话："同志们！敌人只是在我们后面放冷枪，没什么了不起，大家都是娘生的，敌人有两只脚，我们也有两只脚。贺龙在家乡两把菜刀起家，现在当军长了，我们有近千人还怕什么？大家都起义暴动出来了，一个人可以当敌人10个，10个战士可以当敌人100个，有什么可怕的，没有挫折和失败，革命是不会成功的！"

茅坪，对中国革命来说，意义重大。"山大王"袁文才、王佐二人是拜把子兄弟，两人各有农民武装一百五六十人、六十支枪。王佐部驻扎在茨坪和大小五井等处，袁文才率领的农民自卫军则驻守在茅坪——因为茅坪乡的坝上村正是袁文才的老家（今坝上村委会马元坑村小组）。毛泽东派人给袁文才送信，进行联络。袁文才接信后，斟酌再三，亲笔给毛泽东写了回信，委婉地表达了拒绝之意。他在信中说："敝地民贫山瘠，犹汪池难容巨鲸，片林不栖大鹏。贵军驰骋革命，应另择坦途。"因为缺乏了解，袁文才十分担心毛泽东的部队上山"火并山寨"，请毛泽东"另找高山"。回信由曾在武汉农民运动讲习所听过毛泽东演讲的陈慕平等人送到毛泽东手中,毛泽东与陈慕平他们长谈了 5 个小时。陈慕平返回后,向袁文才详尽汇报了与毛泽东相见的所闻所感,终于促使袁文才下了决心,同意接纳这支历尽艰难跋涉的起义部队。

10 月 3 日,毛泽东在枫树坪向前往古城的工农革命军第一军第一师第一团的干部战士讲话,宣布了行军纪律:说话要和气,买卖要公平,不拿群众一个红薯。这就是人民军队第一军规《三大纪律八项注意》的肇始。当夜,毛泽东在古城文昌宫召开了"古城会议",前后历时两天,传达了八七会议精神,初步总结了湘赣边界秋收起义以来的经验教训,着重讨论了在茅坪"安家"和开展游击活动的问题。会议确定对袁文才、王佐两支地方武装采取团结、改造的方针;尽快在茅坪设立后方留守处和部队医院。

10 月 6 日,毛泽东应袁文才之约,勇赴在荷花乡大仓村摆下的"鸿门宴"。袁文才心存惧怕和戒心,预先在林家祠堂埋伏了 20 多人、20 多条枪。见毛泽东只带了几个随从,袁文才就比较放心了,埋伏的人也始终没有出来。这次"大仓会见",毛泽东主动提出赠送袁文才 100 支枪,并说待部队落脚后,即外出打游击,同时打听南昌起义部队的行踪,找到他们后,可合兵一处,以扩大革命力量。袁文才很是感动,当即向毛泽东表示,一定竭尽全力帮助工农革命军解决困难。随即他回赠 600 块银圆,同意在茅坪建立后方医院和留守处,并答应做王佐的工作。

局面就这样打开了,但问题不是一次见面就能全部解决的。袁文才对毛泽东说:"你们既然来了,就有福同享,有难同当,伤员和部队的粮油我管,但钱宁冈有限,还需要到酃县、茶陵、遂川一带去打土豪。"

10 月 7 日,毛泽东率领的工农革命军正式"安家"茅坪。随后,除留下伤病员和留守机关外,毛泽东又率领队伍沿湘赣边界开展游击活动。

大浪淘沙。10月13日,师长余洒度、原三团团长苏先俊以向中共湖南省委汇报为名,脱离革命队伍。有离开的,但也有新的血液注入。15日,毛泽东在酃县水口叶家祠的小小阁楼上,亲自主持了新党员欧阳健、赖毅、李恒、鄢辉等6人的入党仪式,建立了人民军队第一个连队党支部。6名工农士兵骨干,跟着毛泽东,举起了紧握的右拳,入党宣誓:"牺牲个人,阶级斗争,服从组织,严守秘密,永不叛党。"毛泽东说:"这好比一个人活着要有心脏。……党支部就是连队的心脏。……把连队党支部建好,让连队的心脏坚强地跳动起来,才会使党的血液,流灌我们这支部队的全身。"7天后,毛泽东又在江西遂川县大汾圩主持特务连8名新党员入党仪式。发展新党员的工作迅速展开,"支部建在连上"进一步得到贯彻和实现。

10月23日,工农革命军遭受遂川地主武装的袭击,队伍被打散。毛泽东率团部与特务连撤退,一直跑到宁冈附近的黄坳。他受伤的脚又被草鞋磨破而溃烂,鲜血淋漓。队伍行至荆竹山下,王佐派人接应上山。24日,在荆竹山村村头旁的一片收割完的稻田里,毛泽东站在一块名叫"雷打石"的大石头上,宣布了三条纪律:一、行动听指挥;二、不拿群众一个红薯;三、打土豪要归公。三句大白话,一片爱民心。这是人民军队"三大纪律"的最早雏形。次年,毛泽东在遂川又宣布了"两项注意",后来发展为人民军队的铁律《三大纪律八项注意》。当晚,队伍抵达大井村,受到王佐及其部队欢迎。27日,毛泽东率部抵达茨坪,主动赠送王佐部队70支枪。王佐资助工农革命军500担稻谷和一些银圆。

1927 年 11 月初,毛泽东率一部分部队回到茅坪,开始了创建以宁冈为大本营的第一个中国农村革命根据地——井冈山革命根据地。他在《井冈山的斗争》一文中总结说:"红军所以艰难奋战而不溃散,'支部建在连上'是一个重要原因。"

13

10 月 7 日,是中国革命征途上的一个小小的里程碑。井冈山人民没有忘记这个日子,神山村的老百姓也不会忘记这个日子。

革命成功来之不易。

革命成功的经验是用鲜血和生命换来的。

"支部建在连上"起源于井冈山,"三大纪律八项注意"发源于井冈山。这些光荣传统是革命的制胜法宝,是革命的先进武器,永远不能丢,永远管用。

习近平总书记指出:"要把扶贫开发同基层组织建设有机结合起来,抓好以村党组织为核心的村级组织配套建设,鼓励和选派思想好、作风正、能力强、愿意为群众服务的优秀年轻干部、退伍军人、高校毕业生到贫困村工作,真正把基层党组织建设成带领群众脱贫致富的坚强战斗堡垒。"❶

作为工农革命军的"安家"之地,井冈山市茅坪乡之所以选择毛泽东率领人民军队进驻茅坪的 10 月 7 日这一天作为党员主题活动日,是有深刻而丰富的历史和现实意义的。

作为红色圣地,井冈山有着得天独厚的传统优势,尤其是党建的光荣传统,更是井冈山的"地利"。事实上,在脱贫攻坚战中,

❶ 中共中央文献研究室编:《习近平扶贫论述摘编》,中央文献出版社 2018 年版,第 37 页。

以党建引领脱贫攻坚，成为井冈山市扶贫工作取得创造性发展的首要经验。井冈山市尝到了甜头，并以此模式为样板。

星星之火，可以燎原。
红色基因，代代相传。

在"党员干部进村户，精准扶贫大会战"中，井冈山市各级党组织和广大党员拿出当年以毛泽东为代表的共产党人带领工农群众闹革命的信念和定力，在"脱贫大考"中受考验、当先锋、站前列，在"红色的土地"上演绎了一场轰轰烈烈的新时代决战脱贫的"红色斗争"。

在井冈山市，在茅坪乡，在神山村，接受采访的每一名干部群众，都不约而同地谈到了党建工作。茅坪乡党委副书记王晓慧一语中的："人的工作，就是靠党建。"说白了，基层党建工作最重要的一条就是要做好人的工作。党建工作做好了，人的工作就做到家了。人的工作做好了，一切事情就好办了，就顺利了，党建工作就强了，党组织的战斗堡垒作用也就强了。

理论来源于实践，又高于实践，从而指导实践。文学创作亦是如此。有人说，写小说就是讲故事，但我始终认为，优秀的文学作品不仅仅只会讲故事，报告文学尤其如此。讲好中国故事，讲故事不是目的，目的是要讲好中国精神、中国作风、中国气派，讲出中国人的精气神。因此，要讲好井冈山脱贫攻坚的故事，也就是要讲好井冈山精神，讲出井冈山脱贫攻坚的经验和做法，讲出井冈山人民的精气神。

在这里，我们不妨来看看2013年之前中国扶贫事业的特点。

有研究者将其归纳为以下三点：一是五级书记抓扶贫。中央、省（直辖市）、市、县（区）和乡村分别承担从规划、统筹、布局到贯彻、创新、落实的责任。二是财政、金融双投入。2010—2012年，中央给予的财政专项扶贫资金每年为200多亿元人民币，2013年以来，每年以30%的幅度增长。此外，还有国企赞助、个人捐款、各种基金会支持等。三是多元化扶贫。包括产业扶贫、行业扶贫、定点扶贫、易地扶贫、交通扶贫、水利扶贫、教育扶贫、健康扶贫、生态扶贫、金融扶贫、劳务输出扶贫、农村危房改造、土地增减挂钩、水电矿产资源开发资产收益扶贫等多种形式。尽管扶贫力度不小、方式不少，但有一个明显的缺点，就是总体目标虽然一致，但具体方案和措施却无法配套，尤其是条条规定管理的资金下达后，侧重于各自的项目，无法形成合力。中国国际扶贫中心副主任黄承伟在接受采访时坦言："钱到了地方比较分散，就像烧水，总是在五六十（摄氏）度。"他明确表示："要想烧开，必须加火，把全部资源集中起来。"[1]

　　正因此，习近平总书记2013年11月在湖南湘西考察时首次做出了"实事求是、因地制宜、分类指导、精准扶贫"的重要指示，提出搞"精准扶贫"。2015年1月，习近平总书记新年首个调研地点选择了云南。总书记强调，要坚决打好扶贫开发攻坚战，加快民族地区经济社会发展。5个月后，总书记来到与云南毗邻的贵州省，强调要科学谋划好"十三五"时期扶贫开发工作，确保贫困人口到2020年如期脱贫，并提出扶贫开发"贵在精准，重在精准，成败之举在于精准"。一时间，"精准扶贫"成为全社会热议的关键词。

　　井冈山到底是怎么做的呢？

　　如果用一句话来总结，井冈山的具体做法是："坚持党建引

[1] 《"中国式扶贫"面临历史大考》，《人民日报》（海外版），2015年6月23日。

领、加强组织领导、强化机制保障，真正把脱贫攻坚的责任扛在肩上、抓在手上、落在行动上。"

其实，这句话，无论是看起来还是听起来，依然是公文式的材料语言，好像是口号，不鲜活，很枯燥，但落实到实际工作和行动上，却十分丰富、精彩而生动。

一鼓作气，攻城拔寨。立下军令状，坚决要打赢。为坚决贯彻党的十九大提出的扶贫攻坚决策部署，保证"精准扶贫"能够精准落实，井冈山市委强化了机制保障措施，坚持高位推动，实行了一套相互衔接、配套互补的有效模式。该模式被归纳为五大机制：

第一，强化党建引领机制。井冈山市成立扶贫攻坚大会战指挥部，由市委书记担任指挥长，市长任第一副指挥长，指挥部下设办公室及党建、经济发展、产业发展、基础设施建设、社会事业、社会保障、驻山单位协调、考核督查等8个工作小组，各乡镇成立相应的指挥部和扶贫办，形成"上下衔接、左右联动、加大倾斜、合力推进"的良好机制。

井冈山市委把党组织建在扶贫产业链、移民安置区、专业合作社和龙头企业中，精心选派了一批科级干部到村里担任扶贫"第一书记"，从致富能手、"田秀才"、"土专家"中选优配强各个村的"一线指挥部"，以"产业为根，立志为本""机制为要，党建为基"，有效推行"一户一块茶园，一户一块竹林，一户一块果园，一户一人务工"的"四个一"发展模式，支部和党员带领群众一起"撸起袖子加油干"。

第二，强化责任机制。建立县级干部挂3户、科级干部挂2户、一般干部挂1户的"321"帮扶机制，做到"乡乡都有扶贫团、村村都有帮扶队、户户都有帮扶责任人"，实现各级领导挂点、机关

神山村的
竹林人家

干部包户、第一书记驻村、农村党员结对、技术人员指导的帮扶力量覆盖到位的"五个全覆盖"。

井冈山市委将党建责任与脱贫目标相融合,让"干与不干不一样""干好与干坏不一样""乏力与给力不一样",将抓党建促脱贫攻坚纳入基层党建工作述职评议考核内容,把扶贫工作考核权重提高到60%,对扶贫工作落实不力的实行通报、约谈和问责,对扶贫成效明显的落实激励帮扶措施,并把脱贫攻坚作为培养、发现干部的重要平台,充分激发了广大党员干部的工作激情与热情。

第三,强化调度机制。井冈山市千人以上的脱贫攻坚推进会每季度召开一次;市委、市政府主要领导召开的脱贫攻坚调度会每个月召开一次;分管领导召开的脱贫攻坚例会每周召开一次,将脱贫攻坚议事调度机制常态化,有效地加快了推进井冈山市精准扶贫、精准脱贫的进程。

第四,强化督查机制。组建脱贫攻坚督查组,对扶贫干部、"第一书记"等进行常态化督查,经常性地对脱贫领域的重要节点进行专项督查。同时,井冈山市还出台了脱贫攻坚重点工作督查问责办法,仿效毛泽东1927年进驻茅坪颁布"三大纪律"的做法,颁布实施了脱贫攻坚的"三大纪律""六项注意",筑防线、立规矩,使党员干部有了刚性约束。

"三大纪律"的内容:一是严守"一切行动听指挥"的政治纪律,牢固树立"抓脱贫就是讲政治"的思想认识,坚决落实中央的决策部署,坚决杜绝"虚假脱贫""数字脱贫"的不良倾向,坚决兑现"不小康不脱钩"的帮扶机制,有效创新"工作失职、军法处置"的责任追究制度。二是严守"不拿群众一个红薯"的群众纪律,所有帮扶工作队自带被褥、自带干粮,决不能增加群众负担。三是严守"一切缴获要归公"的经济纪律,紧盯扶贫资金的管理使用,对扶贫资金的违纪违法问题一律零容忍,让每一分钱真正用到刀刃上。

"六项注意"的内容:注意公道办事,注意吃住自费,注意尊重民俗,注意简从进村,注意化解矛盾,注意联系群众。

第五,强化投入机制。井冈山市加大脱贫资金的倾斜和投放力度,在2016年、2017年两年整合各类资金9亿元,实施了"十大扶贫工程",即生态保护工程、产业扶贫工程、社会保障扶贫工程、就业扶贫工程、志智双扶工程、农村基础设施工程、安居扶贫工程、村庄整治工程、教育扶贫工程、健康扶贫工程。

井冈山市"五大机制"推行以来,一把手责任制真正落到实处,党政一把手亲力亲为抓扶贫攻坚,党员干部工作扎实、作风过硬,为扶贫攻坚提供了坚强的政治保证、组织保证和作风保证。井冈山市上下,继承发扬井冈山斗争时期密切联系群众这个"传家宝",选派了3000多名干部,共组建了25个扶贫团、112个扶贫工作队,选派驻村党支部"第一书记"112名深入一线,助力井冈山打赢这场攻坚战——这样,全市总共106个行政村,每个村都有一位外来的"第一书记",代表市、乡履行扶贫攻坚职责。"第一书记"们按照统一要求,将印有自己的相片、单位、职务、电话号码等信息的"联系卡"发到村里每一户村民那里,以确保扶贫政策和措施落实到位。

为了确保不让贫困群众一户一人掉队,井冈山市按照"抓严抓细,经得起检验"的总体要求,紧盯"保障措施、实际收入、长效机制"三个到位,严把"产业扶贫、义务教育、基本医疗、住房安居、兜底保障、基础设施"六大关键,突出重点,整体推进,不留死角。

在井冈山市,在茅坪乡,在神山村,党员干部用实际行动为贫困群众"开处方"。他们牢牢抓住"精准"二字做文章,把握产业、安居、保障、基础设施四大关键,提出并实施了"五个起来",如下:

——"能创业的扶起来",实现家家有致富产业。对想就业缺门路的,党组织"送岗位"上门,2694名贫困人员因此实现"一人务工,全家不穷";想创业缺技术的,党员致富带头人、农村实用技术人才结对来帮带;缺资金的,干部帮助争取资金、协调贷款、提供服务,2898户贫困户就这样走上了产业脱贫的"快车道"。全市通过开设"流动课堂""远程课堂""田间课堂"和专家进村到户等方式,大大提升了村民的相关知识和技能,取得的效果显著。

——"扶不了的带起来",实现个个有资产性收益。井冈山全市106个村党组织带头领办或创办专业合作社、产业协会306家,把劳动能力弱、难以自我发展的3156户贫困户组织起来,让他们以资金、土地或劳力入股,抱团发展,稳定增收。

——"带不了的保起来",实现人人都有兜底保障。对完全丧失劳动能力的,党组织一方面帮助落实兜底保障政策,确保低保线高于贫困线;另一方面发动社会力量捐款捐物,通过党员结对帮扶、爱心基金救助等途径,帮助贫困群众解决实际困难和问题。

——"住不了的建起来",实现户户有安居住房。我在神山村采访时发现,每家每户都保存着一张自家老屋的照片——"干打垒"的土砖泥巴房照片。照片显示:有的已经歪歪倒倒,仿佛地震后的危房;有的土坯墙的裂缝可以藏进半个人的身子。屋前屋后蒿草遍地,田野里四处是枯枝败叶,一眼就知道这是一个萧条、萎靡、寒酸的穷山沟。

——"建好了的靓起来",实现村村面貌有提升。仅仅三年时间,神山村大变样:下一点小雨就泥泞的小路变成了环村公路,青山四合的村落白墙黛瓦,溪流潺潺,花红树绿,浓妆淡抹总相宜,仿佛一个衣着盛装的待嫁新娘,成为江西省4A级乡村旅游景点。

在全面摸清贫困底数的基础上,井冈山市大力整合各方资源,因地制宜、因人施策,充分利用贫困群众的现有资源和自身优势,对症下药,通过"扶起来""带起来""保起来""建起来""靓起来"的"五个起来",以"十大工程"为抓手,让"资金跟着穷人走,穷人跟着能人走,能人跟着产业走,产业跟着市场走",把"血液"输到"静脉",有效激活贫困群众的自我"造血"功能,全市脱贫攻坚工作一步一个脚印,扎扎实实地不断向前推进。

实践出真知,也出成绩。在"党员干部进村户,精准扶贫大会战"活动中,井冈山市确保每户贫困户都有帮扶干部,每位帮扶干部都要亮牌上岗、接受评议。仅2016年,井冈山市共落实扶贫项目2920个,帮助解决群众生产生活问题3800多个,群众满意度达99%以上。

神山村旧貌

"党建引领"加上"机制保障",井冈山市的脱贫攻坚工作呈现出生机勃勃的景象,可谓"风景这边独好"。为了维持扶贫效果的长效性,井冈山市提出了农民人均可支配收入增长幅度高于全省平均水平,贫困地区基本公共服务和社会保障主要领域达到或接近全省平均水平的明确目标,确保2020年全国扶贫攻坚任务完成时,井冈山的脱贫质量和成效居于全国第一方阵,不负习近平总书记视察井冈山时提出的"井冈山要在脱贫攻坚中作示范、带好头"的殷切嘱托。

14

　　闻名天下的井冈山,其实是一座非常年轻的城市。

　　1928年4月20日前后,朱德率领八一南昌起义的余部辗转来到井冈山,实现了著名的"朱毛会师"。后来,又有彭德怀率领平江起义部队辗转来到这里。毛泽东在茅坪"安家",拨动乾坤,一时间英雄豪杰联袂而来,云集井冈山,如陈毅、罗荣桓、谭震林、粟裕、黄克诚、谭政、萧克、何长工、宋任穷、张宗逊、邓华、朱良才、杨德书、陈伯钧……在那个时候,红军巧妙运用"敌进我退、敌驻我扰、敌疲我打、敌退我进"的十六字诀,开展游击战争,多次击溃国民党军队的"围剿",揭开了"农村包围城市、武装夺取政权"的崭新一幕。

　　1962年,朱德元帅重返井冈山时,亲笔题写了"天下第一山"5个雄浑遒劲的大字,向井冈山表达了怀念和敬意,至今被井冈山人奉为至宝,醒目地镌刻在进入井冈山的国道旁。

然而，很少有人知道，在 1927 年毛泽东没有来到这里的时候，中国并没有"井冈山"这个地名。在 1928 年之前的任何文字记载中，也无法找到"井冈山"这几个字。也就是说，井冈山的名字是毛泽东给取的。

那么，井冈山这个地名是怎么来的呢？

1927 年 10 月 7 日，毛泽东上井冈山，选择茅坪作为"安家"之地。在茅坪，工农革命军建立了红军医院和后方留守处。再往后，毛泽东在茅坪建立了中共湘赣边界特委，主持召开了湘赣边界党的第一次代表大会，成立了工农兵苏维埃政府、红四军军部，党、政、军最高领导机关都雄踞茅坪。毛泽东说："边界的红旗子始终不倒，不但表示了共产党的力量……"至今，茅坪有包括八角楼在内的 5 处国家级文物保护单位和 11 处省级文物保护单位。

著名的八角楼是茅坪村谢氏慎公祠右后方的一栋土砖结构的两层楼房，原系茅坪村中医谢池香的住宅，因楼上屋顶装饰有一个八角形天窗而得名。在这里，毛泽东与贺子珍相识相恋相爱。1928 年 5 月 28 日，由袁文才做媒，他们在八角楼附近的象山庵举行了婚礼。从此，八角楼就成了毛泽东的家。

有一首歌这么唱道："天上的北斗亮晶晶，八角楼的灯光通通明，毛委员就是那掌灯的人哪，照亮中国革命的万里程。"

1928 年 8 月，由于"左"倾盲动主义路线的干扰和破坏，工农革命军遭受了"八月失败"。9 月底，毛泽东率领队伍从湘南回到茅坪。"在茅坪村里，军民相逢，悲喜交集。老表们拉着红军的手，指着那些断墙残壁，追忆亲人惨遭敌人杀害的情景。现在又望着村头的红旗，望着八角楼明亮的窗户，千言万语，不知从何说起，禁不住激动的泪水夺眶而出。"[1]

① 《茅坪乡志》，中共党史出版社 2015 年 11 月版，第 250—251 页。

吃的是红米饭,喝的是南瓜汤,"干稻草软又黄,金丝被儿盖身上",毛泽东与普通战士一样穿破衣烂衫御寒,油盐柴菜钱也是和士兵一样,每人每天5分大洋。而毛泽东在八角楼只用一根灯芯的故事,更是感动了无数人。那时候,为了节约开支,部队晚上点灯用油有一个规定:各级机关晚上办公时,只能用一盏油灯,油灯上可以点三根灯芯;连部晚上值班,可以留一盏油灯,但只准点一根灯芯。按照这个规定,毛泽东是红四军党代表、红四军军委书记、中共湘赣边界特委书记、中共井冈山前委书记,他晚上办公时用的油灯,完全可以点三根灯芯,但是他为了节省用油,每天晚上办公都坚持点一根灯芯照明。警卫员看到毛泽东经常工作到深夜,便把打土豪缴获来的马灯送给他。考虑到马灯费油多,毛泽东平时轻易不用,晚上办公时坚持只用一根灯芯的油灯。

就是在一根灯芯的微弱灯光下,毛泽东在八角楼写下了《中国的红色政权为什么能够存在?》和《井冈山的斗争》等重要著作,结合井冈山斗争的具体实践,从理论上全面系统地总结了创建井冈山革命根据地的经验,阐明了"工农武装割据"的光辉思想,指明了中国革命的前途。而井冈山的地名也由此诞生。

1928年10月5日,毛泽东在八角楼写的《中国的红色政权为什么能够存在?》,是他为中共湘赣边界第二次代表大会写的决议的一部分,原题为《政治问题和边界党的任务》。在这篇文章中,毛泽东还没有提出"井冈山"这个地理名词,依然称之为"罗霄山脉中段"和"以宁冈为中心的湘赣边界"。但在讨论"军事根据地问题"时,毛泽东提出:"边界党还有一个任务,就是大小五井和九陇两个军事根据地的巩固。永新、鄮县、宁冈、遂川四县交界的大小五井山区,和永新、宁冈、茶陵、莲花四县交界的九陇山区,这两个地形优越的地方,特别是既有民众拥护、地形又极险要的大小五井,不但在边界此时是重要的军事根据地,就是在湘鄂赣三省暴动发展的将来,亦将仍然是重要的军事根据地。"❶

"行洲府,茨坪县,大小五井金銮殿。"这是当年井冈山群众流传的一首歌谣。大小五井指的是井冈山上的 5 个村庄——大井、小井、中井、上井和下井。峰峦叠嶂的群山层层环抱着 5 个村庄,其形状如一口口井,"井冈山"因此而得名。

一个多月后的 11 月 25 日,毛泽东在八角楼写给中共中央的报告中,也就是收录于《毛泽东选集》的《井冈山的斗争》,第一次提出了"井冈山"这个名称。随后,在论述"军事问题"时,毛泽东对"井冈山军事根据地"的地理方位、边界和政治经济情况做了详细的描述——

❶ 《毛泽东选集》,人民出版社 1991 年版,第 53 页。

> 军事根据地:第一个根据地是井冈山,介在宁冈、鄞县、遂川、永新四县之交。北麓是宁冈的茅坪,南麓是遂川的黄坳,两地相距九十里。东麓是永新的拿山,西麓是鄞县的水口,两地相距百八十里。四周从拿山起经龙源口(以上永新)、新城、茅坪、大陇(以上宁冈)、十都、水口、下村(以上鄞县)、营盘圩、戴家埔、大汾、堆子前、黄坳、五斗江、车坳(以上遂川)到拿山,共计五百五十里。山上大井、小井、上井、中井、下井、茨坪、下庄、行洲、草坪、白银湖、罗浮各地,均有水田和村庄,为自来土匪、散军窟宅之所,现在作了我们的根据地。但人口不满两千,产谷不满万担,军粮全靠宁冈、永新、遂川三县输送。

山上要隘，都筑了工事。医院、被服厂、军械处、各团留守处，均在这里。现在正从宁冈搬运粮食上山。若有充足的给养，敌人是打不进来的。第二个根据地是宁冈、永新、莲花、茶陵四县交界的九陇山，重要性不及井冈山，为四县地方武装的最后根据地，也筑了工事。在四围白色政权中间的红色割据，利用山险是必要的。❶

❶ 《毛泽东选集》，人民出版社 1991 年版，第 68 页。

——这就是井冈山地名的由来。

井冈山，因毛泽东"安家"茅坪而得名。

井冈山，因共产党扎根人民而闻名天下。

15

站在我面前的这位看上去显得有些少年老成的男人，名叫黄承忠，其实他是 1977 年出生的，刚刚步入不惑之年。他从 2003 年 12 月开始在神山村挂点任工作组组长，直至 2018 年 10 月离开，在神山村整整工作了 15 年，可谓神山村脱贫致富的见证者、亲历者、参与者，也是贡献者。

"15 年前，神山村连自行车都骑不进去。那时，我从茅坪骑车到了桃寮就得下车，把自行车放在桃寮村村支书张桃秀家里，然后步行 4 公里，要走一个小时，才能到神山村。那条路只有 50 厘米宽，真的是羊肠小道，高低不平，还有陡坡、悬崖。进了村，猪屎、牛屎一堆一堆的，狗屎、鸡屎也遍地都是，简直脚都放不下去。"说起第一次进神山村的印象,黄承忠仍然记忆犹新,唏嘘不已。

神山村为什么贫困?

这是一个无法回避的问题。黄承忠回答得十分干脆:"最重要的有两点,一个是交通闭塞,资源丰富却走不出去;另一个是教育落后,文化水平偏低。"

的确,神山村位于茅坪乡驻地偏东南约11公里的崇山峻岭的山谷之中,自古以来交通不便。有一句顺口溜说:"神山自古一条路,神山周山路一条。"神山村是茅坪乡乃至井冈山最小的一个行政村。从地理位置来看,神山村几乎处于一个山旮旯的死角,是茅坪乡最偏僻的一个小山村。在战争年代,神山村位于峻峭雄伟的黄洋界北面脚下,与世隔绝,山高皇帝远,的确是一个逍遥遁世的好地方,是一个与世无争的桃花源。

"要想富,先修路。"这句曾经风靡全中国的口号,几乎人人皆知,但很少有人想到这句话是多么的深刻而富有哲理,且极富现实的质感,不仅看得见,而且也摸得着。在神山村,我再一次体会到它的深刻。对扶贫开发工作,对有过脱贫攻坚经历的人们,尤其是对偏僻贫困的山区老百姓来说,这句话,就是真理。

井冈山市最后一个通公路的村庄,就是神山村。

从230省道通往神山村的乡道,尽管只有3.5公里左右,改革开放以来却经历了4次改造升级。

第一次是2002年,神山村通过了"村村通"工程立项,2005年建设完成了第一条村级公路。尽管是一条土坯路,却结束了几百年来神山村不通公路的历史。黄承忠记得,公路修通的那一天,村里的老百姓家家户户都自发地买来鞭炮燃放,噼里啪啦,噼里啪啦,比过年还要热闹,还要高兴。2000年至2012年间担任神山村村委会主任的赖福山,一说起这条路的建设,至今依然有一种成就感。他说:"这是我当村委会主任10多年,为乡亲们做的最值得骄傲的一件事。"

第二次是2007年,神山村对土坯泥巴路实施了水泥硬化。这时的神山村才真正拥有了一条像样的公路,结束了不通车的历史。神山村盛产的竹子、木材终于可以从大山里运输出去了,孩子们也可以到乡里、镇里更好的学校读书上学了,年轻人也开始去遥远的城市学手艺或打工挣钱。2016年2月2日,习近平总书记就是沿着这条乡村公路,乘车来到了神山村。

第三次是在2016年,神山村在原有的基础上对乡村公路进行了拓宽加固改造。

第四次是在2017年,为了应对游客不断增加的情况,神山村将道路再次拓宽改造、延长,同时新建了环村公路,路面也由水泥改成了沥青,增加了绿色的护栏。而神山村通往象山庵和茅坪镇的道路还在不断地扩建。

因为交通不便,也曾导致神山村的教育跟不上时代的发展。1956年,赖林福率先在周山兴办过一所民办小学,他因此还曾被评为优秀教师,出席了全国文教群英会。1969年,神山村开设了一个教学点。后来,因为计划生育出生率低,生源减少,神山村在整合教育资源时就撤销了这个教学点。20世纪70年代出生的孩子们,在神山村只能上到小学三年级,四、五年级就得翻山越岭到坝上村的学校去读书,初中更远了,要步行到大陇。山高路远,树高林密,路窄人稀,求学之路相当艰难,因此辍学率相当高。黄承忠说:"2003年,我来神山村的时候,村里只有一个大专生、一个中专生。小学毕业的也很少,高中和初中毕业的是少之又少了。"

说出来，你或许不会相信，神山村直到2004年才通电。这是我根本没有想到的。

有了电，神山村亮了。

但，电灯并没有很快就照亮神山村脱贫致富的道路。

直到2013年3月23日，新任中共江西省委书记强卫的到来，才让神山村渐渐地走进人们的视线。黄承忠清楚地记得，强卫书记是在履新三天之后就来到了神山村。

春日井冈，万木葱茏。这天上午9时，新任江西省委书记强卫在吉安市、井冈山市几位领导的陪同下，轻车简从、翻山越岭，抵达神山村。这是中华人民共和国成立以来第一位到神山村视察的省部级领导干部。强卫书记一行沿着崎岖山路步行进入村子，映入眼帘的是神山村乡亲们居住的一栋栋破旧的黄土颜色的土坯房，整洁美观的自然环境遮掩不住满眼的贫困和落后。

中共党史出版社2015年11月出版的《茅坪乡志》，收录了当年强卫书记视察茅坪乡的新闻报道资料。原文摘录如下——

　　强书记问巫太明副市长[1]："你们扶贫工作主要做什么事？"巫太明副市长说："一是进村搞调研，二是制定扶贫规划，三是进村入户扶贫。"来到村中心，强卫书记看到一栋三层砖混房，别具一格，问这是什么房子，大家回答说是神山村新建村两委办公楼。强书记问："建的钱从哪里来？"乡村干部回答说，是省、市、县、乡四级统筹，书记问："井冈山市的村委办公楼都有这么好吗？"陈（敏）市长说，大概一半多是这样，茅坪乡6个村，其中5个村新建了农村基层组织

[1] 巫太明，时任井冈山市挂神山村扶贫工作组的副市长。

活动场所。

强卫书记进村的消息不胫而走，闻讯而来的群众夹道欢迎，大家鼓掌欢呼："强书记好！"强书记一一和当地群众握手致意。当群众听到陈敏市长介绍说，强书记刚上任第4天，就到井冈山走进神山村看望大家时，村民们非常兴奋，纷纷表示感谢强书记和各位领导对老区、山区群众的关心。村老支书彭水生举起大拇指说："强书记刚刚上任就来看望我们，真是我们的好书记，你来了我们一定会富裕起来的。"强书记说："我刚刚来，还没有帮助你们什么，还不能算是好书记，但是我们一定会努力让大家生活好起来的。"

走进贫困户张成德家里，强书记和大家围坐在简陋的八仙桌上，书记仔细询问张成德、彭夏英两夫妇家庭情况，得知张成德有两个儿子在外地打工，老母亲84岁，家有3亩田和一些菜地，全家有政府低保，参加了新农保和新农医，当地市、乡干部扶贫还送了5只黑山羊，全年人均收入3000元时，强书记满意地点了点头。当书记问到新农医要交多少钱时，彭夏英回答说，每人50元。书记又问在哪里看病，能报销多少。张成德夫妇说，在乡卫生院看病，很方便。书记又来到厨房，揭开窝（锅）盖并察看整个房屋结构情况；询问这栋土坯房什么时候建的。看到破旧的房屋，强书记关切的（地）问道，怎么不建新房？彭夏英说，一是没有资金，一栋要15万元；二是两个儿子要结婚，因为离市镇太远，外地姑娘不愿嫁进来，先完成儿子婚事再说。强书记还问张成德夫妇有什么要求？他们说，小儿子很想回村里搞特种养殖，但是由于没有技术，失败了好几次。强书记听说后，他当即叮嘱在场的当地干部，幸福生活靠劳动创造，党和政府也有责任帮助群众，一定要有针对性的（地）对一些青年提供特种养殖等专业技能培训，强化技术指导和资金支持，让他们能在家里致富奔小康。针对老张两儿子想结婚，但是不愿回来建房，书记说，当地要大力发展小城镇建设，把他们吸引到小城镇居住创业。

来到葛湘村家，残疾人葛湘村和他71岁的母亲左细英早就在家门口迎接书记。他握着书记的手来到屋里，书记问他们家通电了没有，有没有电视和电话，喝什么水，并进入厨房查看他家的饮水，得知乡村已经为他家接通了山泉水后很高兴。强书记又到他家后院，不顾臭气，掀开旱厕门进入厕所间查看。大家无不佩服强书记这种做工作作风。看到左细英家养了耕牛，他又停下来仔细了解左细英家养牛的情况，并当场对左细英年老、儿残疾所表现的乐观和勤劳、不等不靠精神表示赞扬。在左细英家出来的路上，强书记还仔细向乡村干部了解神山村毛竹低改情况和神山村小学生读书情况。神山村独特的客家文化和淳朴民风及整洁干净的良好生态环境给强书记留下了深刻印象。

在军烈属左秀发家，强书记对烈士左桂林第四代也是村支委的左香云经营的竹制品加工很感兴趣，仔细了解生产工艺流程，产品销售和利润等情况，勉励左香云扩大规模带领当地群众共同致富。他对左秀发一家说："你们是革命后代，党和政府永远不会忘记你们长辈所做的贡献，一定会加大对革命后代的扶助，使你们早日过上幸福的生活。"

强书记还对以上贫困户和军属送上了慰问金等物品。时间不知不觉到了 10 点多，强书记一行准备前往视察下一站。全村村民依依不舍地聚集在村口为强书记送行，这时双休日在家的一群小学生，在人群中一声声喊着："强爷爷好！""强爷爷好！"强书记十分激动，抚摸孩子们的头，拉着孩子们的手，勉励他们要好好学习，天天向上，长大后多为国家做贡献。在场群众响起了经久不息的掌声，强书记不断挥手致意，向当地群众道别。❶

❶ 《茅坪乡志》，中共党史出版社 2015 年 11 月版，第 378—380 页。

2017 年 4 月，神山村正在进行土坯房改造工程。这一天，左从林的屋子正在换瓦，忽然刮起了大风，暴雨如注，施工队的工人们都停工躲雨去了。看着大雨像瓢泼的一样，从屋顶还没换好的"天窗"处直往屋子里灌，左从林着急了。能不着急嘛！搁谁谁都着急！左从林急得直跳脚，跟工人们吵了起来。可是工人们就是不搭理他，没有一个人愿意爬到屋顶上去遮盖。黄承忠知道后，赶紧冒雨跑来了，毫不犹豫地带头和其他党员干部一起登上梯子，爬上屋顶，用油毡、雨布把没有换好瓦的"漏洞"遮盖上。后来，几位党员干部都因为淋雨而感冒发烧了。这件事，一下子感动了神山村的群众，人们觉得党员干部还是好样的。很快，37 栋土坯房全部实施了改造，实现了人人有安居房。

"村看村，户看户，农民看支部。"农村政策千条万条，最终都得靠基层党组织、靠基层干部来落实。2015年担任村支书后，黄承忠积极规范党内组织生活，实现了"三会一课"的正常化，努力把党员干部的思想搅动起来；针对村班子年龄偏大、文化程度偏低的情况，他增加了两名副书记，一名分管新农村点建设，另一名分管旅游协会，使神山村各项工作都走上正常化；派一名干部专门管理村里的事务，并成立了监督领导小组，由威信较高老党员老干部组成，村里各项决策的实施、扶贫资金的使用、村财务、党员干部的工作等都接受他们的监督。要把脱贫攻坚和乡村振兴作为"一把手"工程，就必须打造一支高素质的带头人队伍，打造有向心力、有凝聚力、有战斗力的村支部班子，各项工作布置下来了就能够马上办，办得好。

作为乡里下派的干部，黄承忠在神山村一待就是15年，这个时间不算短。2017年，黄承忠荣获"吉安市优秀党务工作者"称号，《井冈山报》以《平凡中的光辉》为题对他的先进事迹做过报道。这年11月17日，荣耀时刻再次光临。黄承忠以全国精神文明建设先进村镇代表的身份，走上了北京人民大会堂金色大厅的领奖台，受到习近平总书记的亲切接见。如今，不再担任神山村党支部书记的他，手机的屏保依然是一张习近平总书记来神山村在村部门口与他握手的照片。他说："我永远珍藏着这张照片，我一辈子都不会忘记！"

采访结束后，我赶回神山村。汽车在盘山道上盘旋，过了黄洋界，我忽然想起毛主席1965年回井冈山时写的诗词《水调歌头·重上井冈山》，心中默默地吟咏起来——

久有凌云志，重上井冈山。千里来寻故地，旧貌变新颜。到处莺歌燕舞，更有潺潺流水，高路入云端。过了黄洋界，险处不须看。

风雷动，旌旗奋，是人寰。三十八年过去，弹指一挥间。可上九天揽月，可下五洋捉鳖，谈笑凯歌还。世上无难事，只要肯登攀。

是啊！世上无难事，只要肯登攀！

"没有比脚更长的路，没有比人更高的山。"脱贫攻坚之路，需要一代代人的接力奋进；脱贫攻坚的高山，也需要一代代人的艰苦攀登。

"红培":越培越红新时代

16

"现在,许多贫困地区一说穷,就说穷在了山高沟深偏远。其实,不妨换个角度看,这些地区要想富,恰恰要在山水上做文章。"习近平总书记在 2015 年中央扶贫开发工作会议上的讲话,为新的发展阶段如何做好扶贫攻坚工作打开了全新的思路。❶

桂林山水甲天下,井冈山的山水也是甲天下。"绿水青山就是金山银山",井冈山的绿水青山,也是金山银山。

更重要的是,井冈山的山水还多了一道颜色——井冈红。

井冈红,就是中国红。

在井冈山采访时,我接触到了一个新词汇——"红培"。

"红培"的全称为"红色培训",这是中国共产党强化干部和青少年教育、形成中国特色社会主义培训机制的一种实践创新。它是通过挖掘红色基因、开发红色资源、创新红色教学,探索出的一条行之有效的革命优良传统、爱国主义和革命英雄主义教育的"特色之路"。

❶ 巨力:《新中国 70 年创造人类减贫奇迹》,《求 是》2019 年第 17 期,第 48 页。

井冈山的"红培"机构中规模较大的有四家,即中国井冈山干部学院、全国青少年井冈山革命传统教育基地、江西干部学院、井冈山干部教育学院。除了这四家之外,井冈山还有大量的民间培训机构,共计有 300 多家,每年参与培训的学员数以十万计。尤其是近三年来,参与"红培"的学员,以每年 50% 的比例递增,2018 年已达到 52.28 万人,2019 年接近 60 万人。

因为习近平总书记于 2016 年 2 月 2 日曾来神山村给乡亲们拜年,神山村也成为井冈山各大红色培训机构重点关注的教育见学目的地之一。

红色培训的政治意义和现实意义不言而喻,它关乎中国共产党人的世界观、人生观和价值观建设,体现了中国共产党不忘初心、牢记使命和牢记全心全意为人民服务的宗旨。在井冈山,许许多多接受过"红培"的基层干部、普通党员亲切地把它称作一种"草根教育"。因为它有着极强的体验性、参与性、互动性、趣味性,与正规的学院式严肃教育迥然不同,寓教于乐、寓教于情、寓情于理,轻松活泼,上接天线,下接地气,突破了"灌输"模式,大受欢迎。

在井冈山,干部和群众把脱贫攻坚称作"新时期的井冈山的斗争"。不要小看这样一个比喻,这说明井冈山的干部群众在思想意识上已经自觉地把新时代的脱贫攻坚战与革命战争年代的"翻身仗"有机地连接起来、贯通起来、传承起来。这不正是"井冈山精神代代相传"的最好体现吗?

的确,"红培"对井冈山的经济发展、脱贫攻坚具有强大的助推作用。茅坪乡党委书记刘晓泉说:"现在,包括神山村在内,我们茅坪乡的农、工、商业的发展,新业态的成长,电商、物流的推进,百姓的就业服务,等等,人民群众生活的许许多多方面,都与'红培'结下了不解之缘。"

的确，"红培"已成为井冈山市从脱贫奔小康迈向乡村振兴的一条必由之路。据不完全统计，目前井冈山在山上直接或间接从事"红培"服务的人员已超过10000人。井冈山红色教育培训管理标准被确定为江西省地方标准。井冈山红色培训管理体系顺利通过了中国质量认证中心评审，第一个获得国内质量管理体系和培训管理体系"双认证"，并且正在申报国家标准。

2019年10月13日，我在神山村村部采访时，恰逢中国井冈山干部学院的教师于真带一批学员来参加培训。细雨霏霏，红旗招展，学员们头戴红军帽、身穿红军服、打着红军绑腿，雄赳赳气昂昂地走进了村子。因为人数太多，神山村太小，一时间不能接待，于真就把学员分成两批。在两批学员活动的间歇，我们闲聊了起来。原来，于真的家在北京，而且她曾在首都有着一份收入不菲的工作。因一次偶然的机会她来到了井冈山，从此就爱上了井冈山。在征求家人的同意后，她毅然决然地辞去工作，只身来到这里，在中国井冈山干部学院当了一名"红培"教师。说句心里话，那一刻，我打心里眼里佩服于真的勇气。

中国井冈山干部学院是中共中央组织部在全国创办的三所国家级干部培训基地之一，其余两处分别为中国上海浦东干部学院、中国延安干部学院。它们主要承担对党政领导干部、企业经营管理者、专业技术人员和军队干部进行中共党史、党建理论、革命传统和基本国情的教育。中国井冈山干部学院的功能定位是"进行革命传统教育和基本国情教育的基地、激发广大党员干部永葆革命青春的'加油站'、提高领导干部素质和本领的熔炉以及开展国际培训交流合作的窗口"。它的培训理念是："坚定信念，强化责任,提升素质,促进创新。"毫无疑问,这一理念的贯彻、推行,不仅对中国共产党人忠诚党的事业、继承革命传统有重要的推进作用,对全国脱贫攻坚事业也起到了有力的保障作用。

于真的工作不复杂,主要是做井冈山革命历史的讲解工作。在外人看来,讲解员的工作还不容易?不就是死记硬背那些历史事件和人物的故事嘛!其实,说起来容易,做起来难。做一名好的讲解员其实并不轻松。

和于真的感受一样,赖发新深深地感到当一名解说员真的不容易。

赖发新是神山村自己培养的一名优秀的"红培"解说员,现在担任村"接待科科长"。作为神山村旅游协会的成员,他也负责与外部"红培"机构联络,对接农家乐的分客工作。在神山村,像他这样的专职讲解员一共有 5 名,都是经过自愿报名、相关培训、技能考核之后才正式上岗的。做讲解员,一是外部形象要好,二是要有一定的文化,三是要有一定的口才。

高挑的个头,匀称的身材,白皙的皮肤,四方脸,大眼睛,赖发新是一个十分帅气的男人。站在你的面前,你根本看不出他是一个已经近过半百的中年人,他待人热情、阳光灿烂。1968 年出生的他,人生和家庭并不像他的笑脸那样灿烂。2012 年,刚刚过完春节,他 17 岁的儿子突发急性白血病,不幸病逝。不久,妻子也与他离婚,一个好端端的家就像一块玻璃镜被天上掉下来的石头击碎了一样。赖发新倍受打击,陷入人生的谷底,精神一度颓废而不能自拔,家庭也随之陷入贫困。他和父亲母亲一起生活,一家三口被评定为"蓝卡"贫困户,记在父亲赖石来的名下。

赖发新是一个读过书的人,还喜欢搞点收藏。他的家在神山村周山组,屋子处在村子的最高处,走上去,需要爬一个近40度的斜坡。习总书记来了之后,村里修通了环村公路,他家门口的斜坡也进行了硬化处理,变成了水泥路。他再也不用担心下雨天的泥水了,再也不用担心父母因路滑而摔倒了。

现在,作为神山村"红培"讲解员,赖发新每天都忙得不可开交,给从天南海北来村里参观、旅游的朋友们不厌其烦地讲解着神山村的昨天、今天和明天……

17

井冈山虽说奇峰耸立,怪石嶙峋,谷壑幽深,但在地质学上并无独一无二的显著特色。整个井冈山地区,海拔千米以上的山峰有多座,最高峰为江西坳[1],海拔1842.8米。其中,著名的黄洋界哨口海拔1343米,茅坪和茨坪的海拔均在800至900米之间。

说起黄洋界,大家都耳熟能详。黄洋界峰峦叠嶂,地势险峻,长年云雾弥漫,气象万千,苍山如海,茫茫荡荡,一望无际,故又名"汪洋界"。1928年9月,毛泽东就曾为黄洋界写过一首《西江月·井冈山》——

> 山下旌旗在望,山头鼓角相闻。敌军围困万千重,我自岿然不动。
> 早已森严壁垒,更加众志成城。黄洋界上炮声隆,报道敌军宵遁。

[1] 坳,山间低洼处之意。这里是湖南炎陵通往江西遂川的茶盐古道的隘口,当地山民称之为"坳"。

那是 1928 年 8 月 29 日,湘军第八军第一师三个团抢在赣军之先,从酃县赶至黄洋界下乔村一带。30 日,敌人向黄洋界哨口发起猛攻。当时,毛泽东、陈毅等率领红四军主力去了湘南作战,井冈山兵力极少。留守的何挺颖、朱云卿指挥第三十一团第一营仅两个连的兵力,凭借黄洋界天险之势与敌决战。他们在通往黄洋界的两条小道上,布下了"竹钉阵""竹篱笆障碍""滚木擂石""竹钉壕沟""石筑射击掩体"等五道防线,与国民党军四个团的兵力展开了殊死血战。战斗持续了一整天。当天下午 4 时,红军战士把过去在战斗中从敌人那里缴获的、正在修理厂修理的一门敌军的迫击炮抬到黄洋界上,向敌军发射了三发炮弹,有一发炮弹正好在敌群中间爆炸。忽见大炮轰击,敌军误以为红四军主力已经回来,吓得魂飞胆丧,在云雾弥漫之下逃之夭夭,不敢再犯井冈山。毛泽东返回井冈山后,获悉黄洋界保卫战胜利的消息,十分高兴,挥毫写下了《西江月·井冈山》。

历史没有走远,现实也非常逼真。

神山村就位于黄洋界北坡的山脚下,距离井冈山市区一个多小时的车程。昔日黄洋界隆隆的炮声,神山村的老百姓不仅是鼓角相闻,也是旌旗在望。在第二次国内革命战争中,神山村的很多百姓都参加了革命。

和井冈山许许多多的村庄一样,神山村的乡亲也曾为中国革命做出过贡献和牺牲。神山村有一位烈士,名叫左桂林。

左桂林又名左龙先,1871 年 11 月出生于湖南湘乡,早年来到神山村,以造土纸为生,生活贫困。早在朱毛会师之前,左桂林就加入了袁文才领导的"马刀队"。1926 年,他同"马刀队"一起被国民党招抚,被编为以袁文才为队长的宁冈县保卫团。这年 9 月,受湖南农民运动的影响,在中共宁冈县支部的领导下,他参加了宁冈暴动,宁冈县保卫团被编为农民自卫军。1928年2月,他随农民自卫军与部队一起编入工农革命军第二团。5月4日,在朱毛会师和中国红军第四军的成立大会上,左桂林所在的工农革命军第二团被编为红四军第三十二团,他担任了通信员,当年又称"红军号手"。在部队期间,他培养了很多红军号手。1929年12月,国民党反革命分子进入神山村,抓捕红军战士。为保护神山暗陇的红军药库和掩护3个年轻的小号手,左桂林在撤退时不幸中弹牺牲,终年58岁。1983年5月,左桂林被宁冈县人民政府批准为烈士。2016年1月,经国家民政部批准,左桂林被评定为烈士,烈士证明书号为"1929赣烈字第004406号"。

国家民政部颁发的
左桂林烈士证书
丁晓平／摄

　　2016年2月2日,习近平总书记来神山村视察时,专门到左桂林的孙子左秀发家进行慰问,向孩子们赠送学习用品。就是在左秀发家的大门口,习近平举起木杵和农民李宗吾一起打起了糍粑。如今,在他家的场坪上,立起了一块大石头纪念碑,镌刻着"习总书记在这打糍粑"。每一个来神山村的人,都会来这里照个相,留下一份美好的回忆。

左桂林一共生了6个儿子、1个女儿。左秀发是左桂林的小儿子左明生之子，曾过继给没有孩子的大伯父左盘生。作为烈士的后代，左秀发和神山村的村民们一样，过去也都是"靠山吃山"，凭借在山上砍竹子赚点钱养家糊口。那个年代，村民们利用山上盛产竹子的地理优势，办起了土纸作坊，制造草纸，后来因土纸的经济效益不好，又做起了筷子、算盘、雨伞等生意。随着改革开放，市场经济逐渐活跃，传统的手工作坊远远跟不上现代化的流水线生产，神山村的原始生产模式被时代抛在了后面，再加上交通不便，闭塞的神山村躲在罗霄山脉的深处，更是变得越来越贫穷而落后。2015年，因为患有严重的肺气肿，左秀发被评定为"蓝卡"贫困户。通过土地流转，他和其他贫困户一样，入股参加了神山村的黄桃和茶叶合作社，每年可以收益3000元。

左桂林有一个儿子名叫左光元，子承父志，1927年2月就参加了革命，当过宁冈县副县长，是从神山村走出来的"最大的官"。

1912年12月29日出生的左光元，是父亲左桂林掩护而顺利撤退的三个小号手之一。那一天，一小股敌人突然包围了暗陇的造纸厂，左桂林让儿子左光元和另外两个小号手赶紧撤退到山上，躲在山上的草丛中，自己则留在造纸厂厨房灶台后面观察敌情。不幸的是，他被敌人发现，中弹牺牲。跑到山上的左光元听到枪声后，十分机灵，在山顶上吹响了红军号角。敌人误以为红军大部队来了，赶紧撤退，作鸟兽散。等他从山上下来，父亲左桂林已经光荣牺牲。后来，左光元担任了红四军第三十二团一营的号目，随红四军进军赣南、闽西。1930年，他加入了共产党，担任红三军团特务连政治指导员，后来又担任了随营学校特务连连长。在第一次至第四次反"围剿"中,左光元先后三次负伤。1934年12月,在第五次反"围剿"战役中,左光元连长随军至湖南边境参加战斗,在一个名叫赖家村的地方再次受伤,左腿下部被打断,行动困难,因而被送到瑞金红军总医院治疗,后转至于都红军第七医院治疗。伤愈后,他留任医院党总支书记。

中央红军主力北上长征后,国民党军队窜入中央苏区烧杀抢劫,无恶不作。此时,于都的红军第七医院也被围困,伤病员在突围中被冲散。危急之中,左光元置生死于不顾,把自己的党证藏在化脓发臭的左脚袜子里,躲过了敌人的多次搜查。有一天,他化装成乞丐,在一户人家要饭时被敌人抓住,关进了牛棚。侥幸的是,在群众的掩护下,他凿壁挖洞逃脱。此后,他沿途乞讨,九死一生,直到1936年6月才回到宁冈神山村的家中,重操旧业,与人合伙造土纸,谋生度日。此时,中央红军也已经抵达陕北。

1949年9月,宁冈县全境解放,左光元重新参加革命。这年10月,他担任了茅坪乡坝上村农民协会主席。1950年春,他调任第四区农会副主席。1951年,左光元重新加入中国共产党,1952年调任宁冈县农民协会副主席。1953年,调任宁冈县邮电局局长。因为战争年代受了伤,左光元留下了终身跛脚的残疾。但他身残志坚,认真负责,埋头苦干,带领干部职工走村串户,做好党的报刊发行工作,被评为"全国二等工作模范"。1954年,他代表宁冈县邮电局赴京出席了全国报刊发行先进代表会议。

左光元既善于做思想工作,又善于团结爱护自己的部属,经常以自己的亲身革命经历教育身边的干部职工,要热爱老区、建设老区,立足本职,爱岗敬业。邮电局有一名临时工邮递员王友秋,因为山区的邮递工作太辛苦、薪水太低,不安心工作,思想波动较大。左光元就经常找他谈心,讲述自己战争年代九死一生的故事以启发他。经过教育,王友秋以红军"铁脚板"的精神,十三年如一日,坚持在黄洋界、柏露等崇山峻岭间做好乡村邮递员的工作,行程25600多里。1963年,王友秋被评为江西省社会主义建设"五好职工"(政治思想好、完成任务好、遵守纪律好、坚持学习好、团结互助好)。

1962年,左光元调任宁冈县民政局局长,同年12月当选为宁冈县副县长。此时,经国务院批准,他因战伤致残,被评定为二等乙级残废。虽然体弱多病,但他仍然坚持深入基层,认真搞调查研究,密切联系群众,帮群众排忧解难,深得乡亲们的爱戴。1965年,左光元积劳成疾,卧病不起,1968年5月病逝于青原山医院,终年57岁。

左光元担任宁冈县副县长的工作证
丁晓平 / 摄

这位左光元,正是"全国脱贫攻坚奖奋进奖"获得者彭夏英的父亲。1968年5月,父亲去世的时候,她还差两个月满一岁。后来,她随母亲谢福庄改嫁到了同村的彭家,也随之改名为彭夏英。

左光元的家与堂侄左秀发家比邻而居。现在的户主左从林是左光元的养子,他因为2012年胃部大出血,之后长年受胃病侵扰,所以无法从事体力劳动,和老伴袁夏英一起被评定为"蓝卡"贫困户。

1952年出生的左从林是一个孤

左光元的革命伤残军人抚恤证书
丁晓平 / 摄

儿,老家是吉安的,4岁的时候,父母因为生病双亡,五兄弟孤苦无依,被政府送到孤儿院。他说:"我是老小,没有共产党,没有政府养着,我早就饿死了。"10岁那年,左光元从孤儿院把他领养回家。1968年,养父左光元去世。那年冬天,左从林参军入伍,先后在福建、江西的陆军部队服役,1973年退伍回乡当农民,种田、砍竹子。在部队时,他就曾出现过胃部大出血的症状。退伍时,连长说,连队可以给他开一个病历证明,回乡后可以凭这个证明在看病时得到一些优惠。他不愿意给组织添麻烦,就放弃了。

左从林有四个孩子,两儿两女,都在外面务工。习近平总书记来神山村后,左从林叫大儿子辞去工作回到神山一边开农家乐,一边零售神山村的土特产,收入比往年翻了番。但他非常低调、保守地说:"一年下来只能挣3万元。"话里话外,他还有一些不满足。

我和左从林面对面坐在他家农家乐餐桌旁时,他的妻子袁夏英站在一旁,笑容一直堆在她的脸上。当她听说我是一名现役军人时,似乎更加喜悦了,满心欢喜地对我说:"白天没想到,晚上没梦到,习主席会来我们神山村,走到我的家门口。现在,路好了,交通也方便了;屋子也不漏水了,下大雨也不愁了,晚上睡觉不用担心了。"幸福之情,溢于言表。

走进神山村,你就能远远地看到,左从林家的大门口悬挂着一个大相框,那里面写着父亲左光元的生平简历。而每一个来神山村的人都会在这里驻足停留,阅读这位革命先辈的故事,接受心灵的洗礼。看到来来往往的人们阅读父亲的故事,左从林的心里就特别温暖,特别欢喜,周身都感受到一种无上的荣光。在他家的堂屋中,左从林还把二姐保留下来的父亲的革命残疾军人抚恤证、工作证、党费证、诊疗证的原件——装裱在竹制的相框中,悬挂在洁白的墙壁上。这既是向父亲表达敬意，又是向来神山村参观、旅游的人们讲述着先辈的峥嵘往事。几十年过去了，那一枚枚县级、省级乃至国家级的红色印章依然鲜艳夺目，仿佛在告诉人们，今天的幸福生活来之不易，是先辈们用流血和牺牲换来的。

如今，左桂林和左光元父子的革命故事已经成为神山村的红色名片，是"红培"的好教材，昭示着历史，也启迪着未来。

18

井冈山因大小五井由群山环抱而为"井"，神山的地貌是不是也像"井"呢？有人形容神山村的地貌像一个锅底，而我在亲身体验之后，却觉得神山村更像是一个仰头的田螺，也恰似一个漏斗。如果你从空中俯视，四周高山环拱，随着盘山路旋转到谷底，神山

神山村农家乐——
神山惠民餐馆

村就坐落在这田螺壳的顶部。一条小溪,从东面的山坡上一路下来,穿村而过,向西边的山涧流去,泉水叮咚,四季如歌。哗哗流淌的溪水都是山上流下来的泉水。这实在是够让我们久居城市的人羡慕的了。多美呀!

然而,神山村和井冈山的其他许多村庄一样,是一个典型的"八山一水一分田"的边远山区,气候多变,雨水较多,具有"同山不同季,十里不同天"的气候特征。奇怪的是,2019 年的秋天,井冈山经历了一场大旱,近两个月没有下雨了。可是让人万万没有想到的是,就在我抵达神山村的这天晚上,天公作美,竟然淅淅沥沥地下起了小雨,而且这一下竟然下了一个星期,直到我采访调查结束离开,天又开始放晴了。神山村老支书彭水生操着他浓重的湖南客家口音跟我开玩笑说:"小丁,这场及时雨是你给我们带来的哟。"

虽然地处偏僻的深山之中,神山村地理位置却"四通八达",周边 5 公里范围内四面都有"红色景点"——向东有小道通往柏露乡的斜源、梅树山,著名的"柏露会议"就是在那里召开的;向南沿"红军小道"穿越陡峭的山岭,便是赫赫有名的黄洋界;西南是神山通往井冈山的通道,必经的桃寮有红军被服厂,红四军军部也在那里;西北则是毛泽东、贺子珍举行婚礼的象山庵和袁文才的老家坝上村。无论是从西南,还是从西北,如今都有宽阔的公路网连通。而神山村境内还有清水庵红军药库、红军小道。

神山村,分为两个村民小组,一个小组叫神山,一个小组叫周山。周山组与神山组相隔一公里,在山间绕两个 S 形的弯道就到了。如今,两组之间有水泥公路相通,行走、骑车、开车都极为方便。因为村部的驻地在神山组,习近平总书记视察时到达的也是神山组，因此人们纷纷前来神山村参观的其实也只是神山组，周山组因此就显得格外安静，甚至无人问津。

其实，周山组也是有故事的地方，也是"红培"的好去处。为什么？说出来，你或许不相信——毛主席不仅来过神山村，而且在周山的赖家祠堂住过一宿。

毛泽东到过黄洋界，一生罕见地为黄洋界写过三首诗词，而黄洋界北坡大峡谷右下端的第一个山村就是神山村。毛泽东在井冈山革命斗争时期，来没来过神山村？在神山村采访的日子里，乡亲们都跟我讲，毛主席到过神山村，还在周山的赖家祠堂住过一个晚上，彭老总也在周山养过伤。可是，当我请他们讲一讲具体发生了什么故事的时候，大多语焉不详，讲不出一个子丑寅卯，就连左桂林、左光元的亲属也说不清他们祖辈的往事。

是啊，90多年过去了，面朝黄土背朝天的老表们挣扎在这片山沟中，一代代人为了摆脱贫困，解决温饱问题而辛勤劳作，哪里有时间和精力去搜集整理这些"既不能当饭吃又不能当衣穿"的红色往事呢？现在，摆脱了贫困的他们，回首往事，这些红色的记忆，却成了神山最好的精神食粮。

毛泽东和彭德怀到底来没来过神山村呢？在神山村，毛泽东和彭德怀又做了什么、说了什么呢？老支书彭水生和周山组村民赖福洪都推荐我找井冈山本地的中共党史研究者刘晓农。经过电话联系，刘晓农先生给我发来邮件，讲述了毛泽东在神山和彭德怀雪夜宿周山的故事。他把这些故事收集整理在一本名叫《黄洋界》的书中。

那是1927年11月中旬，刚刚来到茅坪安家的毛泽东，在李筱甫的陪同下来到了神山村。说起李筱甫这个人，还真是不简单。

长期以来，在井冈山革命斗争史中，他几乎成为一个被遗忘的角色。李筱甫是神山村隔壁的坝上村人，家庭经济富裕，少年时代思想激进，他和袁文才一样很早就加入了中国共产党，投身反抗国民党反动派和地主老财的斗争。刚到茅坪时，毛泽东因脚伤溃烂化脓，行动不便，李筱甫就把他接到自己家里养伤。

李筱甫的父亲李培秀是清朝的贡士，懂得一点相面之术，见了毛泽东，认定他有领袖之气。待毛泽东脚伤养好后，李培秀拿出一件貂皮袄子送给毛泽东。毛泽东婉言谢绝了。见毛泽东坚决不接受皮袄，李培秀、李筱甫父子又想送点别的，经过商量，对毛泽东说："你的脚受伤了，行动不方便，要不就把我们家的那匹白马送给你。这样，你到乡下搞调查也好，去部队前线也好，会方便得多。"毛泽东思虑片刻，答应下来。自此，毛泽东就经常骑着这匹白马在井冈山工作、战斗，一直到长征。李筱甫还主动从家里拿出银圆600块、稻米36担、茶叶数百斤，让人挑到象山庵，作为捐助给红军的物资，给毛泽东留下了很深的印象。如今，坝上村的路边还镌刻着"李筱甫送白马"的故事铭碑。❶

毛泽东在李筱甫坝上村的家中休养了八九天，眼见可以走路了，喜欢了解民情搞调查研究的他，听说坝上村东面的大山里还有神山、周山、桃寮等村庄，就执意要去看一看、走一走。金秋十月，正是农历"小阳春"气候，不冷不热。李筱甫陪同毛泽东来到神山村，先是去了他熟悉的袁文才领导的"马刀队"队员左桂林家，在周山"马刀队"排长何正山家吃午饭后，又去了暗陇。在那里，毛泽东对井冈山的土纸

❶ 1928年5月，李筱甫担任了红四军第三十二团（即袁文才、王佐部改编的团）军需处处长。5月下旬，湘赣边界工农兵苏维埃政府成立，李筱甫被选为财政部负责人之一。当时，打土豪没收的、战场上缴获的金银珠宝首饰，都统一上交给边界政府，由李筱甫统一保管。那时，红军实行统一平等的供给制，从军长到伙夫，除去粮食，每人每天的标准一律为五分钱。发零用钱，无论是两角、三角或四角，官兵们也都一样，没有任何区别。他严守纪律，从不乱花一分钱。后来，他受命主持红色圩场事务，采取灵活机变的办法，活跃了地方经济，是一个很有经商潜质的理财家。在茅坪乡坝上村，建有"李氏宗祠"，正门前的立柱上有后人撰写的一副对联，其中就记载着李筱甫的功绩。对联曰："盛誉大唐来，陇西以降，国姓咸尊，忠传道德五千字；清名良史载，坝上为荣，管家不负，总理朱毛十万财。"1930年2月24日，李筱甫同袁文才、王佐等人一起在永新被错杀，他与袁文才住在同一间屋子里，先于袁文才而死，时年仅41岁，成为永久的遗憾。中华人民共和国成立后，他被追认为革命烈士。

作坊做了一次社会调查。这对毛泽东后来写《宁冈调查》有过帮助。1928年1月，工农革命军攻打遂川县城，毛泽东指示部队打掉了萧家璧靖卫团的三道税卡，就得到了造纸工人等手工业者和中小商人的拥护。

曾担任神山村村委会主任、现任村务监委主任的赖志成，家住周山组。为了证明毛泽东到过周山，他冒雨带着我去了周山组实地察看。周山是赖氏家族世代居住的地方，所以居民基本上都姓赖。关于周山组的故事，我在后面还要讲到。

如今的赖氏祠堂荒草丛生、乱石遍地，当年用过的石槽、石臼横七竖八地躺在那里，老屋地基的轮廓依然清晰可见。站在赖氏祠堂的废墟前，赖志成指着远处的山崖说："毛主席在周山过夜的时候，就住在这个祠堂后面的屋子里。"的确，祠堂的屋后有一堵非常壮观的石崖，背后的山上古木参天，确实是一块风水宝地。接着，他又指着东北角的一块地方，对我说："很久以前，那里有一个寮棚，有一年冬天，彭老总在这里养过伤，住了六天六夜。"

其实，关于毛泽东来到神山村的故事，《茅坪乡志》上的确也有记载："红军被服厂就在神山村口，毛泽东和余贲民当年曾经在周山赖家祠旁的寮棚居住过。"[1]余贲民当时在井冈山创办了红军被服厂，并担任厂长。

像毛泽东在周山是否过夜这个问题一样，彭德怀是不是在周山养过伤呢？神山村的老百姓都宁愿相信这一切都是真实的历史，而不是传说。

彭德怀在周山养伤的故事，在周山口口相传，说得有鼻子有眼儿。彭德怀之所以选择在周山养伤，除了周山地处偏僻之外，还有一个重要的原因，那就是周山赖氏是医药世家。位于茅坪蟠龙

[1] 《茅坪乡志》，中共党史出版社2015年版，第213页。

书院的红军医院,有一位名叫赖达章的中医郎中,就是周山人。神山村的清水庵,就是红军采集中草药、储存药材的药库。赖达章回忆说:"伤员用的中药靠大陇、滩头药店供给。药空了,我们便上山挖了 70 多种土产草药……1928 年 4 月,毛主席发动打永新,缴获 400 多担药,放在茶山源的药库。"

在刘晓农先生提供给我的历史资料中,"彭德怀雪夜宿周山"的故事发生在 1929 年 1 月上旬。我们知道,彭德怀是在 1928 年 12 月 10 日和滕代远一起,率领红五军第四、五纵队和军部直属队七八百人到达宁冈砻市、新城与红四军会合的。毛泽东在新城主持联席会议,讨论粉碎敌人即将对井冈山革命根据地进行的第三次"会剿"的问题。会议决定:红四军出发打游击,在外线作战,红五军防守井冈山,借以休息和训练。为了统一指挥,红五军编为红四军第三十团,彭德怀任红四军副军长兼第三十团团长,滕代远任红四军副党代表兼第三十团党代表。12 月 11 日,毛泽东在新城举行庆祝红四军、红五军会师大会。会后,红五军上了井冈山,进驻茅坪。1929 年 1 月 4 日至 7 日,毛泽东主持召开了"柏露会议",决定由以彭德怀任团长、滕代远任党代表的第三十团留守井冈山。会议还采纳毛泽东"围魏救赵"的策略,以解井冈山之围。

那天,彭德怀与副参谋长陈毅安,带着参谋、警卫战士一行五人,从滩头出发,经暗陇,前往茨坪。到达暗陇时,天上开始下起了"棉花雪",越下越大。快到周山时,地上的积雪已经厚达五六厘米,盖住了路面。见此情形,陈毅安建议彭德怀停止前进,就到前面的村子住一晚再说。就这样,彭德怀在周山组暴动队队员赖甲龙家住了一晚。这个故事,与乡亲们口口相传的彭德怀在周山养伤的版本有所不同。

毛泽东、彭德怀等革命前辈在井冈山的故事，还有很多很多在民间流传，它们寄托着革命老区人民对革命前辈的美好回忆、深切怀念和崇高敬意。这些故事的细节或许有某些传说、演绎的成分，其真实性随着时间的流逝已经无从考证，但对井冈山的乡亲们来说，都是一笔精神财富。而这些井冈山斗争的红色历史故事，现在已经与脱贫攻坚事业紧紧地联系起来，成为"红培"的主题内容之一。在这里，我真心希望我的这本书能够把这些与神山村有关的历史故事、革命传说、红色记忆都一一挖掘出来，呈现在后人的面前，还原神山村一个完整的历史，让神山村的故事更加丰富、丰满、丰厚，从而增添新时代神山村和茅坪乡乃至整个井冈山的红色旅游、红色培训的魅力。

　　当然，我也想借此机会，希望神山村尽快把这些红色历史故事和红军药库、红军洞、红军小道这样的历史遗迹综合开发利用

神山村的红军小道
丁晓平／摄

起来,在乡村振兴的征途中做好规划,通过有形的实地、实物和实景建筑,尽早把红色旅游事业建设好、留下来。更为重要的是,我希望神山村的孩子们能通过这本书,了解并掌握他们村庄的历史,从而热爱他们的村庄,更好地建设和振兴他们未来的村庄。我相信,井冈山精神也会在这样的建设和传承中,更加具体,更加深刻,更加有意思、有意义。

绿水青山井冈红

19

"村看村，户看户，农民看支部。"

"给钱给物，还要建一个好支部。"

无论是脱贫攻坚，还是乡村振兴，从中央到地方，都是"一把手"工程，五级书记一起抓，而农村基层党组织建设却是这项工程的"牛鼻子"。在很多贫困群众心中，身边党员是什么样，中国共产党就是什么样。作为离贫困最近的人，作为党组织的神经末梢，在祖国大地上的"老少边穷"地区，有在岗的第一书记20.6万人、驻村干部70万人，加上197.4万乡镇扶贫干部和数百万村干部，日夜奋战在脱贫攻坚的第一线，用自己的辛苦劳动换来了贫困群众的幸福指数。❶

2019年10月16日，我在井冈山采访的行程即将进入尾声。我在井冈山市委市政府大楼见到陈学林的时候，他的身份已经发生了新的变化：两个月前，他从井冈山市科学技术协会调任市委党史办副主任。于是，我们就有了共同关注的话题——对神山村

❶ 习近平：《在解决"两不愁三保障"突出问题座谈会上的讲话》，《求是》2019年第16期，第5页。

红色历史和红色旅游的系统开发和整体打造。谈及这个话题时，他表现得尤其热心和迫切。

作为井冈山市科协派驻神山村的第一书记，陈学林在神山村参与扶贫工作前后共计 8 年时间。从 2012 年开始，作为一名普通的机关干部，他奉命到神山村挂点驻村搞扶贫工作。他十分坦率地承认，头两年的工作基本上是"蜻蜓点水"，一年差不多到村里去四五趟，走一走，看一看，问一问，走马观花似的，群众有什么困难就解决什么困难，有什么问题就解决什么问题。

第一次走进神山村的时候，陈学林没有想到自己脚下的这片红色热土，竟然还存在这样一个偏僻、贫困、落后的村庄。在他看来，虽然满眼的青山绿水，可神山村的模样应该是他少年时代记忆中的那一张发黄的老照片，距离他的现实生活已经很遥远。更让他感到头疼的是，就连语言交流都成了问题。为什么？神山村村民大都是从湖南迁徙过来的，说的是客家话，语速比较快，他听不懂。刚刚去的时候，陈学林还需要叫一个"翻译"在身边才可以谈事情、打交道。

到了 2015 年 12 月，井冈山市委组织部任命陈学林担任神山村第一书记，从中央到地方打响了脱贫攻坚战。此时，通往神山村的公路最宽处也只有 2.4 米，根本无法会车，吨位稍大一点的货车根本无法进村，真正的是一条"单行线"。即使这样，公路也只是修到了村委会门口。

那时候，神山村只有 37 幢土坯房，稀稀落落，安安静静。如果不是一日三餐时屋顶上冒出袅袅炊烟，以及偶尔有两三声牛哞四五声狗吠六七声鸡叫八九声鸟鸣，小村似乎看不出有人间烟火，除了"空巢老人"，连"留守儿童"都没有一个。在习近平总书记

2016 年 2 月到神山村之前，全村只有 38 个人在家，而且都是 60 岁以上的老人，是一个名副其实的"空壳村"。

"第一书记"，是党的十八大以来在中国流行的一个"热词"。尽管我很早就从报纸上、电视里知道"第一书记"这个称呼，但如果不是参与中国作协"脱贫攻坚题材报告文学创作工程"到神山村采访，我还真没有认真研究过这"第一书记"到底是一个什么样的"官"儿。

采访中，陈学林和他的续任兰树荣都通过他们的工作，从理论和实践上向我普及了"第一书记"这个概念的基本知识。

第一书记，是指从各级机关优秀年轻干部、后备干部，国有企业、事业单位的优秀人员和以往因年龄原因从领导岗位上调整下来、尚未退休的干部中选派到村（一般为软弱涣散村和贫困村）担任党组织负责人的党员。精准选派第一书记，是中央提出的脱贫攻坚"六个精准"基本要求之一。2015 年 4 月，中共中央组织部、中央农村工作领导小组办公室、国务院扶贫开发领导小组办公室联合印发《关于做好选派机关优秀干部到村任第一书记工作的通知》，对选派第一书记提出明确要求：第一书记的任期一般为两年以上，不占村"两委"班子职数，不参加换届选举，任职期间，原则上不承担派出单位工作，原人事关系、工资和福利待遇不变，党组织关系转到村，由县（市、区、旗）党委组织部、乡镇党委和派出单位共同管理。第一书记在乡镇党委领导和指导下，依靠村党组织，带领村"两委"成员开展工作，主要职责任务有四项：一是帮助建强基层组织；二是推动精准扶贫；三是为民办事服务；四是提升治理水平。

建强基层组织是第一书记的首要职责。重点是协助配齐村

"两委"班子,着力解决班子不团结、软弱无力、工作不在状态等问题,防范应对宗族宗教、黑恶势力的干扰渗透,物色培养村后备干部;严格落实"三会一课",严肃党组织生活;推动落实村级组织工作经费和服务群众专项经费以及村干部报酬和基本养老医疗保险,建设和完善村级组织活动场所、服务设施等,努力把村党组织建设成坚强的战斗堡垒。

推动精准扶贫是第一书记的关键职责。重点是大力宣传党的扶贫开发和强农、惠农、富农政策,深入推动政策落实;带领派驻村开展贫困户识别和建档立卡工作,帮助村"两委"制定和实施脱贫计划;组织落实扶贫项目,参与整合涉农资金,积极引导社会资金,促进贫困村、贫困户脱贫致富;帮助选准发展路子,培育农民合作社,增加村集体收入,增强"造血"功能,确保脱贫成果经得起检验。

为民办事服务是第一书记的重点任务。重点是推动党的群众

神山村村部

路线教育实践活动及其整改事项的落实,带领村级组织开展为民服务全程代理、民事村办等工作,打通联系服务群众"最后一公里";经常入户走访,听取群众意见、建议,与群众同吃、同住、同劳动,努力办实事;关心关爱贫困户、五保户、残疾人、农村空巢老人和留守儿童,帮助解决生产和生活中的实际困难。

提升治理水平是第一书记的重要职责。重点是推动完善村党组织领导的充满活力的村民自治机制,落实"四议两公开"政策,建立村务监督委员会,促进村级事务公开、公平、公正,努力消除优亲厚友、暗箱操作、损害群众利益等不良风气;帮助村干部提高依法办事的能力,指导群众完善村规民约,弘扬文明新风,促进农村和谐稳定。

由此可见,第一书记并不是什么"官",连"七品芝麻官"都不是,但涉及村里的大事小情,他们又什么都得管,什么都能管,什么都必须管好,似乎有点"钦差大臣"的味道。

说起当第一书记的感受,陈学林说,他根本没有找到"钦差大臣"的感觉,手中也没有任何"尚方宝剑"。那时候,神山村没有任何集体收入,做任何事情都需要村干部去"化缘",去东拼西凑一些钱。陈学林所在的科协,也是一个穷单位。2012 年他刚来的时候只凑到了 6000 元。这些经费放到神山村,就像一瓢水泼进了沙地里,连影子都看不到。

俗话说,别拿村长不当干部。当基层干部,不仅不容易,而且是真难!尤其是当贫困村的村干部。

难在哪里?

"上面千条线,下面一根针。"其实,对村干部来说,上面千条线,下面也是千条线。为什么?村干部每天面对的就是一家一户成千上万的老百姓啊！众口难调,你说难不难?

比如,早些年为了扶持贫困户,政府鼓励他们养羊、养牛,给他们送羔崽,送技术,送市场。那时候,神山村真的出现了"遍地是牛羊"的美景。可是黑山羊的破坏性非常大,糟蹋了植被、庄稼。后来,为了保护生态环境,政府改变了扶贫方式,实施产业扶贫,开始种植黄桃、茶叶,每家每户都入股分红。于是,种养之间的矛盾出现了。怎么办? 这时候,村干部和第一书记就得走上前,挨家挨户地做思想工作。跑断了腿、磨破了嘴,也不一定管用。不过,还是毛主席说得好:"运用典型推动工作。"

这个时候,是舍小义取大利,还是舍小利取大义,就看出一个人的品格了。陈学林说:"彭夏英的确是一个好典型,别看她是一个农家妇女,觉悟很高,的确是'最美神山人'。她家是养牛、羊最多的人家之一,她带头按照村里的规定,把牛和羊都卖了。要知道,在村子里,牛个头太大,没有办法用秤来称,就是凭商家的眼睛来估。结果她家的牛一年前买的时候是 8000 元,这次卖掉还是8000 元,等于白养了一年。可是她没有讨价还价,这就是取义忘利,我很感动。"

有句民谚:"人上一百,五颜六色。"村子里的乡亲也有脾气倔强的,也有性格拧巴的,有的是"顺毛驴",有的是"闷头驴"。比如,有一位贫困户老人的性格就比较古怪,村里需要把他"一卡通"里的养老保险等账目的流水打印出来做账,村干部考虑到他年纪大了行动不方便,就替他去大陇的银行办理。要知道,银行有规定,他人代理需要提交本人的户口簿、身份证,于是村干部就三番五次去找他,可他就是不给。怎么办?作为第一书记,陈学林出马了。

陈学林进了家门,老人家依然是爱理不理的样子。陈学林就搬一个小马扎在他身边坐下来,轻言细语地说:"老支书,我今天来,有两个目的。一个是来看看你;二来实话实说,你也是老党员,帮你打印'一卡通'的流水账也是市里的规定。我来,不是逼你,是跟你商量,这件事该怎么办?……"

老人家心里知道,这第一书记毕竟是市里下派的干部,而且这市里来的干部一点儿也不端架子。就这样,陈学林这几句热乎乎的话,一下子就打开了老人家的心扉。老人家高高兴兴地把户口簿交了出来,5分钟就解决了问题。陈学林深有体会地说:"基层干部要做好群众工作,就是要将心比心,把老百姓爱听的话说到老百姓的心坎里。"

到了2017年12月,陈学林在神山村当第一书记已经满了两年,组织上准备调整人选。这个时候,他却深深地爱上了神山村,主动要求留任,直到2019年8月才离开。

我问陈学林:"为什么不想走了呢?"

陈学林说:"神山村的乡亲们淳朴、善良,太可爱了。比如,有一次我带着女儿去神山村看一看,体会一下农村的生活。彭德良的妈妈左炳阳阿姨非常热情,专门给我女儿送来自家炒的板栗。那一刻,我感到很温暖,觉得我的工作得到了乡亲们的认可,所有的付出都是值得的。还有一件小事,我也一直记在心上。那一次我陪香港《文汇报》记者去采访'红卡户'葛湘村。他是一位聋哑人,和他妈妈左细英一起生活。我们到了他家,想不到他笑嘻嘻地拿了一个西瓜出来,正准备切给我们吃。看到他这么客气,我们感到不好意思,就赶紧把刀抢下来,把西瓜和刀都送进了厨房。谁知,过了一会儿,他不声不响地把切好的西瓜端了出来。说句心里话,我非常感动。要知道,他是一个残疾人,又聋又哑,根本听不见我们说什么,他也说不出任何话,可是他懂得事理,有情有义,这份真诚是发自内心的。现在,我离开神山村了,但每每想起这些事儿,我就觉得自己为神山村乡亲们做得不够多,还做得不够好。"

驻村扶贫,缺不了基层干部家人的支持。陈学林藏在心里的一句话是想跟女儿说声"对不起"。他说:"高考第一天,我把女儿送到学校,就一心赶回村里办公。哪晓得女儿上洗手间时水龙头坏了,把女儿全身都淋湿了,当天下午就高烧 39 摄氏度。女儿平时的成绩是不错的,本来想考北京国际关系学院,结果因带病参加高考,影响了成绩,差几分未能考上理想的大学。女儿支持我的工作,可在关键的时候我没有陪伴在她身边,到现在心里还很内疚。我从来没有跟她说起这些,生怕让她再难过。"可怜天下父母心啊!

20

1977 年出生的彭展阳,是神山村现任党支部书记兼村委会主任。现在,神山村在全国有名了,他的担子可不轻。在近一个小时的访谈中,他始终眉头紧锁,没有露出笑脸,话里话外都能听得出来,他有些"盛名之下,其实难副"的精神压力。

彭展阳是第二代神山人。父亲彭秋生是有名的造纸师傅,老家也是湖南的。1963 年,彭秋生应神山村时任村支书黄明钦的邀请,来到神山村做造纸师傅,后来就留在了神山村,娶妻生子,成家立业。

1997 年,彭展阳从吉安农校一毕业,就跑到广东打工去了,在一家名叫裕华的电子厂做电视机线路板。第二年,他当上了负责电脑检测部门的组长,每月能够挣 1500 元。这个工资应该是相当高了,是我当年副连级军官工资的两倍。1999 年,他跳槽到一家夜总会,负责酒水吧台,晚上上班,白天休息,每月能挣 2500 元。2001 年,他在网上认识了现在的妻子张芳莉,是湖南茶陵老乡,就回家结婚了。结婚后,他在井冈山的龙市(原宁冈县城所在地)恒华陶瓷有限公司找了一份工作,很快就在彩绘车间当上了班长,每月也能挣 2000 多元。2002 年,他当了技术部门的科长,负责技术开发、配方工艺。2008 年,公司扩建,实行股份化改造,他入了股,每年收入已经达到 10 万元。2009 年,他在龙市买了房子,又买了车子,成为最早离开乡村的一批神山人。2010 年,他担任了车间主任,年收入又提高了,达到 15 万元。在井冈山这个数字应该是非常可观了。

2016 年 4 月,彭展阳辞去了公司的工作,又成为第一批回到神山村的创业者。为什么?因为这年 2 月,习近平总书记视察了神山村,彭展阳觉得机会来了,他心怀抱负,信心满满,想回来大干一场,决定做食品类的实体产业。但是,由于种种原因,他没有做成。彭展阳几经辗转瞄准了乡村旅游,感到这是神山村值得深挖的一个"富矿",可以拓展思路,深耕细作。

在乡里和村里的大力支持下,2017 年年初,彭展阳和几个村民发起成立神山村旅游协会。协会统一标准,对接资源,做好统筹,多次组织旅游接待服务培训,大力推进美丽庭院建设,统一农家乐配套设施,统一饭菜种类、质量和价格。协会还跟外界广泛联系,先后引来多家井冈山红色培训机构到村里对接,想方设法让游客多来神山。协会特别在接待安排上向贫困户倾斜,使他们有机会、有信心更快地脱贫奔小康。

自此，彭展阳的命运也戏剧性地改变了。从来没有想过"从政"的他，在2016年6月当选为村支部副书记。2018年1月，前任黄承忠调离后，他当选村支书，这年3月又当选村委会主任。他按照"培训到农村，体验到农户，红色旅游助推精准脱贫"的路子，带领村民成立神山村商务服务有限公司、好客神山乡村旅游有限公司，还创办"神山糍粑"体验旅游项目，实现了村民和村集体同步增收。现在，神山村有16户农家乐，50%的村民参与到乡村旅游服务中，旅游成了村民增收的主渠道。

"别拿豆包不当干粮"，更何况党政一肩挑，按道理来说，彭展阳工作起来应该得心应手，更何况神山村全国闻名，但实际上没有人们想象得那么乐观。他真诚地说："说句心里话，还是自己创业比当村支书好干。"

村支书彭展阳和"全国脱贫攻坚奖奋进奖"获得者彭夏英

作为神山村党支部书记兼村主任,彭展阳一年的工资是24000元,跟他在公司上班的时候差距很大,经济收入损失很大。因此有同事开玩笑说,现在当村干部是家里的钱越用越少。彭展阳给我算了一笔账,现在他家一年的开支要七八万元,基本上是在吃老本。因此他老婆又准备开一家服装店,以养家糊口。他还告诉我:"村干部还有一项收入,就是给'红培'机构当讲解员,每次收讲解费200元,但其中有100元要上交村集体。"

关于村干部的待遇和收入问题,是一个比较敏感的话题。我每次春节回故乡安庆,在和乡亲们聊天的时候,或多或少也道听途说一些故事,真真假假难以评说。在神山村采访时,有老百姓对村干部的收入也是有微词的,不太相信彭展阳跟我所说的收入情况,他们认为,村干部肯定有"油水",还有其他"灰色收入"。我说:"十八大以来,党中央、习总书记抓反腐力度如此之大,谁敢呀?"乡亲们就反问我:"村干部如果真的只拿那么一点钱,他们凭什么生活?连车都开不起,谁犯傻啊?"由此可见,村干部与群众之间还是存在着信任危机。如何解决这个危机?如何"拉直"农民们心中的那个问号?恐怕也不是神山村一个村庄的问题,而是一个带有普遍性的问题。

的确,最困难、最令彭展阳感到头疼的,还真不是经济上的问题,而是如何做好群众的思想工作,比如生态保护、环境整治等问题,凡是涉及个人利益的时候,动了谁家的"奶酪"都不行,就会有人不答应。他说:"群众工作不好做,上面有压力,下面有阻力。现在,神山人的口袋是富起来了,但有些人在精神上、思想上却越来越穷了。"

口袋富了,脑袋却"穷"了?更重要的是,已经摆脱贫困的神山村又出现了一个新的现象——那就是新的"贫富差距"（或者叫"富裕差距"）越来越大。

这是一个问题。

这个问题，在我采访期间，已经不只是彭展阳一个人看到。接受我采访的茅坪乡党委书记刘晓泉，副书记王晓慧，副乡长李燕平，神山村原支书、新城镇副镇长黄承忠，神山村村干部赖国洪、赖志成、李石龙，井冈山市派驻神山村的第一书记陈学林、兰树荣等，他们对这个问题都有着高度的共识。这将是制约神山村未来可持续发展、共同富裕的一个"瓶颈"。本书将在后面的章节中再详细讨论。

坐在村部办公楼一层的办公室里，我和彭展阳面对面地交谈，外面人声嘈杂，来参观旅游的人来了一批又一批。我问彭展阳："当时选择当基层干部，是心血来潮吗？"他回答说："我把这个当作人生的一个平台，想锻炼一下自己。尽管受了很多气，但既然选择了，大家又选举了我，我就要义无反顾，好好地干吧！"

在村部旁边的文化小广场上，设置了一个宣传栏，上面印着习近平总书记在神山村发表的一段重要讲话："老区在全国建小康的征途中，要同步前进，一个也不能少，都要共同迈入小康社会，都要精准扶贫，走共同富裕的道路。"❶习近平总书记在神山村还做出了重要指示，要求井冈山要在脱贫攻坚中作示范、带好头。神山村也不例外。作为村支书，他就应该是乡村致富奔小康的领头人。彭展阳的压力是可以理解的。

现在，神山村的种植产业发展相对稳定可观。彭展阳介绍说，全村种植茶树 200 亩、黄桃 120 亩、雷竹 30 亩，开挖鱼塘 20 亩。贫困户每年在产业当中的分红达到 3000 多元，毛竹产业收入可

❶《习近平春节前夕赴江西看望慰问广大干部群众》，中央电视台《新闻联播》2016 年 2 月 3 日。

井冈红
神山茶基地

达 4000 元以上。因此,种植产业的收入就有 7000 多元,解决了贫困户的后顾之忧。

神山村的种植产业是如何经营和发展起来的呢? 产业资金主要来自三个方面:一是政府产业扶持资金;二是部门筹集资金;三是社会捐助资金。这些资金到位后,全村 21 户贫困户每户筹集产业发展资金 2 万元,作为股份入股到产业当中,家家都拿到了股权证。每个贫困户作为股东,前三年产业分红不低于本金的 15%,第四年为本金的 20%,第五年以后按本金的 30%。这个比例是逐年增长的,也是相当可观的。以 2017 年为例,"红卡户"通过金融入股和在黄桃、茶叶种植产业中的分红,每户达到 5500 元;"蓝卡户"在黄桃、茶叶两个种植产业中,每户分红达 4000 元。种植产业的发展,增强了贫困户自身"造血"功能,确保了贫困户脱贫致富的可持续性,实现了"资金变股金"。

种植产业发展起来了,旅游、民宿、土特产等消费第三产业怎么办? 现在的神山村在这方面依然是"八仙过海,各显神通",无论是农家乐,还是民宿或其他竹器加工,呈现出来的依然是个体户经济,"自打鼓自划船",难以形成合力。因此,如何整合资源,进行捆绑集团式发展,真正像种植业一样形成产业化、股份化管理,从而走向现代化,是神山村现在迫在眉睫需要解决、未来发展必须解决的重大课题。

神山村虽然已经迈过了"贫困"这道坎,但既要保障不让脱贫户返贫,又要带领村民在富裕路上越走越宽广,早日实现小康从而迈上乡村振兴的康庄大道,真正做到习近平总书记在神山村所要求的那样——在全面小康的进程中,绝不让一个贫困群众掉队,作为神山村的"一把手",彭展阳深感责任重大,任重道远。

21

神山村虽然偏僻,但资源丰富,森林覆盖率达95%,属于亚热带森林区域。神山村现有耕地面积198亩,山林面积4950亩,其中90%为毛竹林,并盛产杉木、泡桐木、枫木、檀木等木材。山中还有井冈山特有的植物,如井冈山猕猴桃、井冈山寒竹、井冈山冬青、井冈山杜鹃、白花映山红等。神山村有一座神龙庙,庙后有一棵银杏树,树高30多米,树围2.2米,相传有1000多年的树龄,堪称神山"千年银杏王"。山林中野生动物品种也十分繁多,有野鸡、野猪、水鹿(山牛)、竹鸡、石蛙、大鲵(娃娃鱼)。神山村产水稻,尽管山高水冷,产量不高,但足够村民食用。10多年前,神山村所在的茅坪乡就获得了"江西省环境优美乡镇"称号。因此，"红色引领"和"绿色崛起"成为井冈山人民打赢脱贫攻坚战的两大"杀手锏"。

关于井冈山的毛竹，有这样一篇美文，我们或许都曾经读过：

> 井冈山五百里林海里，最使人难忘的是毛竹。
>
> 从远处看，郁郁苍苍，重重叠叠，望不到头。到近处看，有的修直挺拔，好似当年山头的岗哨；有的密密麻麻，好似埋伏在深坳里的奇兵；有的看来出世还不久，却也亭亭玉立，别有一番神采。
>
> "井冈山的竹子，是革命的竹子！"井冈山人爱这么自豪地说。
>
> 有道是：天下竹子数不清，井冈山竹子头一名。
>
> 是的，当年用自己的血和汗保卫过第一个红色政权的战士们，谁不记得井冈山上的翠竹呢？用它搭过帐篷，用它做过梭镖，用它当罐盛过水、当碗蒸过饭，用它做过扁担和吹火筒；在黄洋界和八面山上，还用它摆过三十里竹钉阵，使多少白匪魂飞魄散，鬼哭狼嚎。如今，早就不再用竹钉当武器了，然而谁又能把它们忘怀呢？

你还记得吗？这是我们曾经一起读过的课文。它的题目叫《井冈翠竹》，作者是著名作家、曾任《人民日报》文艺部主任的袁鹰。在我们的少年时代，这篇课文收录在人教社 1988 年版的初中《语文》第 4 册，至今读来依然亲切。

是啊，谁能把井冈翠竹忘怀呢？

井冈山的竹子，是井冈山人的财富，也是神山村的财富。多少年来，到山上去砍毛竹卖，成为老表们的主要经济来源。毛竹换来的钱，买回油盐酱醋、衣袜鞋帽，还要建房子、娶媳妇。冬天，老表们上山挖冬笋，那是山里人挣钱的宝贝；春天，老表们挖春笋做笋干，既可以当菜吃又可以换来零花钱。勤劳的老表们家家户户男男女女都会编织手艺，他们把毛竹砍回家编织成篮子、箩筐、簸箕，既打发了漫漫时光，又可以贩卖到城里的集市，编织起一个个幸福的梦想。竹子是神山村乡亲们的摇钱树、命根子，承载着一代代日出而作、日落而息的山里人的希望。

井冈翠竹养育了一代代神山人，也见证了一代代神山人的生活与成长，神山人也一代代从井冈翠竹中找到了寄托和希望。如今，新时代的神山村诞生了一位被老表们称作"竹制品超人"的农民——左香云。在2018年的春天，他还当选为全国人大代表呢！

2018年3月5日上午8时，北京，人民大会堂。第十三届全国人民代表大会第一次会议首场"代表通道"集中采访开始了。根据大会安排，这场"代表通道"邀请了10位全国人大代表接受记者采访，其中有4位来自农村的代表受到了各大媒体的关注。他们分别是来自山西省晋中市昔阳县大寨镇大寨村党总支书记郭凤莲、陕西省延川县文安驿镇梁家河村党支部书记巩保雄、贵州省赤水市大同镇民族村农民杨昌芹，还有一位就是来自江西省井冈山市茅坪乡神山村村民左香云。

中国每年的"两会"，都吸引着世界的目光。活动现场，有记者向左香云提问："一年前井冈山在全国率先脱贫摘帽，请问你们村怎么脱贫的？作为一名农民，你认为怎么做才能巩固脱

全国人大代表、井冈山
神山村村民左香云

贫成果？”

面对记者的提问，左香云接过话筒，侃侃而谈："这两年来，在党和政府、社会各界的支持下，我们村里现在搞起了黄桃和茶叶基地，家家户户开起了农家乐。2016 年，我们接待游客 10 万人次，到了 2017 年接待游客将近 22 万人次。随着我们旅游人数的翻番，老百姓的收入也翻番了。"就如何巩固脱贫成果，左香云表示，基础设施要全面跟上，产业要大力发展。"现在井冈山鼓励发展'庭院经济'，像我们在以前种黄桃和茶叶，现在我们把黄桃种在房前屋后，也就是说（游客）伸手就能摘到桃子。"最后，就"井冈山巩固脱贫成果"的问题，左香云用在乡亲们中间流行的一句话来形容现在的生活——"糍粑越打越黏，日子越过越甜"。

左香云在人民大会堂的回答，不仅赢得了现场记者们的掌声，也赢得了坐在电视机前的神山村父老乡亲们的热烈掌声。

一个初中毕业的山里娃怎么就当上了全国人大代表呢？左香云赶上了好时代，赶上了新时代。

左香云是土生土长的神山村人，曾祖父是烈士左桂林。1977年出生的他，从大陇初中毕业之后就开始打工谋生。1996年，他在龙市跟亲戚学习摩托车修理，做了4年。到了2000年，井冈山的红色旅游刚刚发展，左香云开始接触旅游行业，他与几个朋友合伙到黄洋界卖弹弓、笔筒等竹子类的旅游工艺品。一开始他是摆地摊，后来他和30多个人合租一个门面，挤在一起卖东西，穷吆喝，可是收入很低，并没有想象得那么理想。

2001年的一天，左香云一边卖东西一边与一个小伙伴聊天。小伙伴说："香云呐，我们再这么卖下去，别说娶老婆，就是养活自己也养不起。你家离黄洋界这么近，家里竹子那么多，还不如自己做自己卖。像现在这样练摊，卖别人的东西，我们的收入还担不到人家身上的呢[1]。"

"你们那里有竹子。"就因为朋友的这句话，左香云第二天就怀揣着身上仅有的100元钱，从黄洋界回到了神山村，回到了家里。

干什么呢？左香云也想好了——做弹弓。他用这100元钱买了两组油漆、两斤皮子、一把刨子，身上就没剩多少钱了。回到村里，他跑到山上去砍树杈，开始埋头做弹弓。他花了一个星期一口气做了200个弹弓。弹弓做好了，他兴冲冲地跑到黄洋界去卖。但是，令他非常失望的是，竟然一个弹弓也没有卖出去，他一分钱没有赚到。

第一次"出征"就这样悄没声息地失败了，他伤心极了。

左香云哪里知道，这种纯天然树杈做成的弹弓，根本没有市场，人们还是喜欢经过机器加工、外表更加整齐美观的工艺产品。没办法，他只好把弹弓上的皮子一个一个拆下来，一气之下把200个天然树杈做成的弹弓架子全部扔掉了。现在想来，还是有些可

----

[1] 客家方言。意思是我们挣的钱都给别人挣了。

惜,如果留到今天,这些原始的家伙说不一定还能卖出一个好价钱呢!"是啊!人的后背没长眼睛,谁能想到还有今天呢?"左香云笑着说。

回到家里,看到左香云垂头丧气的样子,父亲左秀发问道:"怎么了?"

左香云伤心地说:"别人的弹弓两块五一个,卖得非常好,我的一个都卖不掉。"

因为缺乏木质原材料,市场上抢手的机器加工的工艺弹弓,左香云无法做出来。而凭着个人的体力又无法从山上把高大的原木运回家。怎么办?

父亲安慰他:"别急,我们再想想办法。"

左思右想之后,有经验的父亲拿着一把柴刀,带着左香云上山了。在自家的山地里,他们挑选了当地一种名叫"冬瓜木"的树。父亲用柴刀把它砍倒,再比照弹弓的长度尺寸,把大树砍成一截一截的,再一段一段地背回家里。就这样,原材料的问题终于解决了。

开弓没有回头箭。左香云在家里又开始制作弹弓了。他找来模具测量、比对,拉大锯,推刨子,一口气又做了 200 个。

一个星期后,左香云又来到了黄洋界,还是摆地摊。

这一次,左香云成功了!

他制作的"冬瓜木"弹弓同样卖两块五毛钱一个,一售而空,他一下子赚了 400 多元。

一个星期能挣 400 元,一个月就能够挣 2000 元左右,一年下来就可以赚 20000 元。这样的收入在 2001 年的神山村,应该是"大户"的收入了。

左香云在弹弓上挖到了"第一桶金"。然而,随着市场上做弹弓、卖弹弓的越来越多,价格也因竞争加剧而随之下跌。因为山上的木材数量有限,且生长周期慢,几十年才能成材,砍一棵少一棵,不利于生态环境。怎么办? 左香云开始转变思路,把眼光瞄向了漫山遍野的毛竹。

井冈山的毛竹取之不尽用之不竭,三年就可以成材,而且年年砍年年长。于是,从2004年开始,左香云在家里开办了竹制品加工厂,做竹工艺产品——茶杯、笔筒、酒杯、竹碗、快板、茶叶罐,真正地拉开了人生创新创业的序幕。

经过两年的市场探索,从2006年开始,左香云选择专门做竹笔筒,大获成功。这一年,他把2003年结婚欠下的近万元债务全部还清了。2007年,他的生意纯利润达到5万元。2008年,因受汶川大地震的影响,他没有挣到钱。到了2009年,随着电信业和现代物流的发展,左香云制作的竹工艺产品走出了黄洋界,走出了井冈山,电话、网络订单不断,产品远销各地。这一年,他花了10万元在龙市买了房子,搬到了城里。

人生如棋。高手下棋,下一步,看三步。左香云说:"现在,我经常跟比我年轻的朋友们说,做事情,总要想一想,问一问自己,三年以后怎么样? 现在的决策一定要为三年后着想。在这个过程中,如果头两年不太顺利,你就要坚持,要看看第三年。"

到了2010年,左香云做了一个大胆的决定,放弃手工制作,花了两万元买了一台竹筒雕刻机。这一做法一下子改变了神山村祖祖辈辈的传统认识,成了村里的大新闻。老人们都跑来看热闹,想不到这台像绣花机一样的家伙刻出来的图案、文字比手工的还标准、还好看。一根毛竹可以做十几个竹筒,一个竹筒可以卖七八元,除去成本,可以挣五六十元,比单纯卖毛竹的收入高出了4倍左右。有了硬件，左香云和妻子一起，寻师访友，努力学习电脑软件，设计图案。如今，他们的雕刻机可以根据顾客的需要，在十几分钟内完成雕刻成品。2013 年，左香云又增添了一台雕刻机，产品数量、质量也翻了番。这一年，他买了私家车。

2016 年，习近平总书记来神山村后，左香云的生意越来越好了，制作的竹筒在旅游黄金时段最高价卖到了 50 元一个。不久，他又开发了"神山竹筒酒"。他算了一笔账："单纯卖毛竹，一根竹子只能挣七八元钱；做笔筒，一根竹子可以挣五六十元；现在做竹筒酒，每筒可以卖 80 元，平均一根毛竹可以挣到 250 元。"

思路一变天地宽。2017 年，左香云申请注册了"神山老表""神山香云""神山夏英"三个商标。他的创业之路开始向品牌化方向发展，上了新的台阶。

回顾自己的创业之路，左香云深有感慨地说："从我爸爸那一代我就记得，我们神山开始做竹筷，一双筷子也就卖几分钱。这些年来，我在旅游行业里做竹工艺产品的深度加工，从肩挑手提去黄洋界练摊，到现在网上销售，产品的品种越来越多，利润越来越大，附加值也越来越高。"

"火车跑得快，全靠车头带。"如今的左香云不仅是全国人大代表，而且担任了神山村党支部副书记、神山村旅游协会会长。对未来神山村的发展，他说了一段发人深省的话："我当副书记才一个多月，现在负责神山村增资立项、旅游管理、乡规民约等工作。我最大的希望就是乡亲们能够共同富裕、共同扶持、群策群力、团结协作。当然，我们村干部一定要走在前面，做事情要公正公平公开，老百姓要紧密配合。作为全国人大代表，我现在是一个公众人物，这也是我一辈子的光荣。神山村以前是多么的团结友爱，我希

望乡亲们和谐共处。我当副书记,我不拿一分钱工资。左代表在这5年中为村子做了什么事、做出多少贡献,乡党委和村里的乡亲们5年后会给予评定,而不是我自己。"

说得好!"言必信,行必果。"作为全国人大代表,乡亲们相信你说出的话,也相信你一定能够做到。

榜样的力量是无穷的。作为一个在贫困村土生土长起来的致富带头人,左香云用他的勇气、智慧和勤劳闯出了一条符合神山村乡情乡土的成长之路。他成功了,为神山村树立了榜样。我相信,在这位"竹制品超人"的身上,人们也看到了井冈翠竹的精神——

你看,你看,这不是又一批新砍的毛竹滑下山来了吗?这些青翠的竹子,沿着细长的滑道,穿云钻雾,呼啸而来。它们滑下溪水,转入大河,流进赣江,挤上火车,走上迢迢的征途。井冈山的翠竹啊!去吧,去吧，快快地去吧！多少工地，多少工厂矿山，多少高楼大厦，多少城市和农村，都在殷切地等待着你们！

井冈山的翠竹啊，你是革命的竹子！你永远那么青翠，永远那么挺拔，风吹雨打，从不改色；刀砍火烧，永不低头——你是英雄的井冈山的象征。

祝福你,左香云!

祝福你,神山的乡亲们!

下篇：人和

农村贫困人口如期脱贫、贫困县全部摘帽、解决区域性整体贫困，是全面建成小康社会的底线任务，是我们作出的庄严承诺。

——习近平《在十八届中央政治局第三十九次集体学习时的讲话》

（二〇一七年二月二十一日）

神山神气了

22

2017年，中国共产党创建的第一个农村革命根据地——井冈山革命根据地迎来了创建90周年。

2017年，井冈山又创造了一个"第一"。2月26日，新华社播发了一条消息：经国务院扶贫开发领导小组评估并经江西省政府批准，江西省井冈山市正式宣布在全国率先脱贫"摘帽"。

这条消息，犹如早春二月里的第一声春雷，响遍神州，震动世界。这是全国第一个县级市整体脱贫，打响了脱贫摘帽的"第一枪"！这标志着井冈山人民彻底摆脱了贫困，将和全国人民一道，昂首进入小康社会。

艰苦奋斗攻难关，实事求是创新路。"井冈山要在脱贫攻坚中作示范、带好头。"井冈山人民牢记习近平总书记的嘱托，奋力向贫困宣战。如今，这个革命老区的脱贫摘帽，为全国上下齐心协力打好脱贫攻坚战注入了更大的信心。井冈山人民在新时代创造的这个"第一"，意义非凡。2月27日，中共中央机关报《人民日报》在第一版报眼的位置刊发通讯《井冈山：革命老区脱贫了》，并配发评论员文章《精准发力打好脱贫攻坚战》。通讯这么写道：

所有壮美的名山都有故事，而最壮美的故事无疑属于井冈山。

八角楼里灯火明，黄洋界上炮声隆。90年过去，今天，一场气壮山河、战胜贫困的大决战，再次从这里出发。鸡年伊始，江西省井冈山市庄严宣告：率先脱贫摘帽。

经第三方评估确认，井冈山贫困发生率实现1.6%。

"粮食直补三项192.6元，危旧房改造补助5000元，土地租金638元，黄桃茶叶分红3300元，房屋出租30000元……"走进黄洋界下神山村的贫困户张成德家，他家2016年的各项收益情况，客厅里贴的《贫困户收益确认公示表》上记得清清楚楚。张成德捧出他家的脱贫档案，脱贫政策明白卡、贫困户基本信息卡、帮扶工作记录卡、贫困户收益卡"四卡合一"，记录了他家脱贫的全过程。

防止虚假脱贫，重在精准确定每一个贫困户，艰苦奋斗攻难关。井冈山让群众身边的人、最熟悉的人来把关，精准区别红卡户（特困户）、蓝卡户（一般贫困户）、黄卡户（2014年已脱贫户），派工作队精准聚焦"贫困面有多大、贫困人口有多少、致贫原因是什么、脱贫路子靠什么"。

神山村有贫困户21户，去年全部脱贫，人均收入

达 7500 元，关键就是攻克了"拦路虎"——将 2005
年修通的 3.5 公里进村路拓宽了。"原来只够小车过，
悬崖峭壁没法会车，货车进不来，大量山货运不出。"
村党支部书记黄承忠介绍，去年 6 月，路全部扩宽到
4.5 米，并增加了 30 多处会车点。

路一畅，神山村红色旅游全盘皆活，不只是货畅
了，最重要的是客来了。张成德开办了村里第一家农家
乐，最多的一天，家里那张吃饭桌接待了 8 桌客人。2015
年他家人均收入才 3000 多元，去年底人均已超 1 万。

防止数字脱贫，关键要打造能"自己造血"的扶
贫产业，发展可持续，实事求是闯新路。春回井冈，
翠竹青青。长坪乡的竹海很出名，竹高肉厚品质优，
然而"人在家中穷，竹在山中烂"。"砍下来也难运出
山呀，要用钢丝绳溜索慢慢滑下来，下个山得转运三

大货车也进了神山村

次。"长坪村贫困户钟上平颇无奈。

因地制宜，根据资源情况"对症下药"，井冈山近几年对集中连片的几十万亩毛竹林实行低产改造——修林间作业便道，改善运输条件，每亩毛竹再补助抚育费125元。"现在每亩毛竹增产一成以上，只要砍下来滑到路边，就能运出去卖钱，一亩就可收入约3000块。"已经脱贫的钟上平对过上好日子充满信心。乡干部告诉记者，低改抚育4年后，每亩毛竹增收还可增加一倍以上，"不算春笋、菌菇那些林下收入。"

毛竹低产林改造，只是井冈山"231富民工程"的一角——"十三五"期间发展20万亩茶叶、30万亩毛竹、10万亩果业种植加工基地。2016年，全市茶竹果产业面积已达28.3万亩，其中，毛竹低改已完成8.94万亩。"我们的目标是每个乡镇有一个产业示范基地，每个村有一个产业合作社，每个贫困户有一个增收项目。"井冈山市委主要负责人介绍。

"鞠躬尽瘁打赢攻坚会战，夙兴夜寐走完脱贫长征。"一位叫胡永斌的村支书在工作本上这样写道。走进距市区52公里的葛田乡，大干气氛扑面而来。农网改造、通村组路拓宽、村庄整治都在有序进行，井冈山6个未脱贫村，葛田乡占两个。乡干部信心十足地对记者说："贫困户增收问题去年就达标了，主要是基础设施方面还落下点欠账，2017年，我们乡剩下的两个村都能脱贫。"

瞧！从《人民日报》的这篇通讯来看，神山村可谓井冈山脱贫摘帽的样板村，具有标志性意义。

是啊！谁能想到呢？井冈山，这个中国革命的摇篮，曾经为中国革命做出了巨大牺牲和重要贡献的地方，这个集革命老区、偏僻山区、贫困地区于一体的地方，2013年年初贫困人口2.35万人，贫困发生率达21%，是全国平均水平的2倍。经过脱贫攻坚战，到2016年贫困发生率下降到1.6%，2017年2月在全国率先脱贫摘帽。脱贫摘帽后，井冈山的扶贫工作不松劲，到2018年贫困发生率进一步降到0.25%，脱贫攻坚战取得决定性胜利。

今天的神山村脱贫致富奔小康，乡亲们扬眉吐气，神气起来了！

神山村神气起来了！

沉寂了百年、承受了百年孤独的一个无人问津的小山村，登上了《人民日报》的头版头条，上了中央电视台《新闻联播》的头条新闻；神山村还成为春晚的分会场，乡亲们喜气洋洋地提着红灯笼戴上红围脖上了春晚……一夜之间神山村名扬天下，令人惊羡不已。

在神山村，村民们都乐意跟一位大眼睛、四方脸、皮肤黝黑、身体健壮、十分帅气的乡干部交流，并用客家话亲切地称呼他"阿燕"。

阿燕，真名叫李燕平，是井冈山市茅坪乡党委委员、副乡长，驻神山村工作组组长，驻村帮扶已经3年多了。

2016年6月2日，李燕平来到神山村挂点帮扶。那时，习近平总书记离开神山村整整4个月，整个村庄依然沉浸在见到总书记的喜悦中，激情被点燃起来了，动力被激发起来了，希望也被鼓舞起来了。但是,人气一开始还不是很旺,因为常住人口多为老弱妇孺,年轻人大多外出务工。

怎么办? 凝神先聚气,干事先聚人。

若年轻人回来了,神山村就会有生机,有活力。很快,像彭展阳回乡创业一样,彭长良、彭青良、彭德良三兄弟回来了,罗林根、罗林辉兄弟俩回来了,左光元的孙子左良健回来了,老支书的小儿子彭小华回来了,左香云的弟弟左春云也回来了……

2016年2月2日,习近平总书记来的这一天,47岁的罗林根正在家里和家人一起磨豆腐,准备过年。两天前,他接到村干部的电话,听到总书记要来的消息,真是不敢想象,兴奋不已。于是罗林根夫妇带着孩子赶紧开车回神山村的老家打扫卫生,迎接总书记的到来。总书记来到了他的家门口,站在门外说:"这家的主人是谁呀?"罗林根赶紧站起来跑到门外欢迎总书记。寒暄之后,他

神山村乡亲们的全家福

告诉总书记自己家在龙市镇买了房子。接着,总书记问他:"在那里干什么活呢?"他告诉总书记自己在龙市镇的恒华瓷厂上班。总书记又询问了他们的生活怎么样、经济收入怎么样和小孩的读书情况。最后,总书记笑着说:"给你们拜年啊!"❶

现在,因为陶瓷厂处于停产状态,罗林根回到了神山村搞乡村旅游和农家乐。性格沉稳、宽厚的他,说起话来不紧不慢。他说:"习总书记给我们村做了一个'大广告',村里的生态环境也得到了宣传,很多人慕名而来,是发展农家乐的好时机。等有了起色,我就把在外打工的儿子和女儿叫回来一起搞。"经过3年多的发展,他已经积累了一些人脉,与众多"红培"机构有着热线联系,因此有许多回头客。我在神山村采访的日子里,几乎每天的早餐都是在他家吃的。他媳妇不仅人长得漂亮,做的面条、米粉味道也相当不错。

因为"红培"人流大,神山村的农家乐现在办得比较火。但一开始,有些村民还是有些担忧,怕弄砸了赔本。李燕平就主动上门做思想工作,帮着村民一块儿规划院落、设计菜品,还帮忙申请创业担保贷款。他说:"干部只有在每个环节都贴心用心,乡亲们才会安心放心。"作为乡里的驻村干部,李燕平对神山村每家每户的情况都十分了解,对村民家里的角角落落都非常熟悉。白天,他忙着在村里村外跑事情;晚上,他挨家挨户串门走访。"我们把阿燕当亲人,不光跟他聊增收门道,家里生活上的事也会让他帮着出主意。"彭德良笑着说。

"吃着好,请再来。"神山村的农家乐越来越红火了。为了规范农家乐,神山村专门制定了农家乐餐饮接待的规章制度,除了按国家规定申请食品经营许可证外,还制定了《管理制度》《五病调离制度》,从业人员要签订《食品安全承诺书》《"六严六不"诚信经

❶ 以上内容来自《弘扬井冈精神,决胜全面小康——习近平总书记春节前夕赴江西看望慰问回访记》,《人民日报》,2016年2月6日;以及笔者2019年10月15日采访罗林根的录音。

营承诺书》，同时实行餐饮单位食品安全监督人员制度，公开举报电话。与此同时，为了保证农家乐的质量，神山村又专门统一出台了菜品标准、卫生标准、收费标准、分配标准，明码标价，杜绝恶性竞争；每年还对全村18户农家乐进行A、B、C三个级别的评定认证。

罗林根的弟弟罗林辉是从深圳回来的，兄弟俩长得像，也都非常健壮。1980年出生的罗林辉，比哥哥小10岁，2000年初中毕业后，就外出到上海打工。后来，他转到深圳做家政服务类的工作，当上了一家"快乐生活驿站"洗衣店的总经理，年收入也有五六万元。结婚后，他和爱人一起做餐饮大排档，2009年至2013年间，每天的收入都有800多元。工作虽然辛辛苦苦，但日子过得甜甜蜜蜜，蒸蒸日上。谁知，因为他人酒驾，在马路边行走的罗林辉夫妇突然遭遇车祸，导致他脚部骨折受伤，妻子当场死亡。天降横祸，一个幸福美满的家庭就这样"塌了半边天"，他只能自己带着7岁的儿子，一边养伤一边打工，做木门生意，生活一下子陷入了贫困。2015年，他被评定为"蓝卡"贫困户。

2016年过小年前，罗林辉接到哥哥的电话，说习总书记要来神山村，他赶紧辞去工作回到了家里。总书记走了后，在阿燕的建议下，哥俩一起商量，做了分工，哥哥罗林根开了一家农家乐，弟弟罗林辉开了一家"神山超市"。因为地处村子的中心位置，现在他们的生意红红火火。

另一边，彭氏三兄弟依然和母亲左炳阳生活在一起，住在一栋房子里。这是神山村最拥挤的一家。"穷人家的孩子早当家"，三兄弟三种性格，但非常团结友爱。在阿燕的建议下，兄弟三人分工互助、友好合作：大哥彭长良负责开农家乐，二哥彭青良负责卖旅游小商品，小弟彭德良负责卖"井冈红"品牌茶叶。

彭长良性格稳重成熟，言语不多，一看就是吃过苦的孩子。本来在龙市镇的映山红陶瓷厂上班，现在一心开农家乐。尽管开得不温不火，但他十分知足，一年下来毛收入也有10万元左右。他说："1989年父亲彭秋海去世的时候，我才18岁，二弟15岁，小弟12岁，大妹9岁，小妹才3岁，全靠母亲一个人拉扯长大。那个时候，家里穷得揭不开锅，有上顿没下顿。上山砍竹子，还经常碰到竹叶青、五步蛇，吓得个半死。1996年结婚后，我才单独外出打工。现在习总书记来神山了，我乘上了这趟'末班车'回到了村里发展。总书记是一个朴实的'当家人'，让老百姓心里很踏实。我真心感谢党的好政策，我会一心跟党走。"

在彭长良家，我们看到了这样一份农家乐的家常菜单，共计有17道菜：土鸡、土鸭、农家腊肉、青椒小河鱼、客家米粉肉、干煸泥鳅、小炒黄牛肉、毛葱蛋饼、客家酿豆腐、家乡豆腐、酸菜炒笋、酸菜肉末、笋干炒肉、萝卜干炒鸡蛋、蕨苗炒腊肉、南瓜红烧、时令蔬菜。我在神山村采访的日子里，曾多次遇到新华社、江西电视台的记者来采访，他们也曾多次在彭长良的农家乐吃饭。

彭青良跟大哥长良的性格迥然不同，性格直爽的他敢说敢做，说起话来就像竹筒倒豆子——噼里啪啦，有一说一，有二说二，无遮无拦。1998年从大陇中学初中毕业后，他到广东东莞打工，先后在灯饰厂、鞋厂做工人、组长，在流水线上加班加点，非常辛苦。2000年他结了婚。2001年因为腰椎间盘突出，他做手术花了10000元，从那以后就再也不能干重活，生活陷入窘境。他说："我们家苦了半辈子，穷了半辈子，小时候又没有读过多少书，文化浅，实诚。那时候，我就靠体力，背毛竹，削竹块，一天才挣十几块钱。幸亏习总书记来到神山村，我现在每天过得很充实。"在他的"小超市"里,井冈山特产琳琅满目。除了神山糍粑之外,他主营的"土蜂蜜""蜂王浆""蜂巢"可以让游客现割现卖,十分抢手。

彭青良还有一个拿手技艺,那就是酿酒。他的"原生态酒坊"就在他家的后院里,可以酿出糯米酒、米烧酒、神山茶酒和果酒。他带着我走进了他的作坊,详细地介绍了他酿酒的方法、步骤。我能看出他对原生态酿酒有着自己独特的见地。他的这些原生态酒,包装也都来自神山竹工艺品,是他自主创业增收的重要来源。

因为父亲去世早,小弟彭德良从小就胆小怕事,性格内向孤僻,见人都不敢说话,语言表达能力比较差。习总书记来到神山村后,在阿燕等驻村干部、第一书记和村干部的帮扶、鼓励下,作为"蓝卡"贫困户,老实淳朴的彭德良开始做茶叶销售。因为他们家离村部最近,所以也是旅游参观的核心地段,生意不错。在他家的大门口,高高地悬挂着"井冈红"的招牌,大门的右侧挂着两个铭牌,一红一黑,红色字体的是"江西井冈红茶叶有限公司神山基

彭氏三兄弟的
"井冈红"

161

地",黑色字体的是"井冈山神山村绿韵茶叶专业合作社"。随着五湖四海的游客越来越多,彭德良卖绿茶、卖红茶,接触的人也越来越多,见多识广了,观念变了,天地宽了,性格也变了,变活泼了、开朗了,生意也越做越好了。

蜂拥而至的游客
丁晓平/摄

　　在彭德良家堂屋的墙壁上,贴着井冈山市统一设计制作的《贫困户年度收益确认公示表》。在采访茅坪乡党委副书记王晓慧时,她曾告诉我:"这是茅坪乡的首创,所有贫困户家庭家家有一张,都公示上墙,明算账,算明账。"因为彭德良家是"蓝卡户",所以表头的标题也是蓝色的。在彭德良家的收益公示表中,我看到他的致贫原因及贫困状况是:缺技术、资金创业,三子女上学,经济负担重;家庭贫困人口是6人,其中有1人吃低保;拥有耕地面积2.7亩,林地面积102亩,住房面积120平方米。从2015年脱贫以后,他全年家庭可支配收入除2016年因取消政府补助产生小幅波动外,全年人均可支配收入整体情况均呈上升趋势(详见表2)。

表 2　贫困户年度收益确认公示表（彭德良家）

年度	2015	2016	2017	2018	2019
全年家庭可支配收入	46543 元	30560 元	61870 元	48337 元	56752 元
全年人均可支配收入	3648 元（扣代缴金后）	5093 元	7963 元（扣代缴金后）	8056 元	9458 元
核对人	赖志成	熊　斌	熊　斌	杨　烨	赖志成

彭小华是老支书彭水生的小儿子，1970 年出生，在神山村读了三年级，到坝上村读了四、五年级，大陇中学初中毕业，高中没有读完就回家务农，上山砍竹子、挖笋子。那时候适逢分田到户，每家每人分得 30 亩山地。彭小华坦言："那时木材跟金条一样贵，但砍伐都是有指标的，一家一户收益还是很少的。那时村里分地都是抓阄，人心比较齐，也单纯，要是现在肯定分不下去了。"

2000 年后，彭小华觉得务农无法改变贫穷的命运，就开始学篾匠技术，做凉席、筷子，后来又学油漆，但这些似乎都没有找到致富的出路。彭小华开始搞养殖，先是养竹鼠，后来又养猪，养石蛙。他笑着说："我搞了很多名堂，但终究没有找到门道，赚不到钱。"怎么办？结婚后，他跑到宁冈学会了驾驶技术，于是开始开中巴车，跑宁冈到湖南沅陵的客运线路。可是竞争太大，每天 10 多台车，基本上是空跑，他只好放弃。无奈之下，他又开小商店，做小买卖：先是卖香火，接着卖服装，还卖过塑料。但他毕竟拖家带口，除去吃、喝、用，还是赚不到钱。于是，他又跑到古城的陶瓷厂打工。就这样，彭小华在各个岗位之间转来转去，没赚到钱就放弃，就像猴子掰苞米，掰一个扔一个，始终没有找到人生的方向和道路。

2011 年的时候，在陶瓷厂打工的彭小华，一边上班一边开始养蜜蜂。他花了 18000 元，买了 15 箱蜜蜂。谁知，打工和养蜂两头无法兼顾,蜜蜂越养越少,死的死,跑的跑,15 箱养成了 5 箱,丢了三分之二,损失惨重。

习近平总书记来到神山村后,彭小华和父母、妻子商量,辞去了陶瓷厂的工作,回到家里一边开农家乐,一边专门养蜜蜂。这回两头都能兼顾,没有矛盾了。彭小华较好地掌握了养蜂技术,经过一年时间的养护,到 2018 年,5 箱蜜蜂一下子繁殖到了 30 箱。到了 2019 年,又繁殖到了 75 箱。这着实令全家欢喜不已。

这天晚上,坐在他家厨房的餐桌旁,他乐呵呵地给我算了一笔账:75 箱蜜蜂,每箱产蜂蜜 20 斤,共计产蜜 1500 斤。如果按最低价格每斤 60 元销售,可盈利 90000 元。但是,因为蜂蜜产量太大,目前他个人销售的能力有限,2019 年还有 400 斤蜂蜜没有卖掉。现在全国都在搞扶贫攻坚,种植、养殖业不可避免地出现了"一窝蜂"的现象,养蜂的人也越来越多,养蜂产业的规模和蜂蜜的产量都已经处于一种饱和状态,蜂蜜的价格也由 2017 年的 100 元、2018 年的 80 元下降到 2019 年的 60 元。在这样的情况下,为了保持产销的供给平衡,彭小华做出了一个无奈的决定,主动压缩自己的产业规模,卖掉 30 箱蜜蜂。他悄悄地告诉我,这 30 箱蜜蜂每箱卖了 500 元,挣了 15000 元。

"我能卖多少蜜,我就养多少蜂。"彭小华实事求是地说。现在,他又回到了创业的起点,控制产业规模,依然养 35 箱蜜蜂,保持一种"小富即安"的状态。但他又有了一个想法:因为有地方政府部门在扶贫时会购买蜜蜂送给贫困户养殖,因此他准备同时搞蜜蜂种源的培育和销售。因为没有掌握网络技术,没有开网店,彭小华的蜂蜜销售渠道基本上还处于一种原始的直销方式。这在电商时代,显然是落伍了。我很担心他库存的 400 斤蜂蜜怎么办。他若无其事地说:"只要是纯蜂蜜,放三年四年也不会坏。我就是把它放在瓦缸里封存好就可以了,比放在不锈钢罐子里还要好,不会变质。"

彭小华外表看上去不太爱说话,但头脑灵活,说起话来却头头是道,思路十分清晰。为了打造自己的蜂蜜品牌,他本想以自己的父亲"神山老支书"的名义申请注册商标,谁知申请时才发现早就被别人抢注了。现在他准备以"山神坊"的名字来注册。他给北京的某家公司交了1700元的委托费,一年过去了商标也没有下来,对方却又催着他继续交钱。他笑着跟我说:"我担心我是不是被骗了。"

现在,作为神山村唯一的养蜂人,彭小华也参加"神山合作社"销售蜂蜜。养蜂的成本不算太高,但是管理工作比较辛苦。彭小华自己从山上砍竹子给每一个蜂箱搭一个棚子,遮风挡雨。到了春天,他就驾着自己的小货车,拖着35箱蜜蜂,去寻找百花盛开的地方。哪里有花儿,哪里就有养蜂人的身影。伴着蜜蜂嗡嗡的鸣声,彭小华走进大山的怀抱,走进油菜花盛开的田野,春风拂面、花香扑鼻、风餐露宿、辛勤劳动的画面装饰着他诗情画意的梦想。彭小华说,养蜂成本不高,但需要工夫和技术。在井冈山,每年的7月份,千树百花才进入"流蜜"期。每天早晨,勤劳的蜜蜂天没亮就出门采蜜,一直忙到累死。它们的生命才30天,有的蜜蜂死在采蜜的路上。在收蜜的时候,他非常辛苦,但是看到收获,心里也甜蜜蜜的。

因为父亲给习总书记竖大拇指点赞,彭小华的"神山老支书农家菜"比较红火,有很多回头客。就在我采访的当天,他们就接待了90个客人。他的妻子笑着说,明天已经预约了30个人。因为饭菜的成本逐年增高,农家乐的利润也渐渐低了,一年下来纯利

左春云的"神山人家"
系列根雕作品(部分)
丁晓平/摄

也就三四万元。但一家人知足常乐,感到非常幸福。坐在一旁的父亲彭水生笑着说:"我们全家感谢党中央,感谢习主席。托习主席的福,不然我们家没有这么幸福。"

全国人大代表左香云的弟弟叫左春云,1988 年出生,大陇中学初中毕业后他跑到浙江义乌打工。与哥哥搞竹工艺不同,他学了一门文玩手艺——做手串,搞根雕。习总书记来到神山村后,他也响应政府的号召返乡创业,回家做柏木手串。他说,制作根雕不是一件简单的事,要经过脱脂处理、去皮清洗、脱水干燥、定型、精加工、配淬、着色上漆、命名等 8 个步骤,还要挑选稀、奇、古、怪的木材,再进行奇思妙想的构图。在他的工作室,我看到了他做的"神山人家"系列根雕作品。这些作品,古拙淳朴,栩栩如生。2018 年,神山村村民委员会颁发给左春云"返乡创业人士"荣誉证书。在神山村"神山身边的好人榜"上,对他有这样一段评价:"2017 年,左春云返乡创业。在创业过程中,左春云不仅自力更生艰苦创业,还对有困难的其他创业村民提供帮助,为周边的农民带了一个好头。"

两个月前,因为连接 230 省道、通往神山村的道路突然塌方,导致进村的车辆通行不畅,游客也随之减少。的确,我进神山村的时候经过一处塌方路段,车辆必须爬上很高的临时开挖的山坡,十分艰难且危险。采访中,村民们对此颇有微词。年轻的左春云对此意见强烈,毕竟路坏了,生意不好做,能不着急嘛!更何况,这几天又下起了小雨,道路湿滑,从外地来的游客就更少了。左春云一边加工着手串,一边跟我说起这些,情绪有些激动,甚至都不愿意接受采访。就在这时,一批从青岛到井冈山参加"红培"的客人热热闹闹地涌进来了。不一会儿,他桌子上的手串、手把件等文玩很快销售一空。10多分钟后,客人就一哄而散。左春云开心地笑了。不用问,今天他又赚了不少。

"返乡创业,致富奔小康,我们都沾了习总书记的光。"神山村的乡亲们见了谁都这么说。

吃水不忘挖井人。

2017年农历腊月二十四,是习近平总书记视察神山村一周年。为了纪念这个难忘的日子,神山村组织了一次题为"走好小康路,感恩总书记"的团圆饭活动,全村乡亲们一起过小年。李燕平负责组织落实。通过多方联络邀请,一些在外工作的村民也纷纷赶回来了。当天,全村共摆20桌,231人的村子一下子聚齐了210多人,吃了全村有史以来参加人数最多的一次团圆饭。

说是团圆饭,也是联欢会。只听锣声一响,拔河比赛、跳绳比赛、歌唱比赛、舞龙舞狮、趣味游戏,节目一个接着一个,老老少少一一上台,男男女女纷纷登场,歌声掌声笑声吆喝声响彻山谷,人头攒动,好不热闹。为了给大伙鼓劲加油,大家在开展文娱活动的同时也不忘表彰优秀,最美脱贫户、最美神山人、最美家庭、优秀党员也一一亮相。姓名一喊,紧跟着就是一片掌声;荣誉一宣布,紧跟着就是一阵喝彩。席间,村委会还给每位 80 岁以上的老人送上慰问品。一顿团圆饭,就这样吃成了大伙儿的"齐心饭"。

旧貌换新颜,日月换新天。

如今,神山村真的神气起来了,人人神清气爽,笑逐颜开,腰板挺直,喜洋洋地走在大路上。

看！党恩浩荡实干兴邦建伟业开创新时代。

瞧！国运兴隆强基固本奔小康走向大未来。

来神山村走一走吧,这里的老人慈祥,孩子漂亮,女人温柔,男人健壮！

来神山村看一看吧,这里的天空晴朗,山明水秀,鲜花绽放,大地芬芳！

精神爽起来,秧歌跳起来

神山的孩子们,趣味游戏玩起来

生活富起来,龙灯舞起来

日子一天天好起来,拔河比赛"嗨"起来

23

2020 年是全面建成小康社会和第一个百年奋斗目标决胜之年。

2017 年 10 月 18 日，习近平总书记在党的十九大报告中指出：从现在到 2020 年，是全面建成小康社会的决胜期。要按照十六大、十七大、十八大提出的全面建成小康社会的各项要求，紧扣我国社会主要矛盾变化，统筹推进经济建设、政治建设、文化建设、社会建设、生态文明建设，坚定实施科教兴国战略、人才强国战略、创新驱动发展战略、乡村振兴战略、区域协调发展战略、可持续发展战略、军民融合发展战略，突出抓重点、补短板、强弱项，特别是要坚决打好防范化解重大风险、精准脱贫、污染防治的攻坚战，使全面建成小康社会得到人民的认可、经得起历史的检验。从十九大到二十大，是"两个一百年"奋斗目标的历史交汇期。我们既要全面建成小康社会、实现第一个百年奋斗目标，又要乘势而上开启全面建设社会主义现代化国家新征程，向第二个百年奋斗目标进军。[1]

其实，早在 2012 年 11 月 8 日召开的党的十八大上，习近平总书记就首次提出了要全面建成小康社会。

"建设"与"建成"，一字之差，但意义深远。

"小康不小康，关键看老乡。"

久困于穷，冀以小康。现在几乎人人都知道"小康"，但"小康社会"到底是一个什么样的社会？"小康社会"的概念又是怎么来的呢？在本书中，我们很有必要与神山村的乡亲们，与井冈山老区人民一起来回顾共和国改革开放初期的这一段重要历史。

让我们回到 1979 年 12 月 6 日。北京，人民大会堂。

[1] 习近平：《决胜全面建成小康社会夺取新时代中国特色社会主义伟大胜利——在中国共产党第十九次全国代表大会上的报告》，人民出版社 2017 年版，第 27—28 页。

这一天,邓小平要在这里会见日本首相大平正芳。

大平正芳是中国人民的老朋友,为人厚道,重信誉,在国际上有很好的口碑。20世纪70年代初期,他在任田中角荣内阁的外务大臣期间,主导了中日邦交正常化,为促进中日友好做出了不可磨灭的贡献。中国人了解他,把他视为日本杰出的政治家,但其实他还是一位卓越的经济学家。可他称自己为"笨牛",终日奔波不息。人们还把他比喻成"盘磨",因为他和盘磨一样不断地滚动向前,身后留给人们一片碾好的粮食。

在1978年访日前,邓小平从未与大平正芳有过任何接触。但是,到达东京的第二天,在已经见过大平正芳的情况下,邓小平决定再次专程拜访大平正芳,向他请教经济发展的问题。正是这一次拜访,大平正芳向邓小平讲述了战后日本经济发展的状况。他把战后日本经济分为四个时期,即战后恢复期、奠定基础期、高速增长期和多样化时期,重点讲述了倾斜式经济发展模式。

大平正芳说,经济落后的时候,就是要抓住机遇,重点突破,把有限的钱和物用到关键的领域中去,对重点产业采取重点扶持的策略。他还介绍了日本为提高国民所得而采取的"倍增计划"。邓小平提出中国经济翻两番的发展计划,就是受到大平正芳的启发。大平正芳认为,国家发展要树立经济发展的目标和增长的具体指标。方向明确,才能不断地激励全民族为之奋斗。他还告诉邓小平,如果说日本战后有什么体会的话,那就是以经济为中心,开放门户,抓住机遇,重点突破。在这一次访问中,中日双方签订了一系列贸易合作协议。

1979年1月,邓小平访问美国,他在赴美的飞机上临时决定给大平正芳发电报,提出几天后在东京长谈,大平正芳欣然应诺。

此时,大平正芳已出任日本内阁总理大臣,他同邓小平谈话的核心内容是:日本将全面支持中国的改革开放和经济建设。正是这次,大平首相正式提出中国可以利用日本政府提供的日元贷款。

1979年12月5日,大平正芳抵达北京,开始对中国进行正式访问。日本要寻求投资市场,一衣带水的中国当然是最好的地方。但是,中国市场是否靠得住,与中国政府制定的经济发展战略关系密切。中国政府一直宣称,要到20世纪末实现"四个现代化",这到底意味着什么,具体内容和目标是什么,包括大平正芳在内的日本人并不十分清楚。这次访问,大平正芳带来了一个包括诸多金融巨子的庞大代表团,主要就是商讨向中国投资的问题。投资有没有风险、有没有效益,这是投资人首先要考虑的问题。所以,大平正芳就是希望通过这次访问,从邓小平那里得到一个准信儿。

12月6日上午,邓小平和大平正芳进行了会谈。因为彼此都十分熟悉,且相互信任,会谈就更加亲切、轻松和愉悦。邓小平对这次会晤极其重视,按照事先拟定的议题,做了充分的准备。

就在会谈进行到一半的时候,大平正芳绕开事先拟定的议题,突然问邓小平:"中国根据自己独自的立场提出了宏伟的现代化规划,要把中国建设成为伟大的社会主义国家。中国将来会是什么样?整个现代化的蓝图是如何构想的?"

其实,大平正芳就是想探问一下中国的现代化究竟怎么搞,究竟要达到什么水平,他希望在邓小平这里摸摸底。但这个问题,确实太重要了,是关乎中国未来发展的大问题。

对大平正芳的提问,邓小平没有立即做出回答。他吸着烟,陷入了沉思。会谈似乎陷入了停顿的状态,大厅里鸦雀无声,只听得见钟摆的嘀嗒声,所有人都把目光集中在邓小平的身上。

整整过了一分钟,好漫长的一分钟。

仅仅过了一分钟,多短暂的一分钟。

这时,邓小平表情凝重地看着大平正芳,吸了一口烟,缓缓地说道:

> 我们要实现的四个现代化,是中国式的四个现代化。我们的四个现代化的概念,不是像你们那样的现代化的概念,而是"小康之家"。到本世纪末,中国的四个现代化即使达到了某种目标,我们的国民生产总值人均水平也还是很低的。要达到第三世界中比较富裕一点的国家的水平,比如国民生产总值人均一千美元,也还得付出很大的努力。就算达到那样的水平,同西方来比,也还是落后的。[1]

[1] 中共中央文献研究室编:《邓小平年谱(1975—1997)》(上),中央文献出版社2004年版,第582页。

家喻户晓的"小康"概念,就在这既漫长又短暂的一分钟里被提出来了。

邓小平的解释让大平正芳获得了满意的答案,他满脸笑容,连连点头,说:"我明白了。"

大平正芳放心了。他知道,向中国投资,可靠!

就在这次会谈中,大平正芳决心要为中国的现代化做贡献,于是启动了向中国提供长期低息日元贷款的计划,当年即提供了数额为500亿日元的贷款,这对苦于资金匮乏的中国可谓雪中送炭,解了燃眉之急。同时,他还决定在人才培养方面提供无偿援助,被称为"大平学校"的人才培养计划也就是从这时开始的。

对大平正芳给中国的支持，邓小平非常感激。他坦诚地说："就我们方面来说，希望项目更多一些，数目更大一些，这是我们的希望。但第一次政府间的贷款，就实现这么一个目标也不错，而且你们的贷款都确定了具体项目，这就不一样，这反映了我们中日两国之间的合作方式更实在一些。"❶

这天中午，邓小平设宴招待了大平正芳和夫人。大平正芳被邓小平的真情深深打动，在参观与日本有着深厚文化渊源的古都西安时，他挥毫写下"温故知新"四个大字。

温故知新，多好的成语啊！

中日邦交，源远流长。只有温故，才能知新。

12月8日，邓小平为大平正芳和夫人送行，两人又进行了短时间的谈话。邓小平说："中日两国领导经常接触，很有好处。现在是多事之秋，形势只会越来越复杂，不会越来越单纯。中日两国不仅要加强理解，还要加深依赖，你们面临的威胁不是我们，我们面临的威胁也不是你们。中日两国一衣带水，有很多条件可以互通有无，取长补短。首相一行这次来中国访问不仅能够发展中日两国友好合作关系，而且对国际形势将产生重大的积极影响。再过二十多天，就要进入八十年代，我希望首相阁下这次访华的成果至少要管到八十年代。"❷

在别离中国之前的酒会上，大平正芳则引用唐诗"知有前期在，难分此夜中"，表达了自己的心迹。

邓小平和大平正芳在1979年12月6日会谈的内容，后来被收录于《邓小平文选》第二卷，题目为《中国本世纪的目标是实现小康》。后来，邓小平还说："我怀念大平先生，我们提出在本世纪

❶❷ 中共中央文献研究室编：《邓小平年谱（1975—1997）》（上），中央文献出版社2004年版，第583页。

内翻两番，是在他的启发下确定的"，"大平首相 1979 年问我，要达到什么目标，步子怎么走？把我问住了，我有一分钟没有答复，接着我才说，我设想到本世纪末，那时还差 20 年左右，如果 80 年代翻一番，90 年代翻一番，那么，在 250 美元的基础上，就可以达到 800 和 1000 美元"。

1980 年，大平正芳去世，邓小平亲自去日本驻华大使馆吊唁。他对日本外相伊东正义说："大平先生的去世，使中国失掉了一位很好的朋友，对我个人来说，也是失掉了一位很好的朋友，感到非常惋惜。尽管他去世了，中国人民还会记住他的名字。"

1982 年，中共十二大正式修订了中国到 20 世纪末经济发展的目标和战略，一致通过了邓小平提出的"小康"目标。从此，"小康"一词不胫而走，成为中华民族伟大复兴道路上最闪亮的主题词。

从历史渊源来说，"小康"一词，最早出自我国第一部诗歌总集《诗经》。《诗经·大雅·民劳》中曰："民亦劳止，汔可小康。惠此中国，以绥四方。"作为一种社会发展模式，"小康"最早在西汉学者戴圣所编的古代儒家经典《礼记·礼运》中有过系统阐述。《礼运》假借孔子与言偃对话的口气说道："大道之行也，天下为公。选贤与能，讲信修睦，故人不独亲其亲，不独子其子。使老有所终，壮有所用，幼有所长，矜寡孤独废疾者，皆有所养。男有分，女有归。货，恶其弃于地也，不必藏于己。力，恶其不出于身也，不必为己。是故谋闭而不兴，盗窃乱贼而不作，故外户而不闭，是谓大同。今大道既隐，天下为家，各亲其亲，各子其子，货力为己。大人世及以为礼，城郭沟池以为固，礼义以为纪，以正君臣，以笃父子，以睦兄弟，以和夫妇，以设制度，以立田里，以贤勇知，以功为己。故谋用是作，而兵由此起。禹、汤、文、武、成王、周公，由此其选也。此六君

瞧！神山村
的小康之年

子者，未有不谨于礼者也。以著其义，以考其信，著有过，刑仁讲
让，示民有常。如有不由此者，在执者去，众以为殃。是谓小康。"

《礼记·礼运》描绘了封建社会那个历史时期人们所期望的大
同社会和小康社会的图景。什么是大同社会？大同社会是一个财
产公有、政治民主、社会文明、社会保障健全和社会秩序稳定的理
想社会形态。什么是小康社会呢？小康社会的经济特征是财产、劳
动力私有，政治特征表现为阶级礼制，伦理特征是等级规范制，社
会保障模式是家庭赡养制，社会秩序的维持靠兵刑制。显而易见，
从古代儒家思想的渊源看，"小康"是一种仅次于"大同"的理想社
会模式。从现在的观点看，它描述的是社会随着规模的扩大，由氏
族社会向生产分工的文明社会转化，在土地私有制的基础上建立
起来的"天下为家"的社会形态。近代以来，康有为曾经用近代资
产阶级价值观对儒家小康社会思想进行了改造。孙中山也曾借用

"大同""小康"来表达其革命理想。20世纪40年代,费孝通曾借用"小康"来表达其关注民生的工业化主张。

现在,邓小平古为今用,不仅借鉴了古代的小康社会思想内涵,也借用了人民群众中广泛流传的关于小康生活的概念,并在这个基础上对"小康"进行了新的理论阐释——"小康之家"和"小康社会"。"小康之家"是指人民群众的个体经济生活水平,而"小康社会"是指整个国家和社会的发展水平和综合实力。"小康之家"和"小康社会"是互相促进、互为补充的。所以,"小康"作为中国特色社会主义的新概念,就具有了小康生活和小康社会的双重内涵。

实际上,邓小平对自己的小康思想解释得十分清楚。1981年4月14日,他在会见由会长古井喜实为团长的日中友好议员联盟访华团时,讲到"中国式的现代化"概念时说:"1979年我跟大平首相说到,在本世纪末,我们只能达到一个小康社会,日子可以过。"这一表述准确地告诉我们,作为世纪末奋斗目标的"小康",是指进入小康社会。他接着说:"经过我们的努力,设想十年翻一番,两个十年翻两番,就是达到人均国民生产总值一千美元。经过这一时期的摸索,看来达到一千美元也不容易,比如说八百、九百,就算八百,也算是一个小康生活了。"这就是说,小康社会是人均国民生产总值达到八百或一千美元的社会,那时人们也就过上了小康生活。

翻两番,奔小康。把中国建成"小康社会",让人民拥有"小康生活",邓小平的目标非常清晰。他深情地说:"我虽然活不到那个时候,但有责任提出那个时候的目标。"

1984年4月,在会见英国前外交大臣杰·弗里豪时,邓小平说:同我们的大目标相比,这几年的发展仅仅是开始。达到小康水平以后,我们还要在下个世纪三十年到五十年内,接近发达国家水平。此后,他又多次对这个目标进行了论述。

1985年4月,邓小平在会见坦桑尼亚联合共和国副总统姆维尼时谈道:"贫穷不是社会主义,社会主义要消灭贫穷。不发展生产力,不提高人民的生活水平,不能说是符合社会主义要求的。"

1987年4月30日,邓小平在与西班牙政府副首相阿方索·格拉的会见中谈及中国经济发展的战略目标时,胸有成竹地和盘托出了一幅中华民族百年图强的宏伟蓝图,具体、清晰地阐述了分"三步走"实现现代化的发展战略。他深情地说:

我们原定的目标是,第一步在八十年代翻一番。以一九八〇年为基数,当时国民生产总值人均只有二百五十美元,翻一番,达到五百美元。第二步是到本世纪末再翻番,人均达到一千美元。实现这个目标意味着我们进入小康社会,把贫困的中国变成小康的中国。那时国民生产总值超过一万亿美元,虽然人均数还很低,但是国家的力量有很大增加。我们制定的目标更重要的还是第三步,在下世纪用三十年到五十年再翻两番,大体上达到人均四千美元。做到这一步,中国就达到中等发达的水平。这是我们的雄心壮志。已经过去的八年多证明,我们走的路是对的。但要证明社会主义真正优越于资本主义,要看第三步,现在还吹不起这个牛。我们还需要五六十年的艰苦努力。那时,我这样的人就不在了,但相信我们现在的娃娃

❶ 中共中央文献研究室编：《邓小平年谱 (1975–1997)》（下），中央文献出版社 2004 年版，第 1183 页。

瞧！邓小平说得多好啊——"相信我们现在的娃娃会完成这个任务。"

这是信心，也是决心，更是共产党人的初心！

这是历史的嘱托，这是人民的重托；这是民族的希望，也是国家的希望，沉甸甸的。更重要的是，邓小平所说的"我们现在的娃娃"们——以习近平同志为核心的党中央团结带领全党全军全国各族人民，没有辜负邓小平等老一辈革命家的嘱托，在 2020 年胜利完成这个伟大、艰巨而光荣的任务。

习近平总书记说："我们党是全心全意为人民服务的党，将继续大力支持老区发展，让乡亲们日子越过越好。在扶贫的路上，不能落下一个贫困家庭，丢下一个贫困群众。"❷

历史选择了我们，我们正在创造新的历史。

❷ 《总书记的深情牵挂，江西井冈山神山村的精准脱贫故事》，《人民日报》2019 年 1 月 30 日。

24

"40 多年来，我先后在中国县、市、省、中央工作，扶贫始终是我工作的一个重要内容，我花的精力最多。"习近平总书记在讲述自己的扶贫经历时说。早在知青岁月，梁家河"肥正月，瘦二月，半死不活三四月"的贫困景象，就深深震撼了他。担任总书记以来，习近平对扶贫事业倾注了大量心血，数十次赴贫困地区考察，冬天一袭棉大衣，雨天一柄黑雨伞，走遍了全国 14 个集中连片特困地区。习近平总书记亲自挂帅，率先垂范，做出了"层层签订脱贫攻坚责任书、立下军令状"，"落实脱贫攻坚一把手负责制，实行省市县乡村五级书记一起抓"，"党员干部要到脱贫攻坚的一线、到带领群众脱贫致富的火热实践中历练"等一系列部署安排，党的领导这一中国特色社会主义制度的最大优势得到充分彰显。❶

2016年2月2日，习近平总书记来到井冈山，来到神山村，要求"井冈山要在脱贫攻坚中作示范、带好头"。总书记殷切的嘱托，是巨大的精神鼓舞，也是奋进的最大精神动力。

井冈山党员干部和井冈山人民没有辜负习近平总书记的嘱托，在全国率先脱贫摘帽，真正走在了前面，做好了示范，带了一个好头。

在脱贫攻坚的战场上，井冈山人民发扬井冈山精神，获得了井冈山经验，形成了井冈山样本，写就了井冈山答卷。

2018年10月17日，全国脱贫攻坚奖表彰大会暨脱贫攻坚先进事迹报告会在北京举行，99名个人和40个单位获奖。在这次表彰大会上，井冈山市获得"全国脱贫攻坚奖组织创新奖"，入选"全国脱贫攻坚先进事迹巡回报告团"，而来自神山村的彭夏英荣获"全国脱贫攻坚奖奋进奖"。

井冈山的脱贫攻坚之路，是一条创新之路、科学之路。他们注重因地制宜、因势利导，科学决策、精准施策，创新独树一帜的"三扶、三不扶"扶贫工作法，红、蓝、黄三卡精准识别法，"四卡合一""三表公开"精准管理法，"五个起来"精准帮扶法，"四个一"产业就业扶贫模式，以及产业增收、能力提升、兜底保障、党建引领的巩固提升脱贫法，还有基于村集体经济收入如何、农民人均纯收入如何、贫困发生率如何这三个问题的致富奔小康"新三问"方

❶ 巨力：《新中国70年创造人类减贫奇迹》，《求是》2019年第17期，第52页。

179

法,等等,处处都是来自实践的摸索和创新。中国科学院精准扶贫评估研究中心主任、国际地理联合会(IGU)农业与土地工程委员会主席刘彦随走进井冈山,在参与、评估、见证井冈山脱贫攻坚战役后认为:"这正是跨越时空的井冈山精神的深入践行, 也唯有这实事求是、扎根泥土的探索创新,才最有生命力——可学、可用、可复制、可推广。"

井冈山经验既然可学、可用、可复制、可推广,那它的经验到底好在何处呢?

经过采访调查,我们可以把井冈山脱贫攻坚的经验总结为井冈山扶贫的"十道关"——

第一道关——为脱贫攻坚提供坚强的政治保证、组织保证和作风保证。坚持省、市、县、乡、村五级书记抓扶贫和党政同责,全面压实各级党委和政府的主体责任, 形成了五级书记一起抓、一级带着一级干的生动局面。

第二道关——贵在精准,识真贫、真扶贫、扶真贫。按照"村内最穷、乡镇平衡、市级把关、群众公认"的原则,创新地提出把贫困程度较深的作为"红卡户",贫困程度一般的作为"蓝卡户",2014年已脱贫的贫困户作为"黄卡户",做到阳光操作、精准分类,并建档立卡。规定:购买了消费型小轿车、在城区购房、建豪宅、国家公职人员、经商办企业等"五类人员"一律不进。建档立卡"回头看","基本信息卡、帮扶记录卡、政策明白卡、收益登记卡"合一,确保"贫困在库,脱贫出库"。

第三道关——扶贫先扶志,志智双扶,激发贫困地区和贫困群众内生动力。全面推进"志智双扶"工程,实行"干部包联、典型示范、帮带扶持、考核激励、评议促动"五步互动,从贫困群众思想切入,激发他们树立与贫困做决断的信心和决心。

第四道关——因地制宜,培育旅游、茶竹果产业,走上生态富裕之路。

第五道关——按照"四个模式、五个一点"的办法,帮助贫困户告别土坯房。四个模式为:拆旧建新、维修加固、移民搬迁、政府代建。五个一点为:政府补一点、群众出一点、社会捐一点、银行贷一点、扶贫资金给一点。

第六道关——运用"政策叠加＋重点帮扶"组合拳,向最困难、最弱势的群体伸出有力援手。

第七道关——变"输血"为"造血",推行资源变资产、资金变股金、农民变股东的模式。

第八道关——坚持大扶贫格局,把钱用到刀刃上。整合农林水、交通、国土等项目资金,设立基金撬动担保贷款、产业保险,争取社会支持三路并进,形成"多个渠道引水、一个龙头放水"的扶贫投入新格局。

第九道关——坚持动力、导向、责任、政策、标准五个"不脱",巩固脱贫成果。

第十道关——坚持以人民为中心,强化扶贫领域监督执纪问责。

在脱贫攻坚的具体执行过程中,井冈山突出精准为先,牢牢把握产业、安居、保障、基础设施四大关键。主要体现在以下五个方面——

第一,根据贫困群众的致富意愿和劳动能力的具体实际,有针对性地制定帮扶措施。井冈山市因地制宜,全力推进20万亩茶叶、30万亩毛竹、10万亩果业种植加工基地的"231"富民工程,实现每个乡镇有一个产业示范基地,每个村有一个产业合作社,每个贫困户有一个增收项目,确保家家有一个致富产业,户户有一份稳定的产业收入,实现了把"有能力"的"扶起来"。

第二,针对部分贫困群众缺乏劳动能力、难以自我发展的客观实际,井冈山市采取股份制、联营式、托管式等多种合作模式,通过吸纳贫困户或以资金,或以土地入股等形式,参与产业发展,固化贫困户与企业、基地、合作社的利益联结,让每家每户有一份稳定的资产性收益,实现了把"扶不了"的"带起来"。

第三,针对完全丧失劳动能力的贫困群众,井冈山市将政策向其聚焦叠加,实施贫困线与低保线"双线合一"。通过低保的扩面提标,贫困人口尽可能享受低保,尽可能享受更高标准的低保,让低保线略高于贫困线标准。这样通过政策的兜底保障,来实现

神山春晚大合唱

贫困人口的"两不愁三保障",实现了把"带不了"的"保起来"。

第四,井冈山市实行拆旧建新、维修加固、移民搬迁、政府代建4种安居建房模式,采取政府补一点、群众出一点、社会捐一点、扶贫资金给一点、银行贷一点等五个"一点"的办法筹措资金,通过开展"消灭危旧土坯房,建设美丽乡村"攻坚行动,确保每一栋危旧土坯房都能拆得动、建得起、住得进,实现了把"住不了"的"建起来"。

第五,要让贫困群众在干净、漂亮、整洁、舒适的环境中实现脱贫。井冈山市坚持全域规划,大力推进镇村联动和美丽乡村建设,实现了25户以上自然村全部通水泥路、通自来水,所有行政村卫生室、文化室、党建活动室均已达标,贫困群众实现了走平坦路、喝干净水、上卫生厕、住安全房的美好愿望,实现了把"建好了"的"靓起来"。

2018年1月,由中国经济体制改革杂志社主办的"贯彻党的十九大会议精神,推进全面深化改革取得更大成功——中国改革(2017)年会暨深改五周年高层研讨会"上,井冈山的脱贫工作法光荣入选2017中国改革年度十大案例,成为近五年来江西省唯一入选的全国改革十大典型案例。井冈山在脱贫攻坚工作的改革、创新、实践和探索,充分体现了中国基层改革创新的方向与成果。

井冈山经验,落实到神山村又是如何具体执行的呢?

现在,我们就用"剥洋葱"的方法,来一层一层地揭开神山村脱贫攻坚的神秘面纱。

作为井冈山最为偏远、闭塞、落后的贫困村,神山村54户231人中有贫困户21户61人,可谓井冈山贫困村中"典型"。毫无疑问,井冈山要实现在全国率先脱贫,就必须啃下这块"硬骨头"。

习近平总书记提出脱贫攻坚要重点解决"扶持谁""谁来扶""怎么扶""如何退"四个问题。但在实际工作中,有些地方在贯彻精准方略时不可避免地有偏差,或发钱发物"一发了之",或统一入股分红"一分了之",或低保兜底"一兜了之",没有把精力用在"绣花功夫"上。因此,扶贫要扶到根上,脱贫"药方"精准才能生效。在井冈山茅坪乡党委会议室,党委书记刘晓泉一五一十地扳着手指头给我讲述了他们对神山村扶贫的实施方案。他说:"贫根越深,越要考虑长远。神山村脱贫攻坚,吉安市、井冈山和我们茅坪乡就是紧扣'精准'二字,立足村情,对接大局,变'输血'为'造血',探索出一条老区山村的脱贫新路。"

新一轮脱贫攻坚,究竟该怎么扶?除了简单给钱、给物,还有啥好办法?

神山村选择的是"三驾马车"——产业扶贫、安居扶贫和旅游扶贫。

首先,来说说产业扶贫。

在精准扶贫中,神山村运用井冈山的"红、蓝、黄三卡精准识别法",对贫困户分类施策,对症下药。"红卡户"黄端初,老两口都重病缠身,曾一度对生活失去信心。通过产业扶贫,老两口手里拥有金融产业扶贫股权证、茶叶合作社股权证、黄桃合作社股权证3本股权证,吃下了脱贫"定心丸"。

刘晓泉说:"一项扶贫产业,就是一个脱贫'药方',精准才能生效!"驻村工作组进村帮扶,首先是深入调研村情,充分征求群众的意见,因地制宜编制产业规划,对全村4500亩毛竹实施低改,并确定发展以茶叶、黄桃、雷竹为主的特色种植业和以冷水鱼、娃娃鱼、黑山羊等为主的养殖业。翻开黄端初家的股权证,上面写得清清楚楚：三个产业分别入股 1 万元，金融产业每年分红15%；茶叶和黄桃产业，前三年每年分红 15%，第四年分红 20%，第五年开始每年分红 30%，直至第 15 年。黄端初给采访他的《人民日报》记者算过一笔账：今年"股金"可分红 4500 元，低保金2640 元，养黑山羊估计也有 4000 多元，光这三项，一年就能收入1.1 万元多。

股金从哪里来？市、县、乡产业扶持，部门筹集，社会捐助等多种方式筹措：贫困户每户送 2 万元农业产业"股金"，"红卡户"还送 1 万元金融产业"股金"；而非贫困户，则鼓励其以资金和土地流转两种方式，入股黄桃和茶叶产业。

产业怎么搞？村里采取"能人 + 合作社 + 贫困户""合作社 +基地 + 贫困户"等模式，成立黄桃、茶叶专业合作社，流转土地种植黄桃 460 亩、茶叶 200 亩，实行统一规划、统一种植、统一管理，按股分红，一户不落。每户均可获得土地租金、劳务佣金等收入，

神山村黄桃
产业基地

185

同时村里又通过多种途径为贫困户筹措资金 2.2 万元入股到黄桃、茶叶合作社,每年按照不低于 15% 的分红,确保贫困群众收入的可持续。刘晓泉说:"不仅要让神山村与井冈山一道率先脱贫,还要确保脱贫群众不返贫。"

其次,来看安居扶贫。

安居,才能乐业。无论在城市还是在乡村,房子都是大问题。在神山村也不例外。

哪些房子拆,哪些房子改,要听听群众怎么说。挂点帮扶工作组挨家挨户上门调查,倾听群众意愿。经过调查,数据和心愿一起收上来了——全村 40 栋房屋,危旧房有 37 栋,其中群众自愿加固的 35 栋,愿意拆旧建新的 2 栋。

旧房怎么改,新房怎么建,看看群众怎么选。挂点帮扶工作组因户施策:愿意加固的量身定做改造方案;愿意拆旧建新的,协调帮助尽快建;针对没有能力的,则实施爱心公寓"交钥匙工程"。

资金哪里来,做法怎么样,问问群众行不行。挂点帮扶工作组反复征求群众意见,最后确定"群众自筹、政策补贴、单位支持、爱心基金援助、贴息贷款解决"的办法。

在扶贫工作中,干部挂村扶贫,村里的事是干部拿主意,还是群众来决定?这个问题造成不少困扰。井冈山和茅坪乡挂点帮扶工作组用实践做出了回答:"不大包大揽,群众说了算,干部带着干。"

干部群众,民主集中,集思广益,皆大欢喜。如今,神山村的土坯房"大变脸":一律庐陵风格,白墙黛瓦,干净漂亮。"蓝卡户"邹有福感恩不已:"以前家里的土坯房怕下雨,到处漏水不说,最担心垮塌,现在住得安心了!"

不仅仅是安居工程,产业怎么搞,村庄怎么整,卫生怎么管,

2019 年 10 月 1 日，神山村举行"庆祝新中国成立 70 周年"系列活动

等等，神山村脱贫攻坚的每一步，都让群众自己来做主。市、县、乡组成的帮扶工作组长驻村里，一次一次召开村民代表大会，让群众提建议、拿主意，带着群众一块干。

就这样，民心悄悄发生了变化，"要我建"变成了"我要建"。60 多岁的赖伯芳和他的妻子，坚持要到爱心公寓的工地搬砖。他说："脱贫是咱自己的事，能出多少力算多少。"村民赖爱玉的话让人印象深刻，她说："干部、社会上的人都帮咱，自己更应该出力干。"

就这样，民情悄悄发生了变化，"不愿管"变成了"热心管"。村庄自我管理的积极性被激发，村里成立了村民理事会、监督委员会，对村里的卫生、环境等公共事务进行民主管理，还开展了"文明神山在行动"等文明创评活动。

最后，再说说旅游扶贫。

小山村对接大井冈，旅游扶贫着眼全域规划，"土山货"变成了"金疙瘩"。"蓝卡户"张成德利用改造后的房子开起了农家乐，以前不值钱的南瓜、"红军菜"、马齿苋等,样样都变成了赚钱的好东西。老张粗略一算,从正月开张以来,营业额就已超4万元,纯收入超过以往全年收入。农家乐的红火,得益于神山旅游的不断"升温"。

神山村发展旅游,不能靠"拍脑袋"。这里,距黄洋界12公里,离八角楼不到10公里,离象山庵仅6公里,周边的红军被服厂、练兵场和红军药铺,还有神山谷、双龙潭和水帘洞等旅游资源比比皆是,群众发展旅游愿望迫切。帮扶工作组一次次在山里徒步、勘察,认真商讨论证,最终敲定旅游扶贫路径。

神山村发展旅游,不能就神山做神山。对接大井冈旅游,着眼全域改造、全域旅游等进行全域规划,将"养在深闺人未识"的红绿珍珠串成了一串美丽的项链。

神山村发展旅游,不能空喊口号。吉安市实行领导挂乡、单位挂村、企业扶乡,让井冈山的乡乡都有吉安市领导和实力企业"结对子",村村都有市直单位"结亲戚",举全市之力帮助井冈山率先脱贫。各部门、各单位纷纷出力,想方设法为神山争取项目资金,进一步加大美丽乡村建设力度。

随着乡村基础建设的提速,神山村变得更美了——环村公路拓宽了,污水处理设施扩容改造好了,游客服务中心、神山客栈、停车场、旅游公厕等配套设施建起来了,还成立了神山村旅游协会,引导全村发展农家乐16户,积极与井冈山红色培训机构合作,探索了"培训到农村,体验到农户,红色旅游助推精准脱贫"的新路子。与此同时,还积极引进市场主体,成立了井冈山市神山村食品有限公司、井冈山市神山村文化旅游有限公司,发展神山村糍粑产业、竹制品产业、精品民宿和研学拓展基地,把红色培训、研学旅行和乡村旅游深度融合……如今，来神山村的游客多了，村里人返乡创业的多了。村民们有的打糍粑，有的卖豆腐脑，有的开茶馆，有的做微商，贫困的小山村活起来了，家家户户搭上了旅游产业快车。2018 年，神山村接待游客达 27 万人，同比增长19%。❶

进入新时代，赶上好时代，神山村神气起来了！希望神山村乘上"产业扶贫、安居扶贫和旅游扶贫"的"三驾马车"，在脱贫攻坚奔小康的道路上，跑得更稳，跑得更快，跑得更远……

❶ 本节有关文字和数据引自《让群众自己与贫困做决断》，作者吴齐强、蒋阿平，刊载于 2016 年7 月 15 日的《人民日报》。

神山笑起来了

25

群山耸翠,泉水淙淙,花木葳蕤,翠竹挺拔。这个曾经"有女莫嫁神山郎,住的都是土坯房,红薯山芋当主粮"的穷山村,现在华丽转身变"绿富美"——村庄美、产业强、村民富、乡风好,一幅看得见青山、望得见蓝天、听得见绿水、讲得好红色故事、记得住乡愁的美丽画卷,尽情铺展在希望的田野上。

走进神山村,穿过村中心的一座小桥,在它的东南方向有一条"红军小道"。在小道的旁边,伫立着一面特殊的墙——"笑脸墙"。这是驻村扶贫工作组专门设计建造的。在这面特制的"笑脸墙"上面镶嵌着 30 张"笑脸"照,他们都是神山村的乡亲们,有的是一个人的特写,有的是夫妻俩、母子俩、兄弟俩、姐妹俩、朋友俩,有的是三代人,还有的是全家福,一个个美丽、可爱、亲热、甜蜜、开心、幸福的瞬间在镜头里定格,传达着神山的生机、活力和温暖。

"笑脸墙"的上方写着"中国梦""小康梦""神山梦"。是啊,"中

神山村的"笑脸墙"

国梦"也是神山村乡亲们的梦！神山村乡亲们的梦就是"小康梦"，神山村乡亲们的梦就是"中国梦"！

"笑脸墙"上还写着神山村乡亲们的"名言"——"党和政府只能扶持我们，不是抚养我们。"说得多好啊！这是"全国脱贫攻坚奖奋进奖"获得者彭夏英说的。她说出了神山村乡亲们的心里话！

"薯丝饭，木炭火，除了神仙就是我。"在中华人民共和国成立前，神山村当地就流传着这首客家民谣。那时候，红薯丝饭是井冈山区的传统主食。这首民谣也生动地反映了当年井冈山区的清贫生活和山区居民追求起码温饱生活的愿望，以及他们安贫乐道的乐观主义生活态度。

吃红薯丝饭的记忆，对92岁的彭长妹老人来说，那就是她童养媳时代的"神仙"生活。非常巧合的是，就在毛泽东带领工农革命军上井冈山的那年冬天，彭长妹在兵荒马乱中降生了。她出生的时候，神山村下了一场大雪。因为家里太穷，她差一点冻死；因为没有吃的,她又差一点饿死。8 岁那一年,她被送到桃寮村的张家做了童养媳。1949 年 8 月,井冈山解放了,23 岁的她挣脱了封建社会的束缚,回到神山村父母的身边,勇敢地选择了自己的婚姻,自由恋爱,与同村的青年黄珍勤结婚。黄珍勤也曾担任过神山村的民兵连长、村支书。他们夫妇育有 2 个儿子、4 个女儿,现在是四世同堂,其乐融融。

让彭长妹一辈子都不会忘记的是,在她 90 岁的这一年,习近平总书记来到了神山村。耄耋之年的她,不仅亲眼看到了习近平总书记,而且还与总书记握了手。2016 年 2 月 2 日那一天,彭长妹穿着红色的棉袄,站在乡亲们中间。习近平总书记走到她的面前,紧紧握着她的手。她也紧紧握着总书记的手,高兴得合不拢嘴,激动地说:"总书记好啊,我天天盼望着你来啊,总书记好啊!……"因为太激动太高兴了,她不知说什么才好。后来,她坐在电视机前,和孩子们、乡亲们一起反复观看着这个画面。这一次,她终于真真切切地听到习近平总书记在跟她握手的时候,还向她问好,跟她说:"祝您健康长寿!"❶

❶ 本段内容来自《习近平春节前夕赴江西看望慰问广大干部群众》,中央电视台《新闻联播》(2016 年 2 月 3 日)和 2019 年 10 月 12 日笔者采访彭长妹的录音。

92 岁的彭长妹
丁晓平 / 摄

在彭长妹大儿子家的堂屋里,挂着一张大幅相框,习近平总书记与她握手的照片十分清晰耀眼。这是当时记者抢拍下来的。现在,彭长妹天天都要站在这张照片前,停留一会儿,看一看,想一想,心里充满着幸福。来客人的时候,她都要带着客人来到这张照片前,乐呵呵地把习近平祝福她的话重述一遍。

彭长妹个头不高,瘦弱清癯,但精神矍铄,一脸皱纹诉说着岁月给她留下的沧桑。老人家老了,满嘴的牙齿已经所剩不多,一颗长长的大门牙倔强地坚守在它的岗位上,帮助她咀嚼人生的酸甜苦辣,咬碎贫困生活带给她的所有苦难。站在大照片前,彭长妹把她与习近平总书记见面握手的故事讲给我听。因为年纪大了,她的耳朵有点儿背了,但声音依然洪亮。她笑着对我说:"那一天太冷了,不然我还要多说几句话。总书记是个好人,好领导! 好书记! "

我凑近她的耳边,问她:"你现在幸福吗? "

彭长妹笑着说:"幸福啊! 幸福啊! 我家里以前穷得叮当响,衣服穿了又穿,补了又补,也没有屋子住。现在,村里热闹了,我一辈子没有见过这么多人,真是欢喜。"她爽朗的笑声很有穿透力,那是发自心底的幸福和开心。彭长妹还高兴地告诉我:"我们家是三代党员呢! "是的,她的丈夫、儿子和孙子都是共产党员。

彭长妹的祖籍也是湖南。她家跟李宗吾家是前后邻居,丈夫黄珍勤是李宗吾妻子黄甲英的亲叔叔,因此两家走得很近。我在李宗吾家搭伙吃饭,彭长妹有时也跟着一起吃,像一家人似的。因为祖籍都是湖南,他们的口音也都是湖南腔。在神山村采访的日子里,只要看到我,她总会不知不觉、不声不响地来到我身边,在我周围静静地站着,保持不远不近的距离,微笑地关注着我的访谈,好像在倾听,又好像在为我加油鼓劲。其实,我知道,她是什么也听不见的。她与我那一生与人为善、谨小慎微的母亲同龄,那一刻,只要看到她,我就一下子想起我的母亲。母亲在她88岁那年离开了我们。如果母亲健在的话,如果母亲也幸运地得到总书记的祝福的话,我想,她也会像彭长妹一样感到幸福的。

在神山村"笑脸墙"上,有一张笑脸有点儿与众不同。与其他乡亲们的笑脸相比,他的笑容虽然有些夸张,但不免有些拘谨和呆板。他是一名先天性的智障患者,名叫赖伯芳,而且肝肾也患病,无法干重体力活。他的妻子吴晓梅也是一位智障患者,骨瘦如柴,体弱多病,因此他家被评为"红卡贫困户"。为了缓解他生活的压力,村里专门给他安排了一个公益性的岗位,打扫卫生,一个月能够挣七八百元。

像赖伯芳家庭的这种情况,属于百分之百的政府兜底保障贫困户。因此,在安居扶贫时,按照"住不了的建起来"的办法,政府花费七八万元帮助他家建设了一幢爱心公寓。因为是"红卡贫困户",赖伯芳、吴晓梅夫妇在产业扶贫中享受2万元的黄桃、茶叶两项产业的扶助基金,每年可以分红3000元。吴晓梅还可以享受政府每月280元的低保。此外,政府还替他们缴纳新农保、新农合等医疗保险,确保他们看得起病。

像赖伯芳、吴晓梅夫妇一样,不仅仅是井冈山,也不仅仅是江西,几乎全国这样的"红卡贫困户"(即特困户),他们致贫的主要原因多是病残,这样的比例几乎占90%以上。这类家庭,医疗开销大、缺乏劳动生产能力,如果没有政府的关心、帮助和扶持,艰难程度可想而知。

脱贫攻坚,最基本的一条是要确保每户农民都能获得基本的生存和生活保障，也就是必须要解决"两不愁三保障"问题，即不愁吃、不愁穿，义务教育、基本医疗、住房安全有保障——这是共产党的初心，也是共产党人的责任。

2019年4月16日，习近平总书记在重庆考察时专门主持召开解决"两不愁三保障"突出问题座谈会。这些年，他先后在延安、贵阳、银川、太原、成都主持召开过这样的座谈会，着力解决脱贫攻坚斗争中存在的问题。在会上，他专门列举了脱贫攻坚专项巡视和成效考核时发现的不少突出问题和共性问题，主要表现在："一是没有把脱贫攻坚当作重大政治任务来抓，责任落实不到位，思想认识有差距，落实不力。二是贯彻精准方略有偏差，或发钱发物'一发了之'，或统一入股分红'一股了之'，或低保兜底'一兜了之'，没有把精力用在绣花功夫上。三是形式主义、官僚主义问题突出，像花钱刷白墙，又不能吃不能穿，搞这些无用功，浪费国家的钱！会议多、检查多、填表多，基层干部疲于应付。"❶

在扶贫工作的实践中，的确存在着习近平总书记所提出的"发钱发物'一发了之'，或统一入股分红'一股了之'，或低保兜底'一兜了之'"的问题。有些贫困户领了钱，不是用于生产，而只用于消费，这显然不是扶贫的目的，而是一种国家资源的浪费。这样，不仅难坏了基层干部，也惯坏了一些贫困户，教训不可谓不深。

按照中央提出确保到2020年我国现行标准下农村贫困人口实现脱贫，贫困县全部摘帽，解决区域性整体贫困，做到脱真贫、真脱贫的目标，国务院有关部门筹集了"资产收益扶贫试点资金"和"中央苏区产业扶贫资金"，并要求资金使用必须精准到户、到人。应该说，中央的政策非常好，要求也非常合理，但在具体的实践中，确实难以发挥其长效功能。用基层干部的话说："扶贫，把穷人

❶ 习近平：《在解决"两不愁三保障"突出问题座谈会上的讲话》，《求是》2019年第16期。

扶成了懒人。"有的说得更尖锐:"扶贫扶出了'白眼狼'。"

"处事不以聪明为先,而以尽心为急。"在井冈山市,像神山村赖伯芳这样的"红卡户",2015 年实行"三卡识别"制度后,经挨家挨户上门调查,共精准识别出 1505 户。如何真正地可持续地解决这些"红卡户"的"两不愁三保障"问题,井冈山市扶贫办确实动了脑子,做了"绣花功夫"。

那么,怎么才能使中央下拨的、社会捐赠的和干部群众募捐的各项扶贫资金发挥最大的效益,且能长久、持续地发挥作用呢?井冈山市扶贫办的干部终于想出了一个"金点子"——井冈山市政府批准专门成立井冈山市惠农宝产业投资有限公司,统一整合调度、运营操作和市场化管理上述各项扶贫资金,负责"红卡户"股权证的发放、股金的运作、资产的投资和收益的分配,给每个"红卡户"发送价值 10000 元的股权证以此发现金。

2016 年 1 月 31 日,神山村的赖伯芳、吴晓梅夫妇和井冈山市其他"红卡贫困户"的"一卡通"账户上,都收到了一笔 1500 元的汇款,这是他们的股权证当年所应得的分红。赖伯芳激动地说:"政府果然说到做到,给我们送来了第一份新年大礼包。"

病患猛于虎。为保障像赖伯芳这样因病致贫的"贫困户"的医疗,政府为他们全额代缴城乡基本医保、大病保险、医疗附加险和重症疾病保险,构建医疗保障"四道防线"。从 2018 年开始,政府还从旅游门票收入和土地出让金中各切出 10%,筹措 2000 多万元的特殊扶贫基金,在群众遭遇重大疾病、意外事故等突发事件时进行爱心救助。近年来,井冈山市本级财政自掏腰包,不断叠加实施相应保障政策,扎扎实实兜住贫困底线,并确保这部分贫困群众年年收入有所增加。

在神山村"笑脸墙"上，还有一位看上去特别淳朴、开朗的老人。这位在神山村生活了半个世纪的老人家名叫左炳阳，是彭氏三兄弟的母亲。1989年，丈夫彭秋海因病离世，她只能一个人把三男两女五个孩子拉扯长大。那时候，最大的男孩才18岁，最小的女孩才3岁，她真是吃尽千辛万苦。如今，孩子们都已经成家立业，而且三个儿子都从外面返乡创业，一家人团聚在一起，左炳阳享受着天伦之乐，脸上每天都洋溢着笑容。一天到晚，她一会儿帮大儿子长良开的农家乐洗菜、洗碗，一会儿帮青良、德良两个儿子跑跑腿，忙得不亦乐乎。没事儿的时候，她就站在门口歇一会儿，享受着和谐、安宁和幸福。

习近平总书记来神山村的那一天，就是在左炳阳家门前的场地上接见乡亲们，发表重要讲话的。现在，她把习总书记在这里讲话的照片放大，装裱在一个大相框里，悬挂在大门口，来神山村参观的人都看得见。她和孩子们商量后，在照片上面写了一句话：

彭氏三兄弟的
母亲左炳阳
丁晓平／摄

"习近平总书记在这里给全国人民拜年！"站在这幅照片的下面，她笑着对我说："有生之年看到了习近平总书记，面对面地听到他讲话，我这一辈子没有白活，值得了。"

和左炳阳一样，神山村"笑脸墙"上还有一位老人的笑容特别灿烂，她的名字叫左细英。左细英的丈夫葛介书 1999 年因脑出血去世，小儿子葛湘村天生是一个聋哑人，母子俩相依为命，是"红卡贫困户"，除了享受政府低保和扶贫兜底保障外，还有茶叶、黄桃产业扶贫的分红。

葛湘村已经 40 多岁了，虽然天生残疾，无法外出打工，但他勤劳肯干、聪明好学，在产业扶贫的政策引导下，参加了"井冈红"茶叶公司的培训，学会了茶叶种植。这天，因为下雨，他没有外出干活。见我走进家门，他赶紧搬来凳子，和妈妈坐在一起，始终把笑容挂在脸上。家里的母狗带着狗崽儿在他们的脚边撒欢、打闹，而主人的驱赶仿佛让它们觉得受了宠似的，玩得更欢实了。

贫困户左细英和她的聋哑儿子葛湘村
丁晓平／摄

这个时候,村里的另一名"蓝卡户"王青阳走了过来。他戴着红军的八角帽,穿着一身"红军服",乐呵呵地站在大门口笑着。我听彭青良说起过他,他耳朵有点聋,是村里的"五保户",独自一人生活,没事的时候就到左细英家找葛湘村一起玩耍。

别看葛湘村又聋又哑,但玩起手机来十分灵活。儿子的聪明让左细英很是欣慰,她笑着跟我说:"我也不知道他怎么学会的,自己一个人看一个人玩,经常自己一个人笑得合不拢嘴。"平时,葛湘村还参加村里基建工程的工作,没事的时候帮乡亲们打点零工,一年下来也能够挣到上万元。

在神山村采访的日子里,我常常远远地就能听到左细英的笑声,她是村里的"开心果"。在"神山身边好人榜"宣传栏上,我又看到了她的笑脸。她照片的旁边有这样一段文字:"左细英,神山村'红卡户'。热心村内事务,积极参与并建言献策,为村内发展贡献自己的力量。邻里有什么事情,她都主动帮助,脸上总是洋溢着笑容,感染着身边每一个人。"

是啊!笑容是可以感染人的,神山村乡亲们的笑脸感染着神山,也感染着每一个来神山的人。神山笑起来了,笑得如此灿烂,笑得如此动人,这是如意的笑脸,这是幸福的笑脸。

在"神山身边好人榜"宣传栏上的最上方,是一张邹有福、罗节莲夫妇俩并肩而立的合影。丈夫的手搭在妻子的肩上,两张开怀的笑脸好似并蒂的芙蓉。这张照片同样挂在神山村"笑脸墙"上,很有感染力。邹有福会开碾米机、发电机、拖拉机,是一个多面手,但因为夫妇俩体弱多病,无劳动力,被评定为"蓝卡贫困户"。邹有福被评为"神山身边好人",乡亲们给他的评语是:"作为神山村老村民,邹有福见证了神山村几十年的发展历程,他对神山村有特殊的感情。如今的神山村成了旅游新胜地,邹有福对环境卫生格外关注,发现一处垃圾,他便顺手捡起,把神山当成自己的家来爱惜,得到了村民们的一致认可。"

是啊!邹有福,多好的名字,作为新时代的神山人,你是有福的!

是啊!神山的乡亲们,你们都是有福的人!

26

2018年9月,神山村发生了一件"前无古人"的新鲜事——神山村也搞起了"众筹"。这是脱贫攻坚事业的一大创新。

我们对众筹模式并不陌生,有人甚至认为众筹模式的真正鼻祖是佛祖释迦牟尼,他是在当时没有现代众筹平台的情况下,成功创造了最初的原始众筹模式,并最终实现了自我修行和广播信念,创造了世界著名的宗教。比如,中国历史上各地大小庙宇无不是民众齐心协力、捐钱捐物的众筹之功,大家不图金钱回报,而遇到天灾或者饥荒,寺庙道观也成为民众避难之所。

当然,现代的众筹模式已经大不相同,它是一种用团购结合预购的形式,通过网络上的平台,向网友募集项目资金以支持个人或组织而发起的行为。它由发起人、跟投人、平台构成,具有门槛低、形式多样、依靠大众力量、注重创意的特征。因为门槛低,无论发起人是什么身份、年龄、性别,只要你有想法、有创造能力都可以发起项目。一般的发起人都是有创造能力但缺乏资金的人,或者是需快速出售产品的人。

神山村为什么要搞众筹呢？发起人又是谁呢？

实事求是地说，发起众筹的并非神山村村民，而是来自江西科技师范大学研究生院的师生们。

或许又有人问了，他们来神山村搞什么众筹？

原来，2015年，江西科技师范大学研究生院以志愿服务为契机，结缘井冈山市茅坪乡，与茅坪乡人民政府签订了志愿服务基地协议。2016年2月15日，为响应习近平总书记在神山村发出的"在扶贫的路上，不能落下一个贫困家庭，丢下一个贫困群众"的号召，他们迅速成立"桃醉井冈"精准帮扶小队，与茅坪乡签订了精准扶贫帮扶协议书，推广神山村的红心黄桃。

红心黄桃个大形正、果肉金黄、风味浓甜、香气浓郁，是黄桃当中的优质品种。它一般生长于北纬26度海拔800米左右的深山之中，因此特别适合在神山村培育生长。因为海拔高、温差大、土壤肥沃，并使用泉水浇灌，神山村黄桃"颜值"和口感都非常好。

神山村
黄桃产业园

虽然品种好、质地优，但藏在深山无人问，酒香也怕巷子深。于是，在神山村，大学生们发挥学科专业优势，成立了"桃醉井冈工作室"。他们走进山间地头，协助村民们完成了红心黄桃的采摘、分拣、套网、装箱工作。然后，他们在网上打出"江西科技师范大学桃醉井冈——红色茅坪奔赴小康筑梦工程"的旗帜，开始以众筹模式开拓红心黄桃的销售新路径，帮助神山村在红心黄桃产业扶贫中抢占先机，借助新力量发展农业品牌，推进神山村"一村一品"特色产业形成规模。

"众"一颗桃树，"筹"百里桃园——大学生们以他们的青春活力，展现了他们的聪明智慧，共设计了 4 款可行的众筹模式，以供支持者选择，分别是：

模式 1：支持 1 元者，获得"桃醉井冈"电子感谢卡一张。

模式 2：支持 88 元者，获得优质井冈红心黄桃一箱（2.5 千克装），精美纪念品一件（印有"桃醉井冈工作室"IP 形象人物——"桃喜"的"桃喜文化衫"），红心黄桃由茅坪乡峰源果业种植专业合作社采摘后发货。

模式 3：支持 168 元者，获得优质井冈红心黄桃一箱（5 千克装），其余"待遇"与模式 2 相同。

模式 4：支持 1280 元者，获得一棵井冈红心黄桃树和该树一年的全部收成（预计 50 千克），同时在红心黄桃成熟之际邀请到神山村黄桃种植基地参加"黄桃节"，免费参与观光、赏桃、采摘体验，赠送神山村民宿一晚（一人）、"桃喜文化衫"一件。

头顶蓝天白云,脚踏青山绿水,大学生们在神山村"黄桃景观园",在"产业＋观光"的产业扶贫第一线,用青春和汗水交出了一份完美的答卷。

说起红心黄桃,神山村的乡亲们都会不约而同地说起一名大学生,她不仅是神山红心黄桃的形象代言人,而且还有一个特殊的身份——大学生村官。她的名字叫康莉。

在没有见到康莉之前,我在她为神山村红心黄桃代言的微视频宣传片上,认识了她。穿着古装汉服的她,打扮成一个"村姑"的模样,是一个大大方方、清丽秀美的姑娘。在微视频中,她带着人们欣赏神山村黄桃产业园的美景,摘桃子、洗桃子、切桃子,一边干活一边娓娓道来:

> 神山红心黄桃生长在海拔 800 米的高山上,山水相依,云雾缭绕,清澈的山泉水孕育出来的黄桃,鲜甜多汁,色泽鲜艳。每一颗黄桃都有一颗红心,就像神山

神山村"黄桃节"

人民脱贫致富的真心。为了整年都能享受黄桃的美味，
村民还会制作黄桃干，食用安心，易于保存。"桃"去
烦恼，用心相伴。

"神山黄桃好，一尝忘不了。"康莉就这样与神山村结下了不解之缘。1993年出生的她，2016年毕业于山东大学体育系。一毕业，她就报考了大学生村官的岗位。被录取后，她先是到井冈山市扶贫办工作了一段时间。2017年2月26日，井冈山在全国实现率先脱贫摘帽。这年3月，她正式来到茅坪乡神山村上岗，当上了一名大学生村官，也成为神山村实现脱贫致富的见证人之一。

说起大学生村官，真可谓中国特色人才队伍培养的一大创新。大学生村官工作是党的十七大以来中央做出的一项重大战略决策，主要目的是培养一大批社会主义新农村建设骨干人才和党政干部队伍后备人才。

2014年5月30日，中共中央组织部召开全国大学生村官工作座谈会，进一步明确了大学生村官工作的定位。大学生村官工作是国家开展的选派项目。大学生村官岗位性质为"村级组织特设岗位"，系非公务员身份，其工作、生活补助和享受保障待遇应缴纳的相关费用由中央和地方财政共同承担。大学生村官的工作管理及考核比照公务员有关规定进行，由县（市、区）党委组织部牵头负责，乡镇党委直接管理，村党组织协助实施；人事档案由县（市、区）党委组织部管理或县（市、区）人力资源和社会保障部门所属人才服务机构免费代理，党团关系转至所在村。

大学生村官工作是加强基层党组织建设的强基工程，是建设社会主义新农村的人才工程，是青年学生实现人生抱负的希

望工程。经过几年的发展建设,大学生村官队伍规模稳步扩大、人员素质不断提高、政策体系日趋完善、锻炼成长效果日益明显、职业路径逐渐清晰。《2015 中国大学生村官发展报告》显示,截至 2014 年年底,全国大学生村官累计流动达 24.8 万人,其中进入公务员队伍的有 9.2 万人,占 36.9%;自主创业 1.8 万人,占 7.4%;另行择业的有 13.6 万人(包括进入事业单位 7 万人),占 54.7%;考取研究生的有 2300 人,占 1%。全国共有 22700 多名大学生村官创业,创业项目近 17000 个,领办、合办合作社 4293 个,为农民群众提供就业岗位 22 万多个。

你或许会问,神山村都已经脱贫了,还派大学生村官来干吗?

的确,这个问题也是我来神山村的疑问之一。我甚至还有疑问,像神山村这样已经脱贫的贫困村,为啥还要派驻第一书记、驻村工作组,那些贫困户为啥还要继续帮扶?

"学问学问,多学多问。学无老少,能者为师。"这是神山村的客家谚语。在来神山村之前,我对国家的扶贫工作只是当作新闻看看而已,简直是一个"文盲"。直到采访不断深入,我才越来越感觉到脱贫攻坚工作的艰巨性、历史性、现实性、人民性和战略性。尽管井冈山在全国率先宣布脱贫摘帽,但这不等于扶贫工作就宣告完成了,它还有一个巩固提高、防止返贫的问题,还要大力解决"两不愁三保障"问题,紧接着还要继续贯彻落实中央的乡村振兴战略。因此,中共中央始终把"三农"工作排在核心工作日程上,这也是每年的 1 号文件都是关于"三农"问题的重要原因。工农联盟是我们党的执政基础啊!作为一个农业大国,没有农民的富裕,何谈大国?农民不富,大国不大,大国就更不能富,大国也就更不可能强。

就在写作本书的过程中，我看到了习近平总书记 2019 年 4 月在解决"两不愁三保障"突出问题座谈会上的讲话。他说："今年上半年将累计有 430 多个贫困县宣布摘帽。考核中发现，一些摘帽县去年以来出现松劲懈怠，有的撤摊子、歇歇脚，有的转移重心、更换频道，有的书记、县长希望动一动，一些已脱贫的群众收入不增甚至下降。贫困县摘帽后，要继续完成剩余贫困人口脱贫任务，实现已脱贫人口的稳定脱贫。贫困县党政正职要保持稳定，做到摘帽不摘责任；脱贫攻坚主要政策要继续执行，做到摘帽不摘政策；扶贫工作队不能撤，做到摘帽不摘帮扶；要把防止返贫放在重要位置，做到摘帽不摘监管。有关部门要抓紧研究提出落实意见。"❶

"胜非其难也，持之者其难也。"习近平总书记的讲话一下子让我明白了为什么扶贫工作要"脱贫不脱政策"的道理。

然而，让康莉没有想到的是，到神山村的第一天，她也碰到了这个问题。作为帮扶人，她负责神山村的两户"蓝卡贫困户"的帮扶工作，一户是张成德，一户是左秀发。

进了门，康莉微笑着向两位老人做了正式的很"官方"的自我介绍，谁知一进门就碰了一鼻子灰。

"你来干吗？"两家两位老人回答她的第一句话竟然一模一样，一脸没有表情的样子。

"这么凶啊！"康莉脸红了，心怦怦地跳，怎么办？不知如何是好，心想，"这以后的工作该怎么做呢？"

没关系，一回生二回熟。第二天，康莉又上门了。

康莉一进门，左秀发就说："又来干吗？"

康莉笑着说："没有啊？我来看望一下您嘛！"

❶ 习近平：《在解决"两不愁三保障"突出问题座谈会上的讲话》，《求是》2019 年第 16 期，第 12 页。

听康莉这么说,老人家忽然变得特别开心。从此以后,康莉每次去,老人家都非常开心,说:"你很好啊,你还经常来看我啊。"

慢慢地,康莉通过观察,发现两位老人并非古怪古板的人,平时也经常喜欢跟别人开玩笑。于是,她开始改变自己与他们说话、打交道的方式,让自己变得更加活泼开朗一些,把做工作变成去亲戚朋友家玩耍、串门一样。很快,老人家都接受了她,一见面就大老远地打招呼,有时候见了就远远地喊一声"嘿!",仿佛多年的忘年交。

左秀发患有慢性病,吃药比较多,"新农合"的经费经常不够用,要经常拿着医疗费单据去医保单位实报实销,比较麻烦。于是,康莉就主动上门,帮左秀发收集资料、病历、检查单和各类证明,到龙市帮他成功申请了慢性病门诊,看病就更加方便了。为这事,康莉前后跑了一个星期,就像对自己的父母一样,令老人家非常感动。为此,左秀发专门叮嘱小儿子左春云给康莉打了一个电话,说:"我爸爸说,让我给你打一个电话,感谢你。"放下电话,康莉特别感动,差一点落泪,工作中曾经的委屈都瞬间化作云烟散去。

说起感动的事情,康莉还给我讲述了她与张成德彭夏英夫妇的故事。她说:"彭阿姨真的是一个特别懂得感恩的人,特别在意帮助过她的人。她很少找我办事,从来不主动向我表达需要。冬天天冷,她开农家乐,要洗碗、洗菜,我就主动给她买来塑料手套。她高兴地收下了,但一定要给我钱。今年年初,她老公张成德摔了一跤,把手摔伤了。我就送给他一个'暖宝宝贴',让他试一试。一试,他感觉挺管用,就让我帮他再买一点,我就从家里拿了两包给他。我老公张伟是学中医骨科的,那时在市中医院上班,我就把他的X光片子带回家,给我老公看,给他提出一些康复的建议。7月份的一个周末,我加班,就带着老公和孩子一起,开车来看他。我老公发现他伤口有点儿发炎,需要吃一点活血化瘀的药。第二天,我又从卫生院把药买好了,送给他。当时就花了40块钱,彭夏英和张成德夫妇非要给我钱,我不要。她说,你不拿我心里过意不去。没办法,我就收了30元。"

一件小事,一点小钱,在我们的生活中或许不算什么,但这些小事、这些细节,是在工作中产生的,就显得非常严肃而高尚,让康莉感受到了人与人之间的信任和认可,特别的珍贵。

2019年9月29日,当了三年多大学生村官的康莉终于接到了彭夏英的第一个求助电话。电话是晚上打来的。当时康莉觉得很奇怪:"彭阿姨怎么会给我打电话呢?"原来,彭夏英前几天接到了一个陌生电话,让她10月7日前到大陇农村信用合作社去办一张什么银行卡。因为没有太听清,彭夏英没有搭理对方。谁知,第二天,对方又打电话来了,强调说截止日期是10月7日,还要本人亲自过去。这一下,彭夏英有点儿蒙了,担心自己是不是接到了诈骗电话。要知道,现在电信诈骗太多了。怎么办? 无奈之下,彭夏英决定给康莉打电话,请她帮忙。

第二天,康莉来了,找到对方的电话,打过去一问才知道,是银行通知彭夏英的儿子到农村信用合作社激活社保卡。10月7日之前可以由他人代办,但必须要带本人的身份证原件,过期之后则必须由本人办理。可是,现在两个儿子都在外面打工,一个在北京,一个在深圳,无法回到井冈山。怎么办?康莉迅速与彭夏英的孩子们加了微信,通过快递寄来了身份证,她又利用国庆节假日按时办理了相关手续。帮彭夏英办完这件事,康莉感到特别的开心。

2017 年 6 月,康莉怀孕了。这一年,作为大学生村官,她要入村入组入户宣讲十九大精神,同时宣讲环境整治工作,告诉乡亲们如何做好垃圾分类。当时,她负责神山村周山组。宣讲的时候,在座的大都是老爷爷、老太太和叔叔阿姨。如何把这些中央的精神、政策和工作方针讲给老人们听并且让他们听得懂,这是康莉需要思考和努力的地方。后来,她把做好宣讲活动的经验总结出来,就是三个关键词——"通俗化、生活化、具体化"。因为怀孕,乡亲们看到她挺一个大肚子挺不容易,都非常关心她。赖福山笑着对她说:"肚子都这么大了,你别来了。你不操心,我都为你操心。"

因为是早产,临产前两三天,康莉才向领导请假。2018 年 1 月 25 日下午,康莉剖宫产生下了女儿,取名张菀瑜。她让老公用她的手机在朋友圈发了一条消息。很快,她就接到了时任茅坪乡党委副书记、驻神山村工作队队长熊斌的短信:"感谢怀孕期间对我工作的支持和帮助!"康莉说:"那一刻,我躺在床上,感到身体里忽然有一股暖流流过。很感动,觉得领导认可了我的工作。"

生活中总有许多小小的感动,看似漫不经心,却打动人心。但是农村的工作总有意想不到的困难。作为刚刚毕业的大学生,康莉第一次走进社会,走进农村,许多事情既新鲜又忙乱,真是"剪不断、理还乱"。尤其是在"扶贫先扶志""志智双扶"工作上,康莉尤其感到困难。为了落实这一项工作,茅坪乡推出了"一会两评三创"的工作方法。在"两评"的环节,群众与干部之间、群众与群众之间的相互评议,干部们往往就成了"出气筒"。康莉感觉,有时候,在农村,做一件工作要想完全得到农民的理解和支持,真的是特别不容易。比如,神山村现在是全国文明村镇、省旅游村镇,规定景区范围内不准养狗,可是就有老百姓不理解,说:"为啥不让我养？这是我的自由。"

现在，康莉当大学生村官已经三年了，按照合同要求，任职四年合格后，经过考核才能纳入事业编制。三年前，她放弃保研的资格，毅然决然地回到家乡。当了村官，因为太忙又放弃考公务员的机会，但她一点儿也不后悔。她笑着说："说句心里话，现在我的工资一个月才 2000 多元，连车都养不起。但是有时候我静下心来想一想，这是我自己选择的道路，我应该坚持下去。"

作为神山村党支部支委，康莉分管计生、共青团、妇联、扶贫等工作。经历三年大学生村官的工作，她感到收获满满，对自己的未来充满信心。她一五一十地说："当村官，我的工作能力有了很大的提升。主要表现在说、写、做三个方面。在说的方面，以往我参加面试，往往都表面上故作镇定，其实心都跳到嗓子眼了，不知该说什么。现在不一样了，我肚子里有货了，有话说，也敢于说了。在

神山村干部
群众点评会

写的方面,以前就特别害怕写材料,有一种抗拒心理,不愿意写、害怕写。可是当了村官后才发现,工作落到自己身上了,不写也得写。现在茅坪乡申请创办的'井冈茅坪'公众号,都是我在运营,感到也得心应手了。在做的方面,以前我有些手忙脚乱,效率不高。现在我找到规律了,按照事情的重要程度、时间节点,统筹规划,就不慌不忙了。"

就在我来神山村采访前夕,康莉代表茅坪乡参加了井冈山管理局政治处举办的"五好讲解员"比赛,主题是红色旅游产品推介。虽然因为是跟专业讲解员一起比赛而没有能够拿到奖项,但她感到自己又进步了不少,信心倍增。后来,有市领导专门表扬她的PPT做得好,围绕"红培"主线,动了脑子,花了心思。而就在我即将离开神山村的时候,康莉也将去省城南昌,参加在10月17日"国家扶贫日"开展的"江西省扶贫产品展示对接会",宣传推广神山村的农产品。

康莉的母亲李春香也是一名村支书,在井企集团石市口分场石门村任职。母女俩一有空就互相交流心得,互相启发,都为自己能够为老百姓做一点实际工作而抱有一种成就感。康莉告诉我:"有时候,做一件事,一开始自己真的不知道有没有用,但是看到对老百姓带来了实实在在的利益,就感到了自己人生的价值。每每做成一件事情,就觉得自己活着很有意义。付出了不一定有回报,但不付出肯定是没有回报的。只有找到了初心,才能守住初心。青春是用来奋斗的。我相信。"

听了康莉的一席话,我十分感慨,也十分欣喜。显然,经过三年大学生村官的历练,她成熟了。由此可以看见,像她一样工作在扶贫一线的20多万名大学生村官,是一支多么庞大而壮观的干部队伍,他们扎根于人民,如雨后春笋般苗壮成长起来,必将成为祖国未来各条战线上的栋梁之材。有理由相信:未来的中国属于他们!

如今,在神山村,康莉每每碰到乡亲们,总有人跟她开玩笑说:"小康小康,你到我们神山村,我们就奔小康了。"

不知为什么,每每听到乡亲们这么说,康莉的心里总是美滋滋的,而脚下的步子也不知不觉增加了一种力量。

27

再苦不能苦孩子,再穷不能穷教育。

1989 年 3 月,邓小平说:10 年改革最大失误是教育发展不够。

的确,贫困地区致贫的根本原因之一是教育不发达。

"十年树木,百年树人。"教育,对一个民族、一个国家来说,是根本大计、国之大事。中国自古就是一个重视教育的国家,所以才有五千多年文明的赓续和发展。但是中国教育自古以来始终面临着一个重大问题,即存在严重的阶级差异,底层的平民百姓往往无法享有受教育的权利和义务。1949 年新中国成立,中国共产党执政的中国政府在全民享受平等教育的权利上做出了艰苦不懈的努力,取得了伟大的成就,为人类做出了贡献。但老、少、边、穷地区的教育工作因为受地理、经济、交通等诸多客观因素的制约,依然存在着不平衡、不充分的矛盾。因此,在脱贫攻坚工作中,教育扶贫也成为"两不愁三保障"工作的核心内容之一。

井冈山地区属于"庐陵文化圈"。庐陵,即现在的吉安市。"庐陵文化"的核心包括科举、书院、文化名人等与教育有关的内容。自有科举制以来，庐陵郡考取的进士共计3000多人，享有"三千进士冠华夏"的美誉。在吉安，至今依然流传着很多科举佳话，比如，有"一门六进士，隔河两宰相"，有"五里三状元，九子十知州，十里九布政，百步两尚书"，还有"父子探花状元，叔侄榜眼探花"。因为教育发达而名人辈出，如宋代名臣杨万里、南宋状元文天祥、明代内阁首辅解缙等等。庐陵的白鹭洲书院，还曾是宋代江西四大书院之一。但不可否认，就是在这样有着悠久、优秀文化的区域，依然存在着地区差异。其中井冈山受地理环境的制约，教育事业并不发达。

为了配合扶贫攻坚战略，井冈山市出台了教育民生工程政策，落实了"三卡户"孩子的帮扶教育。2019年，为解决"两不愁三保障"突出问题，井冈山市紧前出台了新的举措，提出了"三个巩固四个确保"的新目标。何谓"三个巩固四个确保"？在陈学林提供给我的一份文件中，我们可以看到，三个"巩固"就是："巩固全山脱贫人口不返贫、不掉队，剩余贫困户在2020年基本实现脱贫；巩固已退出的贫困村不'滑坡'，非贫困村不倒退；巩固已取得的扶贫成果，贫困发生率降至0.05%以内。"实现"四个确保"就是："确保脱贫户收入只增不减，确保扶贫人口整体素质不断提升，确保农村基本公共服务能力不断增强，确保基层组织建设乡村治理体系不断完善。"

显然，这个目标是一个高标准。而在井冈山市提出的这个新目标中，我们可以看到，教育扶贫已经位列扶贫政策的第一位，然后依次为健康扶贫、社会保障扶贫、就业扶贫、产业扶贫和自然资源扶贫。在这里，我们不妨把教育扶贫的政策内容摘录如下：

（1）学前教育。对在公办幼儿园（含乡镇中心小学主办的幼儿园）、村小附属学前班、经县级以上教育行政部门审批设立的普惠性幼儿园就读的建档立卡贫困户子女按每人每学年1500元标准发放学前教育资助金。

（2）义务教育。实施"两免一补"政策，即免除学杂费和教科书费，对贫困寄宿生实施生活补助；小学贫困寄宿生每人每学年1000元，初中贫困寄宿生每人每学年1250元，分学期发放；在确保建档立卡贫困户子女享受贫困寄宿生生活补助的基础上由市"爱心扶贫基金"筹资给予特困生每人每学年一次性补助500元。

（3）高中教育阶段。①每年按2500元、2000元、1500元三个标准分学期发放助学金，保证建档立卡贫困户学生享受高中助学金，确保红卡户学生享受最高档。②对红卡户、蓝卡户、黄卡户及农村低保户学生、特困救助学生和残疾学生免学费，对"红卡户"学生另外再免书本费。③在我市井冈山旅游中专就读贫困学生每年免除本专业学费，对一、二年级就读的贫困学生每年按2000元标准发放国家助学金。

（4）中高职阶段。对在初、高中毕业考入中等及大专职业院校的建档立卡贫困户子女每人每学年补助3000元，连续补三年，五年制的连续补五年。

（5）大学阶段。①对考入全日制普通高等院校（除大专职业院校）的建档立卡贫困户子女，给予5000

元高考入学政府资助金；对考入高等院校的特困生再由市"爱心扶贫基金"筹资给予一次性资助 3000 元。②对当年录取普通高校的新生和高校在读的学生，实行应助尽助、应贷尽贷，提供每年 8000 至 12000 元额度的生源地助学贷款，并实行在校期间国家财政贴息的优惠政策。③对当年考取大学的贫困户子女补助路费，省内高校一次性补助 500 元，省外高校一次性补助 1000 元。

（6）每年对建档立卡贫困户子女报考水利、农业、林业"三定向"的加 20 分投档；在师范"三定向"指标中，每年切出 30% 的招生指标用于招录建档立卡贫困户子女，帮助其实现教师梦想。

在井冈山采访时，曾任神山村第一书记的陈学林告诉我，他的帮扶对象赖志鹏就是这项教育扶贫政策的受益者。

赖志鹏是神山村周山组的一个"黄卡贫困户"，因患有肺病，做过手术，身体虚弱。夫妻俩带着两个小孩，一儿一女，家庭经济条件比较差。为了解决他的后顾之忧，村委会经过考察后向上级报告，申请把他正在读高一的女儿作为"三定向"培养对象，保送到吉安卫校上学并获得批准。毕业后，孩子直接分配到神山村卫生所工作，而且，孩子上学期间可以报销四次往返路费。

毫无疑问，在全国率先完成脱贫摘帽的井冈山市，在从脱贫攻坚转向乡村振兴的关键时期，把教育扶贫作为扶贫工作的头等大事来抓，的确是明智之举、科学决策。正如井冈山市委领导班子所立下的誓言："我们绝不让一个孩子因贫困而失学，一定要阻断

"暖流"助学活动

贫困的代际传递！"

这是一个斩钉截铁的誓言！是那么的响亮，是那么的铿锵！

祝福你们，井冈山的孩子们！

有了共产党人这样的誓言，你们的人生有希望了。

脑袋"富"起来

28

说起神山村名字的来历，就连神山人也很少有几个说得清楚。

《茅坪乡志》记载："因四周高山环拱，状若城垣，神山村古名为城山，后来演变为神山。"

叫神山，是有根据的。烈士左桂林的孙子左秀发家所保存的《左氏家谱》，其中有"江西宁冈县九保之神山"的记载。这部家谱编修的时间为1917年。

叫城山，也是有根据的。在神山村村委主任助理、会计李石龙的母亲、神山组村民邹长娥家中，保存有一张宁冈县土地房产所有证，编号为"第三二五号"，钦印人是县长孙宗羲和副县长唐文龄、谢文生，颁发时间为1953年2月4日。在这张土地房产所有证上清清楚楚地写着：第四区茅坪乡城山村。无独有偶，周山组的赖发新也保存着一张宁冈县土地房产所有证，是同年同月同日颁发的，不同的是这一张土地房产所有证上写的是"第四区茅坪乡周山村"。可见，1953年的时候，神山和周山不是同一个村子，而是两个村子。值得注意的是,在周山村的土地房产证的"座落及小地名"一栏里,可以看到两个与城山相关的小地名——"城山山尾垭背"和"城山河边",这再次证明神山村在 1953 年的时候依然叫"城山"。

其实,神山还曾叫过"红山"。神山村老支书彭水生就曾说过,在"文化大革命"时,神山还曾改名为"红山"。神山组村民彭青良家中就保存有一本"茅坪公社坝上大队红山医疗站"的处方笺可以作证。不过,此时神山村合并到了坝上村,"红山"应该是坝上大队的一个生产小队。

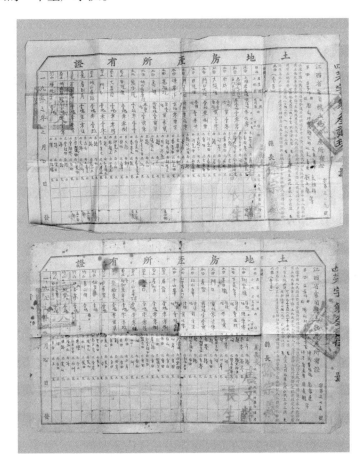

1953 年颁发的
土地房产所有证
丁晓平/摄

218

"神山"这一名称到底怎么来的呢？或许真的没有知道了，有些人认为是"城"和"神"在发音上的误读而成。在当地的老一辈村民中，将"神山"读成"城山"的大有人在。

如果从行政区划上来说，《茅坪乡志》的记载是：1949年新中国成立前夕，神山村属象山乡。新中国成立初期属第四区（龙源）茅坪乡坝上代表区；1958年属大陇公社坝上大队；1962年从坝上大队析出设神山大队；1966年属茅坪垦殖场；1968年并入坝上大队；1972年又从坝上大队析出为神山大队；1984年改为茅坪乡神山村民委员会，辖神山、周山2个村民小组。村民全为从湘、闽、广等地于200多年前迁徙而来的黄、赖、左、彭等姓氏的汉族客家人。

神山村也有许多美丽的传说。

相传很久以前，神山村这个地方住着两大家族，一户姓刘，一户姓邹。刘家有钱有势，人丁兴旺。于是，邹家眼红了，羡慕嫉妒恨。邹家有一位地理先生，很会看风水，发现问题出在刘家的祖坟上。因为刘家祖坟风水好，所以发达，而且他预测到刘家马上又要出人才了。恨从心头起，恶向胆边生。于是，邹家便想捉弄刘家，派这位地理先生假心假意地来到刘家，帮刘家看风水。刘家很热情地接待了他。他就以三寸不烂之舌把自己设计好的套路告诉刘家，说刘家马上要遭难出大事，凶多吉少。刘家心急火燎，就请教他如何消灾避祸。他就欺骗刘家，说问题就出在祖坟上面，风水如

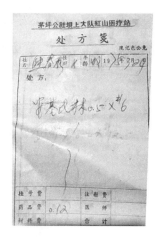

"红山医疗站"处方笺
丁晓平／摄

何不好,建议刘家赶紧迁坟,还为他们看好了日子。刘家信以为真,黄道吉日,赶紧迁坟。谁知,刘家一打开祖坟,发现棺椁上站着三只还没有睁开眼睛的乌鸦,翅膀扑棱了几下,就死了。三只乌鸦,本应是出人才的好兆头。现在乌鸦死了,刘家大惊失色,这才知道是上了邹家地理先生的当。于是,刘家决定报复邹家。当晚,刘家组织所有男丁悄悄地赶到邹家附近,挖断了邹家的"龙脉"。第二天早上,邹家发现自家的"龙脉"山丘已夷为平地。害人害己,从此神山的邹家和刘家都逐渐败落,直至今日,已经没有一户人家。

两强相争,两败俱伤。传说不仅仅是传说,故事也不仅仅是故事,它带给我们的是深深的思考,其深刻的寓意时刻在警醒着我们:如何耕读传家? 如何为人处世?

神山村民宿
"初心小院"
丁晓平 / 摄

抵达神山村的第一个夜晚，在我居住的民宿"初心小院"里，我听说了上面这个故事。我依然记得那个夜晚，山村安静极了，潺潺的流水从村庄边的小溪流过。故事的讲述者叫彭丁华，他也曾当过一届神山村的村支书，他的父亲就是为习近平总书记竖大拇指点赞的老支书彭水生。

"初心小院"是神山村最"高档"的民宿了，开发者是井冈山市政协委员梁远斌。屋子的主人，也就是我的房东，名叫胡玉保。

胡玉保是个有故事的人。听说我是作家，他就主动找到我，要把他的故事讲给我听，我当然欢喜。他说："你是城里的文化人，我愿意讲给你听。"然而，我没有想到这个平时在村庄里沉默寡言，像一块泥土不招人不吭声、不显山不露水的老农民，却是一个苦命人。

"初心小院"的房东胡玉保
丁晓平 / 摄

胡玉保祖籍也是湖南，1945 年出生。不到 1 岁时，父亲就去世了，连父亲长什么模样都不知道。8 岁的时候，母亲又去世了。就这样，他跟着堂姑生活了两年多。10 岁那年，堂姑去世了，他只好回家。1958年,13岁的他开始自己养活自己,给生产队看牛,当起了放牛娃。胡玉保兄妹四人,一个哥哥,两个姐姐。大哥胡珂在1957年响应国家开发井冈山的号召,来到了江西。这时因为嫂子病逝,留下了一个两岁的孩子,大哥就跟着胡玉保一起在湖南生活。1965年,大哥下放到了神山村。第二年,生活没有着落的胡玉保就带着侄子胡金生一起来投奔哥哥,来到神山村。这时,大哥已重新组建了家庭,与神山村的彭桂莲(老支书彭水生的胞妹)结婚。因为贫穷,没有房子,大哥就在山上搭了一个竹毛棚。21岁的他跟着哥哥一家劳动,学会了砍竹子、干农活、挖笋子,成了一名地地道道的神山人。谁知道,1969年,大哥又突然去世了,留下了一儿一女,男孩叫胡庆忠,女孩叫胡春花。

"我家里好苦啊,太穷了。"说起这些往事,胡玉保深深地叹了口气。亲人接连不断地去世,孩子一个个嗷嗷待哺,一个家就这样塌了下来。那时候,大侄子金生7岁,二侄子庆忠4岁,小侄女春花才1岁。胡玉保尝过没有父爱母爱的滋味,但尝尽了无家可归的卑微。

怎么办?

嫂子彭桂莲小心翼翼地问他:"能不能把两个孩子送走一个?"

胡玉保斩钉截铁地说:"我家的小孩不能送人。你养不起,我来养!"

嫂子沉默了。

眼见着一个美满的家就这样破碎了,好心的隔壁邻居来找胡玉保,都悄悄地建议他和嫂子一起搭伙做饭,一转房,把亲结了,这个家就有救了。

胡玉保犹豫不决,没有答应。

一晃,大半年过去了。有一天,大哥在井冈山的朋友来了,悄悄地跟胡玉保说:"玉保,大哥走了,现在三个孩子,你看怎么办?"

"我养着呗。"

"你一个人养,也养不起啊!"

"只要我有一口饭,就有孩子们半口。"

"那你嫂子呢?你嫂子怎么办?"

"我没想过。"

"依我看呀,你就和你嫂子一起过吧。"

胡玉保不说话。

"如果你不跟桂莲结婚,这个家肯定就完了。她那么年轻,你不跟她结婚,她总要改嫁的。她改嫁了,这几个孩子怎么办?你想过没有?要么她带走,要么留在家里。带走,你又不同意。不带走,还不是你要管。你要管,负担很重,将来找老婆都找不到了。"

胡玉保心里七上八下,想了想,没说话。朋友的提醒,让他想起嫂子曾经问他要不要把孩子送人抱养的话。

"嫂子问你,那是试探你,想听一听你的看法呢?"大哥的朋友开导他说,"嫂子贤惠,知道你还没有结婚,一个大小伙子娶一个二婚的寡妇,害怕人家笑话你。"

大哥朋友的一席话,拨动了胡玉保的心弦。

"你不跟桂莲结婚,这个家就散了。"就在这个时候,湖南老家的两个姐姐和亲戚朋友也都来劝他,"你们俩年纪又一样大,挺般配的。"

大家都希望胡玉保答应转房,挽救这个破碎的家。

经过一年多的左思右想,胡玉保答应了。1970 年年初,25 岁的胡玉保和 25 岁的彭桂莲结婚了。年底,他们有了自己的孩子,生了女儿胡秋花。女儿是在茅坪医院出生的。因为彭桂莲患有风湿性心脏病,妇产科的医生是一名上海知青,建议流产,要不然大人有生命危险。但是,彭桂莲坚决不答应,一定要冒着生命危险把孩子生下来。她知道,她必须为胡玉保生下这个孩子,要不然她会欠丈夫一辈子。胡玉保懂得妻子的心思。孩子顺利生下来了,母女平安。从此以后,他更加爱她了,心疼她,从来不让她做体力劳动。生活上虽然很苦,但胡玉保和彭桂莲相亲相爱。他深情地说:"我们俩从来没有吵过架,有矛盾了,双方都能够冷静想一想,分析对和错,然后主动向对方道歉。"

1971 年,因为读过小学,彭桂莲参加了乡里卫生员培训,成为一名农村接生员,技术相当娴熟,名闻乡里。遗憾的是,因为文化差一点,理论笔试成绩不过关,彭桂莲就没有通过转正,未能成为一名真正的助产士。说起这些,胡玉保真心地为妻子感到惋惜。

彭桂莲通情达理,与人为善,乐于助人。因为人贤惠,人品好,接生的技术又好,乡亲们都非常喜欢她,远乡近邻都有好人缘。可惜的是,1997 年,彭桂莲因为心脏病突发去世,年仅 52 岁。胡玉保悲痛不已。不久有人劝他再找一个老伴,他坚决不肯。他把妻子的照片镶嵌在相框里,放在自己的床头。如今,22 年过去了,他每天早上起来,都要看一看,和妻子念叨几句。

我问他:"你现在还想她吗?"

"想啊,一个人在家的时候,就想她。22 年了,我还是怀念她。"胡玉保说起这些, 心中涌起一阵伤感,"我总是想她对我的好,她是一个好聪明的人,关心爱护我,叮嘱我不要把身体搞坏了。"

现在,胡玉保一个人独立生活,孩子们对他都非常孝顺,非常懂事,懂得感恩。过年过节,孩子们都要来看望他。他过得很幸福,也非常知足。本来,妻子让大哥的两个孩子喊他爸爸,但那时候他年轻,觉得不好意思,所以就一直叫他叔叔。前不久,有一次叔侄俩谈心,胡庆忠跟他说:"叔叔,没有你,我们这个家就完了。我小时候叫你爸爸,你不愿意呀。"

每每听到侄儿侄女说起这些暖心的话,胡玉保心里就感到特别幸福、特别甜蜜,觉得这一辈子没有白活。

在神山村采访的日子里,我一直都住在"初心小院"里。作为房东,胡玉保从2018年开始把他家前排的这幢二层楼房出租作了民宿,自己一个人住在后面的平房里,每年能够获得租金6000元。因为前排的房子有大哥的份,所以他把租金分一半给大侄子胡金生。

真实的永远比虚构的更精彩!听完胡玉保老人的讲述,我内心十分震撼。他的故事比那些乱七八糟的小说、胡编乱造的神剧,不知精彩多少倍!我为他竖起了大拇指,为他的真情、真心和埋在心底的那份深沉的爱,以及他主动给我讲述的勇气。

在这个秋雨绵绵的夜晚,我听见了他的笑声,那是父亲般爽朗的开怀的笑声。这时,他指着自己的眼睛说:"这是一个人的眼光问题。"

哦!那一刻,我不仅理解了这位神山村的农民,而且心中的感动也自然而然转为敬佩了。

这是一位有情有义的老人,是一个有担当的大男人,是一个不忘初心的好男人!

在结束采访离开神山村的时候,胡玉保老人拉着我的手,有些依依不舍的样子,不停地问我什么时候再来,好像把我当成了他的知音。我答应他，有机会我会再来神山村，再来看他。

"初心小院"的爱情故事，感动了我，我相信也会感动你。现在，我把这份感动写在这本书中，就是要把这段美好的爱情故事写进神山村的历史，让神山的孩子们懂得爱一个人是多么不容易，懂得如何去热爱人生，热爱生命，热爱家庭，从而好好地珍惜身边爱你的人和你爱的人。

神山村人不多，左邻右舍，七大姑八大姨，多多少少都有一些血缘关系。"外面的嫁不进去，里面的娶不进来。"神山村第一书记兰树荣用"盆地婚姻"来形容神山村的社会关系，应该是比较贴切的。

神山村东连柏露乡，西接桃寮村，北邻坝上村，南毗大陇镇。周山水流经神山村注坝上滩头归入茅坪河。但神山村的周山组与神山组之间，历史文化和社会关系有着显著的不同。

周山组现有 11 幢房子，住着 21 户人家，共 86 口人，基本上都姓赖。因为平地少，所有的房屋都集中在一个山坡上，一条新修的公路穿村而过，坡上坡下，也算整齐划一。

周山的来历，有人说是从古代神话中的"不周山"衍变而来的，但谁也没有确凿的考证。有据可查的是，赖氏家族在这里生存繁衍有近 500 年的历史了。曾担任神山村村长的赖志成带着我去了他一出生就没有离开过的地方，这里的一草一木都是他熟悉的。站在赖氏宗祠遗址的前面，他告诉我，如果天气晴好，从这里向东南方向望去，有一座非常漂亮的山，名叫"笔架山"。遗憾的是，我在神山的这些日子，几乎天天烟雨蒙蒙，云雾缭绕，无法看到这样的美景了。

或许与这座远方的"笔架山"遥相感应，周山组的赖氏家族还

真的出了一位读书人,名叫赖尊立。《茅坪乡志》的历代知名人士
中有关于他的文字记载:

> 赖尊立(1836 年至 1910 年),出生于道光十六年
> (1836)2 月,神山村周山村民组一个农民家庭。又名
> 家和,字慕惠,号柱维。兄弟 4 人,排行老四。赖尊
> 立自幼习读孔孟,精通"六艺文学"。18 岁就是"邑中
> 庠生",热中(衷)科举,但"壮志难酬",连连失利,
> 直至光绪乙丑(1890)恩科才钦赐举人,其时已经 54
> 岁。他虽然成了"钦赐举人",但一生未能涉足官场,
> 只是四处游泮,教习孺子。他为人"道貌古风、视听
> 聪明、谦卑中和",直至晚年红颜白发。人咸称其为
> "周山美髯公",颇有隐士之风。赖尊立逝于宣统庚戌
> (1910),享年 74 岁。其家谱称其"宋先待后、福寿无
> 穷"。葬于周山村仙人献掌形,生子有四。❶

❶ 《茅坪乡志》,中共党史出版社 2015 年 11 月版,第 347—348 页。

的确,赖尊立是周山赖氏家族的光荣。在赖氏宗祠遗址的旁
边,矗立着一块黑色的旗杆石。在封建社会,经过科举应试获得功
名者,就可以在宗祠或祖屋门前竖旗杆石,以此彰显身份,耀祖光
宗。遗憾的是,因为没有得到很好的保护,周山钦赐举人赖尊立的
旗杆石因风雨的侵蚀已经风化,长满了青苔,上面的文字已经模
糊不清无法辨认。尽管如此,它依然骄傲地站在这里,昭示世人,
激励后辈。

天空下着小雨,出于好奇,我还是走上前,站在旗杆石前,在
赖志成、赖福山、赖发新等赖氏后人的努力指认下,依稀才能发现

赖氏宗祠遗迹
丁晓平/摄

清朝举人赖尊立的旗杆石
丁晓平/摄

上面曾经有过文字的痕迹。不过，土生土长的他们小时候是看见过字的。因为下雨，我提醒赖福山的妻子回家拿来一块塑料布，将其盖上。

关于赖尊立的故事，还有一件非常重要的文物。赖志成和赖发新带着我去了"蓝卡贫苦户"赖福洪家里。不一会儿，赖福洪从楼上取下了一块破旧的长方形的木板，长约150厘米，宽约60厘米，厚约7厘米。这是赖氏宗祠留下来的一块匾额，因为年代久远，又没有得到很好的保护，牌匾周边已经破损缺失、发裂。因为油漆完全剥落消失，露出了它本来的面目，这块匾额是用四块木板拼接而成。不过，令人惊喜的是，匾额上的文字依然清晰如初，正面镌刻着两个方正楷书大字"文元"，中间正上方镌刻着两个竖

排的楷书小字"钦赐",笔力雄健,苍劲浑厚,潇洒飘逸,端庄稳重。遗憾的是,它的题款、落款和印章均损毁不见了。如果保存完好,它正面的底色应该是酱红色,文字应该是金黄色,鲜艳夺目,皇家气派。"钦赐文元"就是举人,这块匾额是赖尊立历史地位的有力物证,可谓赖氏家族的"宝贝",也是神山村悠久的历史文物之一了。

在赖福洪家的门口,有一口巨大的石水缸,山上引来的泉水哗哗地流进来,又汩汩地流出去,清澈透明。这样的石器,在赖氏宗祠的遗址上还散落着好多个。此前,神山村第一书记兰树荣跟我讲过赖氏家族"五石分家"的故事,现在亲眼看到了实物,更加获得了一种历史感。

原来,赖氏家族是从江西赣州安远县迁徙到周山的,家风淳朴,长幼有序。赖氏祖辈在周山落脚生根后,生了五个儿子。待儿子长大成人后,在他们成家立业之际,父亲从附近的山上开采了一批巨石回家,又专门请来石匠,给五个儿子每人打造了一个"五件套"的家具,即"石五件"——石磨、石碓、石水缸、石食槽、石湖塘,不多不少,不偏不倚,每人一套。父亲让儿子们独立门户,不要依靠父母,希望他们自食其力,自力更生,勤俭持家。

赖氏"五石分家"的故事,正好印证了江西地方的一句谚语:"靠娘娘会老,靠墙墙会倒,只有靠自己才长久。"

"扶贫先扶志。"在脱贫攻坚工作中,我们也可以从赖氏"五石分家"的故事得到启发。来神山村采访之后,我发现,脱贫攻坚战其实是在"一个战场"上同时要打赢"两场战役"——一场是要战胜经济物质上的贫困,一场是战胜精神思想上的贫困。

"神居胸臆,而志气统其关键。"习近平总书记在《摆脱贫困》一书中生动阐释了扶贫与扶志的关系:"扶贫先扶志","地方贫困,观念不能'贫困'","不能因为定为贫困县、贫困地区,就习惯于我们县如何如何贫困,久而久之,见人矮一截,提不起精神,由自卑感而产生'贫困县意识'"……精神的贫困比物质的贫穷更可怕,这种看不见的贫困会让脑袋里的"怕"转成行动上的"慢",给脱贫带来极大负面影响。"靠着墙根晒太阳,等着别人送小康",不仅不可取,而且不可能。

其实,早在1984年一份中央关于帮助贫困地区尽快改变落后面貌的文件中,就有这样的表述:"改变贫困地区面貌的根本途径是依靠当地人民自己的力量。"70年来,我国反贫困斗争能够取得历史性成就,就在于始终坚持从思想上"拔穷根"。从20世纪60年代7万人、10年时间铸就的河南红旗渠精神,到90年代"搬家不如搬石头,苦熬不如苦干"的云南西畴精神,再到新时代誓要打赢脱贫攻坚战"不获全胜,决不收兵"的万众一心,都充分印证了习近平总书记做出的论断——"脱贫致富贵在立志,只要有志气、有信心,就没有迈不过去的坎"。

打好打赢脱贫攻坚战,是革命老区高质量发展的前提。令人欣慰的是,问起脱贫后的想法,井冈山群众有着共同的认识。就像神山村村民彭夏英所说："政府只能扶持我们，不是抚养我们，幸福生活要靠自己奋斗。"

在神山村采访的日子里，我发现每家每户的堂屋里都装裱悬挂着一份"家训"。这让我感到有些意外的惊喜。我们知道，家训是家庭对子孙立身处世、持家治业的教诲，是中华民族家庭文化的重要组成部分，对个人的教养、原则都有着重要的约束作用。有良好的家训，才能培育良好的家风，有了良好的家风，家族、家庭成员的精神面貌、道德品质、审美格调和整体气质、文化风格才能健康向上，形成强大的社会正能量，对国家、民族的发展都起到重要的、积极的影响。

下面，我们一起来分享一下神山村赖氏、黄氏、左氏、彭氏的家训，看一看，学一学，悟一悟。

"赖氏家训"的内容是："屋要好住，人要好心。行要好伴，居要好邻。兄友弟尊，妇温夫爱。子孝父严，母慈媳敬。肩担道义，胸怀天下。诚实劳动，四海为家。薄财重义，为国为民。读书明理，修身养性。"

"黄氏家训"的内容是："勤劳为本，节俭家荣。父慈子孝，兄友弟恭。有情有义，有失有得。有胆有识，有礼有节。送子读书，儿行孝道。积谷防饥，积德防老。科技致富，读书为先。和睦友善，勤俭节约。"

"左氏家训"的内容为："重优生，兴教育。讲勤俭，不浪费。广行善，勿生非。忌逞强，睦邻里。不欺人，守信义。知荣耻，晨健体。明事理，守法律。严治家，敬长辈。"

"彭氏家训"的内容为："以德交友，以诚服人。家庭和睦，邻里相亲。薄财重义，为国为民。读书明理，修身养性。两袖清风，浩气长存。廉洁奉公。勤政为民。举止稳重,语言文明。尊老敬贤,爱幼乐施。"

作为中国传统文化的一部分,家训对个人、家庭乃至整个社会都有良好的促进作用。神山村与时俱进,把各姓氏家族的"家训"立起来,大力弘扬中华民族传统文化,努力让乡亲们在口袋富起来的同时脑袋也跟着"富"起来,这是值得点赞的。

是啊,家训挂在墙上了,但它不能仅仅只是挂在墙上、说在嘴上,更应该记在心间,落实到行动上,渗透在我们生活的点点滴滴中。这让我在井冈山的"红色"("红色引领")和"绿色"("绿色崛起")中,又看到了神山的另外一种颜色——"古色"——古色古香的历史传统文化气息。

习近平总书记说:"望得见山、看得见水、记得住乡愁。"什么叫"记得住乡愁"? 我想,家训也应该是乡愁最美丽的内容之一吧。

29

2019 年 1 月 30 日,神山村又登上了《人民日报》的头版头条。

这篇通讯是《人民日报》策划的"总书记的深情牵挂——来自贫困乡村的精准脱贫故事"系列报道之一。作者为该报记者卞民德、孙超。在这篇题为《创业收获致富果 八方客来农家乐》的通讯中,记者分别从"告别贫困"、"转变观念"和"规划未来"三个方面,报道了神山村的脱贫攻坚工作。

我是 2019 年 10 月 11 日抵达神山村采访的,与《人民日报》记者这篇报道发出的时间相差 8 个多月。等到我 2020 年 1 月在北京开始写作这本书的时候，我才看到《人民日报》的这篇报道，时间已经相隔整整一年。

我认为，《人民日报》的这篇通讯是 2015 年以来所有写神山村脱贫攻坚的新闻报道中最好的一篇。因为它写得客观、真实，既报喜，也报忧，不仅有高度、有深度，而且有温度。尤其是"转变观念"和"规划未来"这两节，写得有礼有节，值得琢磨，也值得神山村的乡亲们反复阅读。原文摘录如下：

转变观念

"政府扶持我们，不是抚养我们。要是富裕不起来，那就辜负了总书记的期望"

"入股的几个人，都是村里干部。"

"他们也搞餐饮，影响村民生意。"

新落成的扶贫大讲堂，争议不小。说起这事，村干部也一肚子委屈："开了几次会，叫村民一起干，可没人响应，只好干部带头。"

黄洋界，八角楼，神山村夹在中间，位置得天独厚。尝到了旅游的甜头，神山人认准这是条好路子，一股脑冒出 17 家农家乐。

可搞旅游，终究是新鲜事，真做起来，烦恼也不少。

论空间规模，神山村地域太小；论旅游产品，神山村相对单一。游客慕名而来，不大会儿就看完，顶多拍个照、打几下糍粑，往往饭都不吃就走。

"服务水平、硬件都成问题，很多团队一听说村里的接待能力，就不来了。"彭展阳说，游客需求多样化，神山村却满足不了，"游客越来越多，但能留下来的少，村民挣不到钱。"

2018年上半年，一次接待活动，让村干部李石龙大长见识。服务人员都是借调来的，全程专业化、标准化服务。客人从落座到离开，用餐过程中，不用起一次身。

"我们的农家乐，客人坐下，想喝茶没茶，用餐没纸巾，吃完饭没牙签。"李石龙坦言，不赶紧转变，肯定难长久。

"政府扶持我们，不是抚养我们。要是富裕不起来，那就辜负了总书记的期望。"彭夏英也担心，单打独斗，成不了气候。

一方水土，如何能长久富裕一方人，神山村寻路心切。

村里的全国人大代表左香云，领衔旅游协会，对外跑市场，对内统一分配客源。村里改造进出黄洋界的古道，建成红军小道，将附近红色遗址穿珠成链；依托扶贫大讲堂，开发精准脱贫课程，成立好客神山旅游股份有限公司，对接红色旅游培训机构。

不过，对这些新尝试，不少村民观望。最大的顾虑，还是怕搞不成。

（时任）茅坪乡党委书记刘晓泉说，村民有疑虑、不理解都正常，是对发展路径和理念的认知有差异，"观念碰撞不是坏事，起码说明村民有发展意愿。党委和政府要加大支持力度，引导干部群众劲往一处使"。

规划未来

"生活好的过得更好，生活一般的上台阶，脱贫致富的果子越结越实"。

新房即将完工，赖福山和儿子商量，只留一层自住，其他租出去，用来做民宿。

"一年租金 6000 元，有客入住，一间房一晚还能得 10 元。"这事，一家人都赞成。赖福山笑言，"我们也想沾沾旅游的光。"

神山村有两个村组，一个是神山组，一个是周山组，相距 1 公里。老话说，自古神山一条路，走到周山路一条，必须原路返回。虽属一个村，却像两个世界：神山组游客爆棚，周山组鲜有人至。

2017 年，有企业到神山村开发民宿。仅有 15 户的周山组，有 7 户签了房屋出租合同。

"少数人富不算富，共同富裕才是真富。"挂点联系神山村一年多，茅坪乡干部李燕平说，"要让更多村民融进来，一起增收致富奔小康。"

近 3 年间，记者多次走进神山村。与前两年相比，这一年神山村的发展似乎变慢了：有的规划尚未落实，有的道路仍在建设，有的工程刚起了头。

"一开始要做的事很多，变化比较明显。现在做提升，劲都使在暗处。"在刘晓泉看来，这是神山村必经的阶段。"后续发展要靠市场，不然现在搞得漂漂亮亮，没有市场主体运营维护，难免走向衰落。"

一系列动作，正悄然展开。向外看，黄洋界、神山村、八角楼连点成线，一条精品旅游线路即将打通。向内看，神山学院规划设计完成，糍粑小镇加快推进，民宿改造雏形渐显。

那年跟总书记一起打糍粑的李宗吾，刚把客厅的水泥地换成了水磨石，二楼正逐间改造。他还有个计划：收拾一下存放杂物的仓库，夫妻俩住过去；腾出来的房子，全部做民宿。

之前，儿子贷款做生意失败，李宗吾再遇事，坚决不贷款。可看到企业投资的民宿项目进展飞快，他有些坐不住。这天，正巧赶上井冈山农商行来做金融扶贫宣讲,他也领了一张票去听。

"生活好的过得更好,生活一般的上台阶,脱贫致富的果子越结越实。"左香云也在找资金,想帮村里修条旅游环形路,沿线增设摊位,让住得偏的村民也来挣钱。

离开神山村,阴雨天行将结束。之前被冰冻压弯的翠竹身姿渐挺,耳畔回响起村民的话:"过段时间你们再来,一定会有新看头!"

之所以如此大段原文引用《人民日报》的这篇报道,绝不是因为我偷懒,也不是因为我的采访没有深入,而是我想在相隔251天之后,看看我在神山村的采访与《人民日报》的报道有没有什么不同。或者说,《人民日报》上述报道中提出的问题、建议以及展望,在相隔251天之后,神山村有没有发生什么新的变化? 这才是我最为关注和关心的。当然,251天,时间不算太长,也不可能对一个村庄的变化提出太高的要求、作出过高的期待。

神山村有没有变化呢?

我们先来听听乡亲们是怎么说的。

——"能不能留住人? 能不能留住钱? 能不能消费? 有人来,才有江湖,才有市场。神山的路怎么走? "

——"农家乐现在是吃流水席,今天东家,明天西家,应该抱团取暖,统一管理。"

——"基础设施建设缓慢,民宿管理没有用标准,'红培'管理也不规范。"

——"扶贫大讲堂到现在没有派上用场,引进的民宿处于停滞状态,坐吃山空,鸡飞蛋打。"

——"总书记到过的人家都富裕了,没走过的人家呢? 神山组好了,周山组怎么办？"

——"大家都赚钱了,可是人与人之间的关系却紧张了,亲情没有了,乡情淡薄了。"

——"以前我们神山村多么团结和睦,现在有钱了,为了一点个人利益,甚至还吵嘴打架,动了手脚。"

——"富裕的人更富了,穷的还是穷。新的贫富差距又产生了,且越来越大。"

——"人大代表和村干部带头,要敢于带头,向自己开刀,做出好样子。"

——"茶叶地基本上荒芜的,被公司承保之后,基本上没有使用,反而山地空闲在那里。"

——"村务应该公开,财务应该公开,基础设施建设招投标应该公开透明,村干部要听得进群众的意见。"

采访是开放式的,一对一,面对面。听说我是北京来的,乡亲们说话就更大胆了,实话实说,"公说公有理,婆说婆有理"。这不是坏事。我当然喜欢也需要听真实的声音。在这里,我要感谢乡亲们对我的信任。

好了,神山村的乡亲们都打开窗子说亮话,把心中的委屈、牢骚甚至不满都说给我听了,我也都记录下来。说出来总比不说好,说出来就说明大家都在关心神山,说明大家都发现了问题。有问题不可怕,可怕的是发现了问题,不闻不问,事不关己,高高挂起,漠不关心。现在,我把干部群众想说的话都摆在了桌面上,可以看见,大家对神山的现实矛盾和未来发展都是有共识的。既然有了共识,就能够统一思想。统一思想就需要包容妥协、兼容并蓄,最终实现共建共享、共生共荣。

兼听则明,偏信则暗。我们也应该听听村干部的意见。

的确,自从习近平总书记2016年2月2日来到神山村,神山村翻天覆地,实现了华丽转身。总书记前脚走,大批游客就循着他的足迹蜂拥而至。村民在自己家里搞起了农家乐,打糍粑也成了神山村特有的产业,他们还利用本地资源,搞起了竹制品加工、酿酒、养蜜蜂等。但是问题也随之而来,矛盾也来了。

"就像从天上掉下了一块大馅饼。"前任村支书黄承忠笑着说,"神山村像魔术师玩的'变脸',一夜之间成了'万元户',老百姓似乎还没有回过神来,就开始抢天上掉下来的这一块大馅饼,一时间还不知道怎么吃。"

怎么吃?会不会吃?吃哪里?谁多吃?谁少吃?这都是问题,也都是矛盾。

的确,神山村的发展一开始的规划就走了弯路。八仙过海,各显神通。看似公平合理,实际上这种依然停留在改革开放初期的"个体户经济"模式制约了未来的可持续发展。靠单打独斗,看似你好我好大家好,江水不犯河水,其实最后大家并不好。只能是核心区域的几家得利了,其他的人家并没有得到好处。时间久了,贫富差距越来越大,两极分化,一盘散沙。如果仅仅只是依靠个体经济,不及时发展村集体经济,神山村的品牌就永远建设不起来。神山要大胆地请进来,走出去,彻底根除"排外思想",明白"大河有水小河满"的道理,不能再摸着石头过河了。

村支书彭展阳愁眉不展:"大会小会开了多少次,许多事情就是推不动,真是受了很多冤枉气。我最大的困惑,不是我个人的家庭的经济问题,主要是老百姓对我们村委的决策不太理解和支持,做工作相对比较难。比如乡村振兴,人居环境整治,动了谁家的一块木头都嗷嗷叫。"

彭展阳的这种感受,黄承忠有过,李燕平有过,陈学林有过,兰树荣有过,就连康莉也曾感受过。比如,安居扶贫时搞危旧房改造,为了让村庄更加美丽起来,市里要求统一把村里的黄色土坯墙粉刷成庐陵风格的白墙黛瓦风格。偏偏就有几户不愿意。怎么办?黄承忠说,那个时候,就得入乡随俗,找个周末喝点小酒沟通个人感情,各个击破。这天晚上,终于做通了某"钉子户"的工作,事不宜迟,黄承忠深更半夜就请来工人迅速把墙壁刷成了白色。再比如,旅游风景区不让养狗的问题,也还是没有解决,总有一些群众不听招呼,步调不一致。

的确,麻雀虽小,五脏俱全。神山村别看小,但做起工作来,也不容易。在搞好基础设施建设的同时,村集体应该搞活集体经济,但因为牵涉利益广,矛盾大,许多想办、能办的事情却办不成、办不好,裹足不前。当然,神山村的矛盾是发展中的矛盾,是前进道路上的必然阶段,是历史的一个过程。多少年后,或许生活中发生的这一切,神山人终于发现,只不过是人生舞台交响中的一段插曲而已。

可是,工作中为什么会出现这些矛盾和插曲呢?说白了,问题都出在"利益"二字上,归根结底是一个"私"字在作怪。

有利益的地方就有纷争,有纷争就影响团结。关于这个"私",著名社会学家费孝通先生在他的名著《乡土中国》中,曾经有过精彩的论述,我愿意在这里与我神山村的乡亲们一起学习、一起分享。

在乡村工作者看来,中国乡下佬最大的毛病是"私"。说起私,我们就会想到"各人自扫门前雪,莫

239

管他人屋上霜"的俗语。谁也不敢否认这俗语多少是中国人的信条。其实抱有这种态度的并不只是乡下人，就是所谓城里人，何尝不是如此。扫清自己门前雪的还算是了不起的有公德的人，普通人家把垃圾在门口的街道上一倒，就完事了。苏州人家后门常通一条河，听来是最美丽也没有了，文人笔墨里是中国的威尼斯。可是我想天下没有比苏州城里的水道更脏的了，什么东西可以向这种出路本来不太畅通的小河沟里一倒，有不少人家根本就不必有厕所。明知人家在这河里洗衣洗菜，毫不觉得有什么需要自制的地方。为什么呢？——这种小河是公家的。

一说是公家的，差不多就是说大家可以占一点便宜的意思，有权利而没有义务了。小到两三家合住的院子，公共的走廊上照例是尘灰堆积，满院生了荒草，谁也不想去拔拔清楚，更难以插足的自然是厕所。没有一家愿意去管"闲事"，谁看不惯，谁就得白服侍人，半声谢意都得不到。于是像格兰亨姆的公律，坏钱驱逐好钱一般，公德心就在这里被自私心驱走。

从这些事上来说，私的毛病在中国实在比了愚和病更普遍得多，从上到下似乎没有不害这毛病的。现在已成了外国舆论一致攻击我们的把柄了。所谓贪污无能，并不是每个人绝对的能力问题，而是相对的，是从个人对公家的服务和责任上说的。中国人并不是不善经营，只要看南洋那些华侨在商业上的成就，西洋人谁不侧目？中国人更不是无能，对于自家的事，抓起钱来，拍起马来，比哪一个国家的人能力都大。❶

❶ 费孝通：《乡土中国》，人民出版社2008 年版，第25—26页。

费先生上面的这段话是 1947 年说的，今日读来依然振聋发聩。"私"的毛病实在比"愚"和"病"还要普遍，还要可怕，这是不是我们的另一种"贫困"呢？

现在，群众对干部的要求越来越高了，对干部服务群众的能力水平的要求也越来越高了。有一句话叫"致富不致富，关键看干部"，还有一句话叫"小康不小康，关键看老乡"。可是，当你走进脱贫攻坚的现场，你就会发现，更关键的是如何看。在我看来，既要看干部，也要看老乡。干部和老乡就像两只手，一个巴掌拍不响。

神山村在脱贫攻坚的道路上依靠"扶"顺利脱了贫，一部分人也先富起来了，但能否"一个都不能少"地实现共同致富，顺利迈上乡村振兴的康庄大道，神山村还没有交出最好最美的答卷。实践是检验真理的唯一标准。别人走过的弯路能不能重复？别人成功的经验能不能复制？若不能复制，是不是可以借鉴呢？在未来乡村振兴的道路上，神山村能否把现在的光环保持下去？神山有没有、能不能、敢不敢走出一条符合自己的发展道路？神山的路走向何方？能走多远？能走多久？这是大家都在期待、渴望解决的问题。

团结是最美的音符，奋进是最好的感恩。

人心齐，泰山移。彭展阳说："现在最大的事情是人心的融合。下一步就是做好精神文明建设，不但口袋富，还需要思想上、精神上富。"

天时不如地利，地利不如人和。神山的乡村振兴之路，任重道远。不过，我们已经欣喜地看到，神山村的乡亲们已经明白了一个道理：在未来乡村振兴的道路上，口袋富了不算富，脑袋"富"了才算富。我真心期待着，希望并相信着，下一次去神山，一定会有新看头！

30

"靠娘娘会老,靠墙墙会倒,只有靠自己才长久。"

神山村的乡亲们没有辜负习近平总书记的殷切嘱托,积极投入脱贫攻坚战,在党和政府各级组织的引领下,开展"品牌＋基地+合作社＋农户"的经营模式,到 2017 年,神山村实现了全面脱贫,挖掉了千年的穷根,人均收入从不足3000 元提升到 7760 元,提前摘除了"贫困帽子"。2018 年,神山村大力推进产业扶贫、安居扶贫、旅游扶贫等举措,村容村貌发生了欢天喜地的新变化,经济发展再上新台阶,全村贫困人口彻底消除。到 2018 年年底,神山村接待游客 26.2 万人,全村农户人均收入 1.98 万元,其中贫困户人均可支配收入达 9200 元,同比增长11%,实现了脱贫致富。

"一条辫子撸到尾。"这些年,神山村先后荣获了第五届全国文明村镇、中国美丽休闲乡村、第七批"全国民主法治示范村(社区)"和"全国红十字系统博爱家园助力脱贫攻坚精品项目"、江西省 4A 级乡村旅游点等荣誉称号。

神山村脱贫了,老百姓的日子红火了。

神山的乡亲们的感恩之情溢于言表,创作了一首《神山感恩三字歌》。村委会把它设计制作成宣传栏,竖立在神山组与周山组之间的山坡上。歌曰:

---

① 收录本书时, 标点及分段略有修改。

神山感恩三字歌[1]

神山村,山坳里。千百年,贫瘠地。乙未年,总书记,携春来,送暖意。今回首,仍历历。一夜间,春潮起。草木苏,千帆举。

竖立在村道边的
《神山感恩三字歌》
丁晓平／摄

　　日日新，月月异：羊肠道，变街衢；断桥连，路接续；小沟渠，修整齐，水车转，清小溪；房前地，百花丽，屋后山，名树绿；饰立面，新如洗，修房顶，无雨滴，土坯房，成记忆。环村路，更靓丽；安全水，甜如蜜；卫生厕，入画里。村容美，真宜居，如仙境，桃源地。风雨来，有挂记；霜雪至，有提及。

　　产业兴，一批批：老和妇，浸糯米，打糍粑，亦生意；年轻人，抓商机，忙创业，不出去；黄桃树，种遍地，开红花，结富粒，合作社，连一体；农家乐，笋沾雨，炊烟升，风味异，立协会，统管理；土特产，变俏女，金凤凰，山里鸡，活水来，养好鱼；茶叶香，飘四季，神山牌，名鹊起；竹筒酒，山中玉，亮清清，甜蜜蜜；竹木林，绿银行，不乱伐，鸟欢啼，轻低改，价值提，升品质，增效益。

脱贫战，来破题：举措新，拓荒犁；形式多，先锋急；串景点，连景区，深融合，游全域；行步道，全建齐，停车场，好几里；山外客，密如蚁，乐体验，留足迹；外国友，传信息，乘兴来，满意去；兴民宿，留客居，兴致高，旅无忌；帮扶队，聚合力，倾心血，提志气；扶助金，入股去，到年底，有红利，连年增，永受益。

多个人，有名气：彭夏英，勇自立，战贫困，金句题，红杜鹃，是赞誉；左香云，有能力，致富路，急奋蹄，思路广，忙生意，大市场，小工艺，新理念，促升级，热心肠，听民意；赖佰芳，原无居，政府帮，众心聚，甘替苦，住公寓，好日子，活出趣。

神山人，变化巨：口袋丰，今富裕，腰包鼓，脑不瘠，活动多，触书籍，评先进，美名记；爱心墙，笑容聚；深贫户，已无一；暂贫者，信心提，等靠要，都摒弃，自强路，皆卖力，小轿车，已无奇；新电器，入家里；精气神，朝阳里，勤奋斗，幸福经，勇博拼，常温习，小康路，都走起，不缺席，一二一。

神佑山，有福地。遇贵人，逢佳期。振兴篇，好机遇。心含暖，涌感激，莫忘恩，永铭记。十九大，东风疾。崛起路，更鼎力；中国梦，已可期，为实现，驰不息。我河山，多壮丽。远天涯，近江西，频欢歌，多笑语。神山村，仅一隅。小缩影，大道理：时代卷，共答题，作答人，十四亿。

"给钱给物，不如建一个好支部。"现在，神山村党支部正在全

在"感恩总书记、奋进新时代"文化活动中获奖的群众合影

面实施"党建＋乡村振兴"战略，建设美丽神山。他们按照中央确定的"产业兴旺、生态宜居、乡风文明、治理有效、生活富裕"的乡村振兴"二十字"总要求，坚持运用"党建＋"理念，推行"党建＋产业发展""党建＋生态宜居""党建＋乡风文明""党建＋乡村治理""党建＋红色讲习"，把农村基层党建工作融入乡村振兴的全过程，探索党建工作与中心工作融合新模式，构建以党建为引领、统筹推进各项工作的新机制，真正把神山村党支部建设成为带领群众致富奔小康的战斗堡垒。

火车跑得快，全靠车头带。"党建＋乡村振兴"如何落地生根呢？时任茅坪乡党委书记刘晓泉用"三个结合"和"三个同步"做出回答。他说："一是要围绕发展产业，实现群众与集体同步增收；二是要围绕改善环境，实现庭院经济与村庄同步美丽；围绕志智双扶，实现家风乡风同步文明。"

"人民对美好生活的向往，就是我们的奋斗目标。"习近平总书记说，全面建成小康社会，是我们对全国人民的庄严承诺。我们要立下愚公志,咬定目标、苦干实干,坚决打赢脱贫攻坚战,确保到 2020 年所有贫困地区和贫困人口一道迈入全面小康社会。

"时代是出卷人,我们是答卷人,人民是阅卷人。"进入 2020 年,脱贫攻坚战进入"最后一公里"的决胜时刻。在这项伟大斗争、伟大工程面前,井冈山人民又是如何回答的呢?

陪同我来神山村采访的井冈山扶贫办的罗相兰笑着告诉我:"我们井冈山人总结了一个奋斗目标,叫作'三最一跨',就是'红色最红,绿色最绿,脱贫最好,在全面小康的征程中实现高质量跨越式发展'。如果用老百姓的话说,就是要让井冈山'红色放出新光芒,绿色绿出新精彩,脱贫跨出新征程'。"

2019 年 10 月 16 日,就在我离开神山村的这一天,《求是》杂志发表了中共江西省委书记刘奇同志的署名文章《推动井冈山高质量发展的调查思考》。刘奇在文章中说:"井冈山位于湘赣边界罗霄山脉中段,国土面积 1297.5 平方公里,人口 17.1 万。过去的井冈山是国家级贫困县,2013 年初贫困人口 2.35 万人,贫困发生率达 21%,是全国平均水平的 2 倍。经过脱贫攻坚奋战,2016 年贫困发生率下降到 1.6%,2017 年 2 月在全国率先实现脱贫摘帽。井冈山脱贫摘帽后工作不松劲,2018 年贫困发生率进一步降到 0.25%,脱贫攻坚战取得决定性胜利。"他希望井冈山继续在致富路上奋力奔跑,发挥特色优势"造血"功能,激发改革开放澎湃动力,铸牢凝心聚魂的红色基因,让人民群众既富口袋,又"富"脑袋。

"胜非其难也,持之者其难也。"为全面建成小康社会,井冈山人民已经向世界作出了庄严宣告:"红色景区中我们最绿,绿色景区中我们最红!"我相信:这是包括神山村父老乡亲们在内的所有井冈山人的铿锵誓言。而在我即将完成这本书稿的时候,我希望我的作品能给神山增加一些历史感,给它未来乡村振兴的道路增

非洲驻华使节团
在神山村考察

添一道靓丽的"古"色——古色古香路更长!

神山村真的脱贫了吗?

耳听为虚,眼见为实。

2017年11月6日,非洲27国驻华使节偕配偶一行70人来到了井冈山,来到了神山村。

喀麦隆驻华大使马丁·姆巴纳看到生活在大山深处的神山村百姓,满脸笑容,信心满满,充满幸福感、获得感,不由得点头称赞,充满深情地说:"他们每一个人用自己的双手来创造财富,自给自足,这种精神是值得学习的。"

代表团团长、马达加斯加驻华大使维克托·希科尼纳站在神山村村部大门前,仰望群山,感慨万千。他说,非洲是这个世界上贫困人口最多的地方,在神山村的脱贫经验中,用红、蓝、黄三种不同颜色的卡来体现不同贫困程度的百姓,这一点非常值得学习和借鉴。他还说,在很多国家脱贫攻坚战中,很多脱贫成功之后的百姓,没有了国家和地方政府的帮助,有可能会产生惰性,致使出现返贫现象。贫困的问题是需要久久为功的,时刻保持警惕,中国在这一点上,是最值得我们学习的。

离开神山村的时候,希科尼纳大使为井冈山留下了一句名言:"走出了贫困,人民就重新找回了作为人的尊严。"

是啊!摆脱了贫困,人民就找回了作为人的尊严!

只有人民有了作为人的尊严,我们的国家、我们的民族才能从站起来、富起来之后真正的强起来,从而为人类做出更多更伟大的贡献!

2020 年 1 月 1 日至 2 月 12 日初稿

2020 年 3 月 3 日二稿

2020 年 3 月 17 日三稿

2020 年 5 月 24 日定稿

附录

可爱的神山

从『文字下乡』到『文学下乡』

到群众中去就能写出好文章

附录一

可爱的神山

——井冈山神山村脱贫致富奔小康纪事

一

"您晕车吗？丁老师。"就在我准备抬脚上车的一刹那，小罗忽然跑过来关心地问我。

"当兵的人，不晕车。"我笑着回答道，心里暗暗地为小罗姑娘的细心而感动。

小罗名叫罗相兰，是井冈山市扶贫办的职员，文静淑雅，落落大方。在北京与她通话时，每次挂电话前她都要说上一句"好喔"，柔柔的，暖暖的，一种久违的亲切感油然而生。或许因为她弟弟也当过兵，我们的心理距离更近了。小罗来扶贫办工作才一年时间，但对井冈山的扶贫攻坚工作如数家珍，了如指掌。

汽车的引擎已经发动了。现在，她就要带着我去一个三年前连神仙也不知道的小山村。它却有一个十分好听的名字，叫"神山"。

沿着井睦高速开了不到半个小时，我们的车就转入了220国道，再转入"村村通"公路。通过导航的地图，我们可以看到，这道路就像是一根细细的面条,麻花般缠绕着、重叠在一起。巍巍井冈山,层峦叠嶂,郁郁葱葱,风光旖旎。汽车在山道上盘旋,忽高忽低,忽上忽下,一会儿高入云端,一会儿深潜谷底,荡漾在绿色的海洋里。此时,我才明白小罗为什么询问我晕不晕车。

"一山未了一山迎,百里都无半里平。"此情此景,让我顿时想起毛泽东主席 1965 年 5 月重上井冈山时写的诗词《念奴娇·井冈山》:"参天万木,千百里,飞上南天奇岳。故地重来何所见,多了楼台亭阁。五井碑前,黄洋界上,车子飞如跃。江山如画,古代曾云海绿。弹指三十八年,人间变了,似天渊翻覆。犹记当时烽火里,九死一生如昨。独有豪情,天际悬明月,风雷磅礴。一声鸡唱,万怪烟消云落。"

如今,时光走过了 55 个春秋。江山依然如画,人间则是"变"了。与当年毛泽东重上井冈山的时候相比,今日的井冈山又岂是一个"变"字所能概括的呢?即使在"变"字前面再加上一个"巨"字,似乎也难以准确地来形容井冈山翻天覆地的变化。

2019 年 9 月,应人民文学杂志社的邀请,我参加了中国作家协会召开的"脱贫攻坚题材报告文学创作工程"启动座谈会。"十一"黄金周一结束,我便在第一时间赶往神山村采访调查。说实话,此前,我从来没有想到,也从来没有想过,闻名天下的井冈山竟然是全国著名的贫困县。要知道,无论是作为一名普通的中国公民,还是作为一名军人,在我的心中,被誉为"天下第一山"的井冈山,是我们的"精神高地"——八角楼的灯光、朱德的扁担、井冈的翠竹,还有三湾改编、支部建在连上,这些耳熟能详的历史故事照亮了我们人生的信仰,培育了我们的初心,铸就了我们前行的力量,它是那么的神奇,又是那么的神圣,还有一些神秘。

历史没有走远,现实也非常逼真。位于罗霄山脉中段的井冈山是集革命老区、边远山区、贫困地区"三区叠加"的贫困县。我现在要去的神山村则位于罗霄山脉的深处,在黄洋界北坡的山脚下,距离井冈山市区一个多小时的车程,是茅坪乡的一个自然村,也是井冈山106个行政村中贫困程度最深的一个。有民谣唱道:"神山是个穷地方,有女莫嫁神山郎,住的都是土坯房,红薯山芋当主粮。"

说起黄洋界,大家都知道,毛主席1928年在他的诗词《西江月·井冈山》中就曾提及:"山下旌旗在望,山头鼓角相闻。敌军围困万千重,我自岿然不动。早已森严壁垒,更加众志成城。黄洋界上炮声隆,报道敌军宵遁。"

昔日黄洋界隆隆的炮声,神山村的老百姓不仅是鼓角相闻,也是旌旗在望。在第二次国内革命战争中,神山村的百姓很多都参加了革命。小罗告诉我:"战争年代,毛主席曾经路过神山村,在赖家祠堂住过一个晚上,彭老总也在这里养过伤。神山村有一位烈士,名叫左桂林。还有一位老革命,当过宁冈县副县长,名叫左光元,他是神山村里最大的官呢。"

小罗对神山村已经相当熟悉了,对我来说,她就是名副其实的"导游"。后来,我在井冈山茅坪乡的史志上更加详细地查阅了这些红色故事。早在"朱毛会师"之前,左桂林就加入了袁文才领导的"马刀队"。1926年9月,他参加了宁冈暴动。1928年,他随部队编入红四军第三十二团,担任通信员,又叫红军号手,还培训了很多小号手。1929年12月,在一次战斗中,他为了保护神山暗陇红军药库和掩护三个年轻的小号手,在撤退时不幸中弹牺牲。左光元就是左桂林掩护下顺利撤退的三个小号手之一,后来担任了三十二团一营的号目。不久,他随红四军进军赣南、闽西,1930 年加入了共产党,担任红三军团特务连政治指导员,后来又担任了随营学校特务连指导员兼连长。在第一次至第四次反"围剿"中,左光元先后三次负伤。1934 年 10 月,第五次反"围剿"失利后,中央红军被迫长征。左光元则随军进至湖南边境,在战斗中再次受伤,送到瑞金红军总医院治疗,后转至于都红军第七医院治疗。伤愈后,他留任医院党总支书记。不久,遭遇敌人围困,他化装乞丐,被敌人抓住关在牛棚,侥幸逃脱,九死一生。

和井冈山许许多多的村庄一样,神山村的乡亲也曾为中国革命作出过贡献和牺牲。

我告诉小罗:"这是我第一次到井冈山。作为一名军人,我是带着一种朝圣的心情来的。"但是,我也没有想到,第一次来井冈山竟然让自己的人生与伟大的脱贫攻坚斗争联系在一起。然而,这一路上,哪里能看到贫困的影子呢?一座座白墙黛瓦的民居,如同白云般浮在山间,与绿色的大山融合在一起。只要你愿意按下手机快门,就能随时随地摄取一幅幅山居美景;如果你愿意分享朋友圈,肯定让久居城市的朋友们惊羡不已。

小罗笑着说:"神山村是井冈山最后一个通水泥路的村庄。习近平总书记也是沿着我们今天的道路来神山村的,不过那时的路还没有今天这么好。"

要致富,先修路。在神山村住了一个星期后,我才知道,15 年前,这里连自行车都骑不进来,哪里还有机会晕车呢?

二

瑞雪兆丰年。那是 2016 年 2 月 2 日,正值南方的农历小年。天空中飘着雪花,半尺长的冰凌还严严实实地挂在屋檐上,滴滴答答地滴着水。因为井冈山连日的雨夹雪,山区的道路十分湿滑。

神山村的父老乡亲白天没想到、晚上做梦也没有想到,平常只能在电视新闻上看到的中共中央总书记、国家主席、中央军委主席习近平,竟然冒着严寒来到这个偏僻得不能再偏僻的小山村,走到了自己的家门口。的确,这一年的农历小年,对神山村的父老乡亲来说,是有史以来最欢喜、最热闹、最红火的。

下了车,习近平先是来到村部,一页一页地翻看台账,又看了村居改造设计图,了解询问党支部建设和精准扶贫情况。随后,他来到了烈士左桂林的后代左秀发家。在大门口,村民们正在这里准备年货——糍粑。看到乡亲们热火朝天的打糍粑,习近平也兴高采烈地接过木槌,和乡亲们一起打了起来。糍粑越打越黏,越黏就越好吃。这一幕,永远铭刻在神山村人民的记忆中。

和习近平一起打糍粑的村民叫李宗吾,和左秀发是屋前屋后的邻居。回忆起这件事儿,他黑红的脸庞就荡漾着无比的幸福。他笑眯眯地说:"我怎么也没有想到啊!现在想起来,心里都热乎乎的,一辈子都不会忘记。"打糍粑看起来容易做起来,要想打好还真不容易。李宗吾清楚地记得,总书记共捶了 11 下,每一下都和他配合默契,令他佩服不已。他说:"刚开始时好紧张,生怕把糍粑打掉到地上。可是总书记很会打糍粑,打得很专业,很自然,又认真。从这件小事上,我看到总书记跟毛主席一样,很会干农活,关心农民,对农村很清楚,知道农村的苦、知道农民的苦。"

故事变成了黄金。李宗吾没有想到因为与总书记一起打糍粑，现在打糍粑成了神山村的旅游项目，成了一个脱贫致富的产业，也成了他发家致富的门路。他就在自家门前摆上一口石臼，一边与来神山旅游的客人体验打糍粑，一边向他们讲与总书记打糍粑的故事，让他们尝尝神山糍粑的味道。李宗吾的糍粑打得好，绵软劲道，鲜香甜糯。5斤米一臼的糍粑能卖100元，抛开糯米、黄豆粉、白糖等成本，打一次糍粑能够收入70元左右。仅此一项，他一年的收入就接近10万元，旺季的时候一个月能盈利近2万元。

"糍粑越打越黏，日子越过越甜。"如今，这句话成了神山村脱贫致富的口头禅，也成了神山形象宣传的广告词。为此，左秀发专门请人从山上弄来一块大石头，立在自家大门前的石臼旁，镌刻上"习总书记在这打糍粑"9个大字，同时又立起了一个宣传栏，镶嵌"习总书记在我家打糍粑"的大幅彩照，招徕游客。李宗吾笑着跟我说："左秀发家的糍粑生意比我家还要好。"

李宗吾是1954年出生的，比习近平小一岁。现在，他家的"神山糍粑"被评为井冈山十佳特色小吃之一，成为一块金字招牌。而对习近平来到神山村，他用了一句极其简短的话作了概括："这是神山村在新时代的一次解放。"他话音未落，我眼睛一亮，感觉这个农民不简单，他说出了一个农民的心声，要温度有温度，要高度有高度。

的确，神山村在新时代的脱贫攻坚战中迎来了一次新的解放。我知道，李宗吾所说的这个"解放"，是他和他的乡亲们在思想观念上获得了新的大解放。

三

神山村不大,村内新修的水泥路如同一个枝丫,不到一刻钟就能走完。小罗带着我沿着习近平总书记考察调研的路线,一路向北走去。地势越来越高,我们一直爬到北边的山顶上。山顶上只住着一户人家,女主人叫彭夏英。

彭夏英不简单。现在,她不仅是神山的大名人,不仅是井冈山的大名人,也不仅是江西的大名人,而是全国的大名人。2016 年春节前,在全国几乎所有的主流媒体上,都能看到一张著名的照片——习近平总书记坐在一户农家的八仙桌上首,与女主人话家常。这位女主人就是彭夏英。

见到彭夏英的时候,她一手拿着 A4 开复印纸、一手拿着圆珠笔,站在厨房的门口不停地念叨着什么。经过小罗介绍,她赶紧放下手中的伙计,带着我们来到她招待习近平总书记的堂屋参观。这是一栋老屋,破旧、低矮、简陋,散发着浓浓的烟火味,黄黑色的土墙覆盖着岁月的烟尘。大家开开心心地进了屋子,客客气气地互相让座,高高兴兴地轮流体验总书记坐过的位置。

彭夏英文化水平不高,只读到小学四年级。1981 年,她和在这里做木工的川娃子张成德结婚后,生了三个孩子,大的是女儿,两个小的是儿子。1990 年,张成德帮左秀发家拆老屋,墙塌了,被压在下面,受了重伤,命保住了,但再也不能干重体力活了。男人倒下了,这个家的顶梁柱就塌了。上有老,下有小,怎么办?彭夏英把伤心的眼泪往肚子里吞,默默地一个人扛起了生活的重担。可是祸不单行,没过几年,她上山砍竹子时,一不小心摔倒了,从山上滚到山下,爬不起来了。乡亲们把她抬到医院,严重骨折,在手术台上躺了 5 个多小时。就这样,彭夏英一家的生活慢慢变得困难了,由拮据渐渐滑入了贫穷,女儿生病时连 10 元钱都借不到,成了神山村需要帮扶的贫困户之一。

2014 年,按照习近平总书记"看真贫、扶真贫、真扶贫"的指示,井冈山市的扶贫工作根据中央提出的"因户施策、因人施策,要扶到点上、扶到根上"的要求,精准发力,采取了独家创新的"三卡识别机制"。即按国家确定的扶贫标准,以"红、蓝、黄"三种颜色确定贫困对象的等次。"红卡"为特困户,"蓝卡"为一般贫困户,"黄卡"则为 2014 年已经实现脱贫的贫困户。那个时候,井冈山市 21 个乡镇(场),共有 47779 户人家,总人口为 16.8 万,贫困率达到 13.8%,而同时期全国贫困率才 5.4%;全市的农民平均收入为 6799 元,全国农民的平均收入为 9900 元。数据会说话,数据很惊人!调查结果显示,井冈山仍有 44 个贫困村,"红卡户"为 1483 户、5014 人,"蓝卡户"为 2218 户、7787 人,"黄卡户"为 937 户、4133 人。

神山村全村只有 54 户、231 人,但建档立卡时贫困户就占 21 户、50 人,比例相当高。其中,"红卡户"4 户、8 人,"蓝卡户"15 户、35 人,"黄卡户"2 户、7 人。彭夏英是"蓝卡户"之一。在这种情况下,政府扶持她家养了 7 头黑山羊,还请来专家教她如何防病治病。很快,她就扩大养殖,发展到四五十只。那时,一只黑山羊在市场上可以卖到上千元,几只羊羔出手,彭夏英就赚到了以前全家一年的收入。随后,她又在政府的帮扶下,养了十几头牛,还养了娃娃鱼,很快就摆脱了贫困。就在习近平总书记来她家做客的头一天晚上,她家的羊竟然生下了双胞胎,好像是专门来给她报喜似的。

与习近平肩并肩坐在自家的八仙桌前，干练、爽朗的彭夏英内心激动，但一点儿也不拘束。总书记体察民情，与她家长里短话桑麻，嘘寒问暖谈民生，亲切得就像走亲戚。总书记问什么，她就答什么。总书记问得很仔细，她回答得很具体。总书记上厅堂、下厨房，在她家里里外外转了转，亲自操作遥控器看一看电视机能够搜索多少个频道，到卫生间亲自按下自来水冲厕水箱按钮看一看有没有水流出来。细微之处见精神，也见真情。什么叫一滴水中见太阳？人民领袖与人民之间的鱼水情，就是在这点点滴滴中荡漾开来，在人民的心中扎了根。

离开时，看到习近平眼神中似乎还是有些不放心，彭夏英拉着总书记的手说："我们生活过得非常好！我们感谢党的好政策，感谢您来看我们，您给全国人民当家当得好，我们老百姓感到很幸福！"

习近平谦虚地说道："是人民当家作主！我是人民的勤务员，帮你们跑事的。"

听着总书记意味深长的话语，彭夏英的眼泪在眼眶里打圈圈。不久，彭夏英开办了全村第一家农家乐，同时零售一些自家生产的土特产，比如果脯、米果子、茶叶、笋干、竹篮，还培育兰花、映山红等盆景出售。这样，一年下来，她家的收入翻了好几番，达到了 10 万元，成为村里的脱贫典型。随后，她主动向村里写申请，不要政府的低保，不当贫困户，要求把救助让给"比我更需要的人"。面对一些已经脱贫却不肯写脱贫申请的人，她直率地说："我不想当贫困户，贫困户的小孩找对象都难。"面对政府发放的救助金，有人觉得"不要白不要"，她却说："党和政府只能扶持我们，不能抚养我们。"说起这些，淳朴、善良的彭夏英还用当地的俚语说道："死水不经舀，要细水长流。"

听了彭夏英的故事，我忽然觉得，站在眼前的这个农村妇女，虽然生活的重担已经把她的腰背压弯了一些，但她是一个有志气的坚强的女人。2017 年，彭夏英荣获"感动吉安十大人物"称号，当选吉安市人大代表。2018 年 10 月 17 日，在北京召开的全国脱贫攻坚奖表彰大会暨首场脱贫攻坚先进事迹报告会上，彭夏英又荣获"全国脱贫攻坚奖奋进奖"。人穷志不短。从神山村这个山沟沟里，彭夏英依靠勤劳的双手，自力更生斩断了穷根，终于第一次坐上了飞机、第一次来到了首都北京、第一次获得了国家的最高奖励，这真是她一辈子想也不敢想的事情。

因受中国老区建设促进会的邀请，彭夏英明天就要去北京参加"巾帼心向党，建功新时代"2019 年扶贫日论坛活动，我就匆匆

"不忘初心跟党走、感恩奋进再出发"横幅
丁晓平 / 摄

结束了采访,约好等她回来时再详细地聊一聊。这时,她的手中依然紧攥着那一摞白纸,那是她到北京参加论坛的发言稿,题目是《幸福生活是干出来的》。我想看一看她这次到北京想说些什么,她就递了过来。我粗略翻看了一遍,发现在打印好的文稿最后面,她工工整整地加写了一段文字,仅仅两行,内容如下:"我相信在党和政府的带领下,我们依靠自己勤劳的双手,生活一定会更加美好,我们也一定能够同步迈入小康社会。"

读完彭夏英手写的这段文字,我内心一震,如果不是亲眼所见,我很难相信这是一个农村妇女说出的话、是一个曾经的贫困户写出的文字。什么叫不忘初心?什么叫共同致富?我心悦诚服地为彭夏英竖起大拇指点赞,不能不把尊敬的目光投给她。而从她的身上,我欣喜地看到,"口袋"富起来的神山村的父老乡亲在脱贫攻坚这场人类伟大的斗争中,"脑袋"也富起来了! 他们也是新时代最可爱的人。

四

有人形容神山村的地貌像一个锅底。在我亲身体验之后,觉得神山村更像是一个仰头的田螺。如果你从空中俯视,四周高山环拱,随着盘山路旋转到谷底,神山村就坐落在这田螺壳的顶部。一条小溪,从东面的山坡上一路下来,穿村而过,向西边的山涧流去,泉水叮咚,四季如歌。小罗告诉我,哗哗流淌的溪水都是山上流下来的泉水。这实在是够让我们久居城市的人羡慕的了。

多美呀! 然而,神山村和井冈山的许多村庄一样,是一个典型的"八山一水一分田"的边远山区,气候多变,雨水较多,具有"同山不同季,十里不同天"的气候特征。奇怪的是,2019年的秋天,井冈山经历了一场大旱,近两个月没有下雨了。可是万万没有想到的是,就在我抵达神山村的这天晚上,天公作美,竟然淅淅沥沥地下起了小雨,而且这一下竟然下了一个星期,直到我采访调查结束离开,天又开始放晴了。神山村老支书彭水生操着他浓重的湖南客家口音跟我开玩笑说:"小丁,这场及时雨是你给我们带来的哟。"

彭水生也曾是"蓝卡"贫困户。如今他也成了井冈山的大名人,和彭夏英一样上了中央电视台的《新闻联播》节目。那是2016年2月3日,《新闻联播》头条播发了习近平总书记在江西考察的新闻,时长24分钟,在其中第9分钟左右出现了彭水生的镜头。75岁的他紧握着总书记的手,激动地说:"你是我们的好领导,那么远,到我们这个穷山沟来,这是我们穷山沟的福气,是我们中国人民的福气。你啊,不错嘞!好书记嘞,我们代表我们群众,大家都欢迎你!"

"你呀,不错嘞!"彭水生竖大拇指为习近平总书记点赞的视频瞬间传遍大江南北,上了头条,刷爆了朋友圈。我清楚地记得,那天晚上,我也坐在电视机前,在看到《新闻联播》播出这个镜头的那一刻,确实感到有些惊诧——没想到一个老农民竟然敢以这种方式为党和国家最高领导人点赞,这是需要勇气的;更没有想到的是,《新闻联播》竟然以同期声播出了这个画面,这同样也是需要勇气的。这是一条好新闻!看到的人们无不为彭水生老人点赞,为中央电视台点赞,更为习近平总书记点赞。

那个夜晚,在电视里,全国人民都看到了这一幕,看到了神山村老人和孩子们的笑脸,也看到了习近平总书记开心的笑容。现在,来到了神山村,我一定要见见这位老支书。可是他实在太忙了,白天不仅要为来神山村旅游的客人们做"红色讲解员",还要去市里做"义务宣传员",日程满满的。在我即将离开神山的头一天晚上,我终于见到了他。老人家乐观豁达,声音洪亮,鹤发童颜。

回忆起见到习近平总书记的那一刻,彭水生就有说不完的话。他说:"听说总书记要来我们神山村,我激动得两个晚上睡不着觉,不知道见面后要向总书记说啥好。后来,许多人见了我都夸'老支书,你的胆子不小啊!'其实,我哪里是胆子不小啊,说的都是我们农民的心里话,是从心中流淌出来的话。可是,当时我还是太激动了,本想说'你啊,干得不错嘞!'谁知这一激动,就把'干'字给说漏掉了。"说完,老人家又开心地笑了。

老百姓心中有杆秤。得民心者,得天下。习近平总书记曾经说过:"老百姓是天,老百姓是地。忘记了人民,脱离了人民,我们就会成为无源之水、无本之木,就会一事无成。"

翠竹掩映,溪水潺潺。漫步神山村,一面"笑脸墙"格外醒目。在墙上,贴着 27 张满是笑容的村民照片,组成了一个"心"的模样。老支书彭水生的照片位于"笑脸墙"的正上方。78 岁的他,红光满面,身子骨硬朗,成了神山村的"形象大使",天天给来自四面八方的客人讲总书记来神山村的故事,讲神山村脱贫故事,干得像年轻人一样带劲。

村民赖福山的照片位于"笑脸墙"正下方。照片上,他揽着妻子陈秀珍的肩,笑得十分灿烂。曾当过 12 年神山村村委会主任的他,最近正忙着把自家的老房子改成民宿。他感慨地说:"总书记讲不能落下一个贫困家庭,丢下一个贫困群众,神山村做到了。"

村民胡玉保是"笑脸墙"上笑得特别开心的一个。在神山村采访的日子里,我就住在他出租的民宿"初心小院"里,也算是我的房东。他笑着告诉我:"上面政策好,下面干劲大,全村老少都一个心思,干出个新样子,欢迎总书记再来我们神山村。"

五

贫困是人类社会发展肌体上的一个痼疾,是一种历史现象,也是一种世界现象,不仅发展中国家深陷其中,发达国家也难以规避。能否摆脱贫困? 如何摆脱贫困? 这是整个人类面临的重大课题。新中国成立以来,尤其是改革开放40多年来,中国扶贫工作的伟大实践经历了不同的历史阶段,从救济式扶贫到开发式扶贫,再到新时代确立的精准扶贫、精准脱贫基本方略,开辟了中国特色减贫道路,为共建没有贫困、共同发展的人类命运共同体贡献了中国智慧和中国方案,交出了一份合格的中国答卷。

"善为国者,遇民如父母之爱子,兄之爱弟,闻其饥寒为之哀,见其劳苦为之悲。"消除贫困、改善民生、逐步实现共同富裕,是社会主义的本质要求,是中国共产党人的初心使命,是党和政府念兹在兹的伟大梦想。

2017年2月26日,就在习近平总书记考察神山村一年后,新华社播发了一则新闻,震惊了世界。消息说:经国务院扶贫开发领导小组评估并经江西省政府批准,江西省井冈山市正式宣布在全国率先脱贫"摘帽"。井冈山的人民群众没有辜负习近平总书记要求"井冈山要在脱贫攻坚中作示范、带好头"的殷切嘱托,树立了中国减贫事业的里程碑,向世界交出了一份满意的答卷,打响了"脱贫摘帽第一枪"。

井冈山革命老区脱贫了!如同一声春雷,响遍神州大地。是啊!"所有壮美的名山都有故事,而最壮美的故事无疑属于井冈山。"90年前,毛泽东率领中国共产党人在这里创建了第一个农村革命根据地,在这里进行了著名的三湾改编,以"支部建在连上"的创举为人民军队定型重塑,开辟了一条"农村包围城市、武装夺取政权"的中国道路。

小康不小康,关键看老乡。为了不辜负习近平总书记的殷切嘱托,神山村的乡亲们积极投入脱贫攻坚战,在党和政府各级组织的引领下,开展"品牌 + 基地 + 合作社 + 农户"的经营模式,到2017年,神山村实现了全面脱贫,挖掉了千年的穷根,人均收入从不足3000元提升到7760元,提前摘除了"贫困帽子"。2018年,神

红红的对联挂起来,大红灯笼举起来——神山村乡亲们合影

山村大力推进产业扶贫、安居扶贫、旅游扶贫等举措,村容村貌发生了欢天喜地的新变化,经济发展再上新台阶,全村贫困人口彻底消除。到这一年年底,神山村农户人均收入1.98万元,其中贫困户人均可支配收入达9200元,同比增长11%,实现了脱贫致富。也因此,神山村荣获了第五届全国文明村镇、中国美丽休闲乡村、第七批"全国民主法治示范村(社区)"和"全国红十字系统博爱家园助力脱贫攻坚精品项目"、江西省4A级乡村旅游点等荣誉称号。现在,神山村党支部正在全面实施"党建+乡村振兴"战略,按照产业兴旺、生态宜居、乡风文明、治理有效、生活富裕的要求,建设美丽神山。

　　神山村真的脱贫了吗?耳听为虚,眼见为实。2017年11月6日,非洲27国驻华使节偕配偶一行70人来到了井冈山。喀麦隆驻华大使马丁·姆巴纳看到生活在大山深处的神山村百姓,满脸笑容,信心满满,充满幸福感、获得感,不由得点头称赞,充满深情地说:"他们每一个人用自己的双手来创造财富,自给自足,这种精神是值得学习的。"代表团团长、马达加斯加驻华大使维克托·希科尼纳站在神山村村部大门前,仰望群山,感慨万千。他说,非洲是这个世界上贫困人口最多的地方,在神山村的脱贫经验中,用三种不同颜色的卡来体现不同贫困程度的百姓,这一点非常值得学习和借鉴。他还说:"在很多国家脱贫攻坚战中,很多脱贫成功之后的百姓,没有了国家和地方政府的帮助,有可能会产生惰性,致使出现返贫现象。贫困的问题是需要久久为功的,时刻保持警惕,中国在这一点上,是最值得我们学习的。"离开神山村的时候,他留下了一句名言:"走出了贫困,人民就重新找回了作为人的尊严。"

"人民对美好生活的向往，就是我们的奋斗目标。"脱贫攻坚战的冲锋号早已吹响。习近平总书记说，全面建成小康社会，是我们对全国人民的庄严承诺。我们要立下愚公志，咬定目标、苦干实干，坚决打赢脱贫攻坚战，确保到 2020 年所有贫困地区和贫困人口一道迈入全面小康社会。

"时代是出卷人，我们是答卷人，人民是阅卷人。"现在，脱贫攻坚战进入"最后一公里"的决胜时刻。在这项伟大斗争、伟大工程面前，井冈山人民又是如何回答的呢？小罗悄悄地告诉我："我们井冈山人总结了一个奋斗目标，叫作'三最一跨'，就是'红色最红，绿色最绿，脱贫最好，在全面小康的征程中实现高质量跨越式发展'。如果用老百姓的话说，就是要让井冈山'红色放出新光芒，绿色绿出新精彩，脱贫跨出新征程'。"

如今，为全面建成小康社会，井冈山人民已经向世界作出了庄严宣告："红色景区中我们最绿，绿色景区中我们最红！"这是包括神山村父老乡亲们在内的所有井冈山人的铿锵誓言。

在神山村的日子里，我想起了在南昌牺牲的方志敏烈士。他在狱中饱含深情地写下了《可爱的中国》，曾这样畅想过革命胜利后的中国："到那时，到处都是活跃跃的创造，到处都是日新月异的进步，欢歌将代替了悲叹，笑脸将代替了哭脸，富裕将代替了贫穷，康健将代替了疾苦，智慧将代替了愚昧，友爱将代替了仇杀，生之快乐将代替死之悲哀，明媚的花园将代替了凄凉的荒地……这么光荣的一天，决不在辽远的将来，而在很近的将来，我们可以这样相信的，朋友！"

——现如今，全面实现小康的目标已经进入倒计时，"可爱的中国"已经变为现实。可以告慰先烈的是，这盛世，如您所愿。

整整一周的采访调查结束了。我 10 月 17 日离开神山的这一天，正好是中国的"扶贫日"。汽车在井冈山的盘山道上盘旋，过了黄洋界，我想起了毛主席的诗词《水调歌头·重上井冈山》，在心中默默地吟咏起来："久有凌云志，重上井冈山。千里来寻故地，旧貌变新颜。到处莺歌燕舞，更有潺潺流水，高路入云端。过了黄洋界，险处不须看。风雷动，旌旗奋，是人寰。三十八年过去，弹指一挥间。可上九天揽月，可下五洋捉鳖，谈笑凯歌还。世上无难事，只要肯登攀。"

　　——现如今，从"站起来"到"富起来"的中国，正阔步迈在"强起来"的大路上。可以告慰伟人的是，这盛世，如您所愿。

　　是的，"世上无难事，只要肯登攀"！脱贫攻坚战已胜利在望，必将凯歌还！

　　这就是可爱的神山！

　　这就是可爱的中国！

〔本文原载《人民日报》(海外版)2020 年 7 月 18 日，发表时有删节〕

附录二

从"文字下乡"到"文学下乡"

—— 谈历史视野下的脱贫攻坚与新乡村书写

2020 年是全面建成小康社会的收官之年,也是脱贫攻坚任务进入"最后一公里"的决胜时刻。在这项伟大斗争、伟大工程面前,文学没有缺席,也不能缺席。如何完成历史视野下的脱贫攻坚与新乡村书写,也即如何完成新时代乡土中国书写,是摆在作家面前的重要课题。

对日新月异的中国来说,乡土中国书写依然是新鲜的。费孝通先生在《乡土中国》中论述"文字下乡"的问题时说:"如果中国社会乡土性的基层发生了变化,也只有发生了变化之后,文字才能下乡"。显然,当下的中国社会乡土性的基层早已发生了深刻变化。费孝通先生笔下 20 世纪 40 年代的那个"乡土中国"早已成为历史。文字不仅早已下乡,城乡差距正在努力缩小,乡土中国正阔步迈在乡村振兴的道路上。新时代的中国,已经不再是"文字下乡"的问题,而是要解决如何从历史的视野完成新时代乡土中国书写,可谓是"文学下乡"的问题。我们的"文学下乡"能不能走得更好、走得更远,这是一个需要认真思考的问题。

以文学观照现实，照亮生活

历史是一条长河，洪流滚滚，不可阻挡。身处伟大的新时代，中国人民每一天都在创造历史，我们每一天都身处创造历史的现场。如何讲好当代乡土中国故事，真实呈现新乡村的发展变化，文学就必须紧紧抓住中国社会的主要矛盾，用马克思主义唯物辩证法，以历史的眼光来观察和审视扶贫攻坚工作的艰巨性、创造性，以及深远的历史意义和现实意义。

努力使"老少边穷"地区摆脱贫困，始终是党和政府念兹在兹的伟大梦想。历史和现实都已经和正在证明，脱贫攻坚是中国故事最为精彩的篇章之一。我们作家要以人民为中心，深入生活、扎根人民，通过调查研究，实事求是，一切从实际出发，紧紧围绕新时代中国社会主要矛盾已经转化为人民日益增长的美好生活需要和不平衡不充分的发展之间的矛盾，来寻找答案，以文学观照现实，照亮生活。

社会主要矛盾是社会发展进步的坐标原点，也是考察乡土中国的晴雨表。实施精准扶贫，推进乡村振兴战略，正是解决中国社会主要矛盾的重要方略之一。只有抓住脱贫攻坚的主要矛盾，才能抓住中国农业、农民和农村问题的命脉，才能深刻理解新时代赋予脱贫攻坚的现实意义。革命老区和老区人民为中国革命曾做出巨大牺牲和贡献，是我们的"精神高地"，但他们的经济生活也曾长期处于"洼地"，形成了巨大的反差。如何描写和叙述这个反差，解析它的历史原因、过程和结果，准确阐释今昔之间、世代之间的发展背景、进程和方向，探析解决不平衡不充分发展的路径，以及新乡村的历史性巨变，正是文学需要着力开掘的地方。

以文学引导新乡村不断向善、向上、向好

贫困是人类社会发展肌体上的一个痼疾，是一种历史现象，也是一种世界现象，不仅发展中国家深陷其中，发达国家也难以规避。能否摆脱贫困？如何摆脱贫困？这是整个人类面临的重大课题，而中国交出了一份合格的答卷。因此，脱贫攻坚和新乡村应该是当代中国文学最值得关注、最值得书写的领域之一，可谓是一座富矿。

新中国成立以来，尤其是改革开放 40 多年来，中国扶贫工作的伟大实践经历了不同的历史阶段，从救济式扶贫到开发式扶贫，再到新时代确立的精准扶贫、精准脱贫基本方略，开辟了中国特色减贫道路，为共建没有贫困、共同发展的人类命运共同体贡献了中国智慧和中国方案，也为历史视野下的新时代乡土中国书写提供了无限可能。也就是说，只有把脱贫攻坚纳入改革开放的国家战略之中，我们的文学创作才能获得历史的纵深感、鲜活的生命力和磅礴的创造力。

发展是甩掉贫困帽子的总办法。中国始终在发展的基础上根据阶段性目标，力所能及地将发展资源向贫困地区和贫困群众倾斜，推动扶贫工作从"输血式"向"造血式"转变，引导人民群众既扶贫又扶志，实行"志智双扶"，从根本上医治贫困顽疾。"神居胸臆，而志气统其关键。"脱贫致富贵在立志，只要有志气、有信心，就没有迈不过去的坎。显然，脱贫攻坚让乡村发生了翻天覆地的变化，呈现出欢天喜地的新气象、新风尚、新人物。因此，新时代乡土中国书写，要看到人民群众在摆脱贫困的伟大实践中，不仅"口袋富起来"了，而且"脑袋富起来"了。现在正处于从脱贫攻坚迈向

乡村振兴的过渡期,在这个崭新的历史现场,我们要用文学倡导社会主义核心价值观,发现崭新的线索、塑造崭新的人物、记录崭新的实践、讲述崭新的故事,引导新乡村不断向善、向上、向好发展,丰富人民的精神世界,增强人民的精神力量。

文学要抓住新乡村发展变化的主轴

新时代的文学,是社会主义文学,是人民的文学。近年来,乡村叙事比较流行。但值得警惕的是,中国当代文学受西方文学和西方价值观的影响,热衷于小我情调、沉醉于私人经验、泛滥于欲望消费、自卑于微观叙事、沉沦于历史虚无、重复于生活碎片,失去了标准、体统、深邃和辽阔。一些作家的乡土中国书写沉浸于顾影自怜、无病呻吟,甚至"挂羊头卖狗肉",打着非虚构的幌子贩卖营销其虚构的乡土之作。他们或以微观叙事、口述史、田野调查的名义,编造行政区划根本找不到的村庄或者子虚乌有的人物,夸大农村发展过程中出现的一些阶段性问题;或念叨着西方确立的一套所谓的"标准",把"别人的故事"移花接木为"我的世界",再用显微镜放大乡村存在的非主流东西;或把琐碎、落后的个案典型化,别有用心地遮蔽、忽略乡村的发展进步和整体的真善美。

尤其需要批判的是,有的作品以"先验的意识形态、文化观念"进行语言"编码",经过雕琢、修饰之后,"把许多毫无联系的、没有生机的材料变成故事",再经过"隐喻"的手段呈现出一个"非虚构"的地方,并且把"中国"套装进去。此类作品中弥漫的"乡愁",聚焦于乡土的破败和迷失,以及人性的弱点和暗处,带着戾气、怨气、娇气，十分矫情。而父老乡亲对美好生活的向往、在奔小康道路上奋斗的身影，他们却选择视而不见。

"你若光明，中国便不再黑暗。"新时代乡土中国书写，绝不是虚构的隐喻所能遮蔽和表达的，也不是口口声声以"救赎自己"来为新乡村唱挽歌。当然，对于新乡村发展中出现的问题，必须要正视，就像需要正视阳光下的阴影一样。因此，新时代乡土中国书写应该像费孝通先生所说的那样，"我们不但要在个人的今昔之间筑通桥梁，而且在社会的世代之间也得筑通桥梁，不然就没有了文化，也就没有了我们现在所能享受的生活"。

新时代乡土中国书写要紧紧抓住社会发展的主要矛盾和矛盾的主要方面，抓住脱贫攻坚伟大工程的主题、主流，抓住新乡村发展变化的主轴、主体，既要记得住乡愁，又要反映出人民对美好生活的向往，不然，我们的文学就无法阐释中国已经发生和正在发生的伟大变化，就不能跟上新时代的铿锵步伐。

（本文原载《光明日报》2020 年 1 月 1 日）

到群众中去就能写出好文章

（创作谈）

接到《人民文学》主编施战军先生的电话，是在 2019 年 9 月 2 日的下午。一问一答，就敲定了去江西省井冈山市茅坪乡神山村的采访创作任务，参加了中国作家协会实施的"脱贫攻坚题材报告文学创作工程"。井冈山是中国革命的神山，是我心中向往的地方，此前我还没有去过。作为一名军人，我向往着能够早日完成这次"朝圣"之旅，但没想到的是第一次来井冈山竟然让自己的人生旅程与伟大的扶贫攻坚工作有了如此紧密的联系。

井冈山是全国第一个宣告脱贫的贫困县，树立了中国减贫事业的里程碑。"十一"黄金周一结束，我就利用休假时间来到了井冈山。10 月 11 日，在井冈山市扶贫办职员罗相兰的陪同下，我走进了神山村。因为从北京出发前我就已经做了功课，对主要采访对象已经列出名单。路上，听小罗说彭夏英第二天要去北京开会，所以一下车，我就开始了采访。彭夏英是首届"全国脱贫攻坚奖奋进奖"获得者，她的一句"政府扶持我们，不是抚养我们"，曾感动了许许多多的人。2016 年 2 月 2 日，习近平总书记视察神山村时，曾与她肩并肩坐在她家的八仙桌旁，家长里短话桑麻，嘘寒问暖谈民生,亲切得就像走亲戚。

也就是从我走进神山村的那一刻开始,我知道,我已经是神山村的一员了。我独自一人背着双肩包在神山村四处串门,想走到哪里就走到哪里,想进哪家就进哪家。淳朴可爱的乡亲们,一点儿也不把我当外人,什么话都愿意跟我说,什么情都愿意跟我诉,金木水火土,酸甜苦辣咸,我照单全收。在一周时间里,我走进神山村每一户贫困家庭,采访 40 余人,采访录音长达 30 余小时,拍照片 100 多幅。同时,我阅读了 2015 年以来所有的关于神山村的新闻报道和井冈山市脱贫攻坚的有关文件材料,大约有 100 多万字。我知道我要为这个名叫神山的村庄写一本书,任务比想象的要重得多、要难得多。

因为假期有限,我给自己设计了一周的时间。这一周,我必须安排好所有的采访对象,以保证我能看到一个立体的神山——过去、现在乃至未来。其间,我还要抽空去拜谒八角楼、象山庵、黄洋界等革命遗址。因此,高强度、高密度、高效率的采访工作必须进行科学的统筹规划,我必须日夜兼程、马不停蹄。在采访前,我还专门阅读了四本书:一本是《毛泽东选集》第一卷,我要学习并懂得井冈山革命斗争的历史;一本是习近平总书记的《摆脱贫困》,我要领会"水滴石穿""笨鸟先飞"的脱贫经验;一本是费孝通先生的《乡土中国》,我要明白社会调查的方法和乡村历史文化经验。同时,我还认真阅读了王宏甲先生的《塘约道路》,看一看神山村与塘约村有什么不同,避免我的写作成为脱贫攻坚题材的复制品。

1942 年 5 月,毛泽东主席在延安文艺座谈会期间曾多次叮嘱:"作家到群众中去就能写出好文章。"在新时代,习近平总书记在文艺座谈会上指出:人民需要文艺,文艺需要人民,文艺要热爱人民。人民是文艺创作的源头活水，一旦离开人民，文艺就会变成无根的浮萍、无病的呻吟、无魂的躯壳。

由此可见，深入生活，扎根人民，不仅是创作的方法、路径，也是创作的源泉和主题。在神山村，我和乡亲们打成一片，住在乡亲们民房改造成的"民宿"里，一日三餐和他们吃在一起，还曾亲自下厨给他们炒菜，色香味也获得他们的好评。我的故乡安庆怀宁县距离井冈山不算太近，也不算太远。因为自己有过18年农村生活的经历和经验，也曾尝过家庭贫困、艰难的人生滋味，所以神山村的历史、现实甚至他们对未来的渴望，我都能够感同身受，看得见和看不见的变化也有着跨越地域、超越时空的息息相通。也就是说，我的心和神山村的乡亲们的心是跳在一起的，同频共振，没有距离。

一周的采访调查是短暂的，也是充实而丰富的。采访归来，我没有急于动笔，一时间也没有办法动笔。说句实在话，神山村并没有我文学创作一伸手就能挖掘出来的人物和事件，根本就没有《塘约道路》中左二牛（左文学）那样的角色。山村的人物平平凡凡，乡亲的日子平平淡淡，乡村的生活就像山间的泉水一样静静流过，清澈透明，波澜不惊，一眼就能望到底。一切都是真实的，绝对不能虚构！我不敢动笔，我也不想把一个零碎、琐碎的乡村呈现给读者，呈现给神山村的乡亲们。因为，我答应过他们：我要为他们的村庄写一本书。而这本书，是历史之书。我要他们和我一道看得见青山，望得见绿水，记得住乡愁。

我逼迫自己沉浸下来。就在这个时候，11月25日，我接到了中国作协创研部的邀请，参加第四届中国文学博鳌论坛，要求我就"历史视野下的脱贫攻坚与新农村书写"进行发言。结合神山村的实地采访，我撰写了发言稿《从"文字下乡"到"文学下乡"》。12

月 9 日至 12 日,论坛如期在海南博鳌召开,我在小组讨论会上做了简要发言,阐述了"历史视野下的脱贫攻坚与新乡村书写"要把握三个维度和处理好三个关系:第一,从社会主要矛盾变化的维度来把握新时代乡土中国书写要正确处理好"精神高地"与"经济洼地"的关系;第二,从改革开放深入发展的维度来把握新时代乡土中国书写要正确处理好"口袋富起来"与"脑袋富起来"的关系;第三,从乡土中国文化变迁的维度来把握新时代乡土中国书写要正确处理好"记住乡愁"与"对美好生活向往"的关系。会后,有多位老同志专门找我,对我的发言表示赞赏。上述这些思考,是深入群众深入生活得来的,既是我对脱贫攻坚题材文学书写由感性上升到理性的一次飞跃,也是我为自己下一步的文学创作找到了思路和方向。

2020 年 1 月 1 日,《光明日报》文学评论版在显著位置发表了我的《从"文字下乡"到"文学下乡"——谈历史视野下的脱贫攻坚与新乡村书写》。随后,中宣部"学习强国"和中国作协《每日舆情》等给予了转载。也就是从这一天开始,我决心动笔写作。动笔之前,因为又接到《人民日报》文艺部的约稿,因此我的创作任务一下子就变成了"一鱼三吃"——要分别撰写一部短篇给《人民日报》、一部中篇给《人民文学》,还要按照中国作协的要求创作一部至少 10 万字的长篇著作。经过思考,我决定从短篇开始,经过一个星期的努力,顺利完成了《可爱的神山》。随后,我决定先完成长篇《神山印象:一个村庄的脱贫攻坚史》,依然坚持我"文学、历史、学术跨界跨文体"的写作道路,叙述并呈现由家及国的心灵史。是的,这样的采访和创作,让我走进了波澜壮阔的脱贫攻坚的战场,看见了磅礴雄伟的国家力量,听见了可爱可亲的人民为幸福的小康生活在歌唱……

回顾这次采访创作的历程，我有三点感悟，可以用"一带""二扎""三观"来概括总结。

"一带"就是作家在采访创作中要始终带着真挚的感情，对那一方水土那一方人民，要怀抱情同手足的深厚情谊。感情不是一件简单的事儿。感情需要巨大的同情心和同理心，需要换位思考，要拿得起放得下，眼高手低或者眼低手高都是不行的。只有带着感情去采访，你才能让群众掏心窝子说出心里话；只有带着感情去写作，你才能写出感动自己从而感动他人的文字。诚如毛泽东所说："你讲话是讲给别人听的，写文章是给别人看的，不是给你自己看嘛！"写文章要有群众观点，心里始终装着读者，"要想到对方的心理状态"，"当自己写文章的时候，不要老是想着'我多么高明'，而要采取和读者处于完全平等地位的态度"。

"二扎"就是作家的采访创作既要"扎根"又要"扎实"。深入生活、扎根人民不是一件轻松的事儿。扎根，就是要把自己"栽"到那一片庄稼地里去，成为人民群众那片庄稼中的一棵，保证抵达现场，保持始终在场，从而拥有生活气场，要老老实实不胡编乱造，踏踏实实不装腔作势、扎扎实实地"走进生活深处，在人民中体悟生活本质、吃透生活底蕴。只有把生活咀嚼透了，完全消化了，才能变成深刻的情节和动人的形象，创作出来的作品才能激荡人心"。

"三观"就是报告文学创作既要宏观全局、中观局部、微观细节，使得作品饱含历史感、纵深感。报告文学是现实主义创作的典型文体。优秀的报告文学作品大都是基于宏大叙事背景条件下的微观书写。在《神山印象：一个村庄的脱贫攻坚史》一书的创作中，我比较好地处理了宏观、中观和微观的关系。微观书写依靠典型个案故事，以神山村脱贫攻坚为样本，通过人物和事件展开细节叙事；中观书写依靠数据和事实，巧妙灵活地运用历史和现实两条线索，像扎辫子一样把井冈山革命的红色和脱贫攻坚的绿色穿插讲述，来反映井冈山市在全国率先脱贫摘帽的成功经验和成绩；宏观则依靠逻辑结构来展开，我则以大历史的视野，用"天时""地利""人和"的结构，恰如其分、恰当其时地以井冈山为例，以散文的笔法以小见大，反映 70 年来尤其是党的十八大以来国家脱贫攻坚的辉煌成就。因此，我希望这本书不纯粹是一部文学著作，而应该成为一部社会学著作，是一部历史之书，它融合了国家的革命史和改革开放史、地方的建设史、社会变迁史、乡土文化史，以及个人的奋斗史，让人们理解并懂得只有把个人的前途和命运与国家、民族的前途和命运紧紧地联系在一起，我们才能实现人生的价值和意义。

"一带"是作家的情怀，"二扎"是作家的行动，"三观"是作家的思想，缺一不可，它来源于我在神山村深入人民群众采访创作的实践，同时又指导着我的创作。当然，每一个作家都有自己采访创作的理念、方法和经验，以及自己的叙述方式，但我相信"作家到群众中去就能写出好文章"，这是优秀作家之所以写出优秀作品的共同的方法论，是社会调查的葵花宝典，也是文艺创作的金科玉律。

"脱贫攻坚题材报告文学创作工程"是一项具有历史和现实意义的文学创作项目，我为自己能够成为其中的一员深感荣幸和骄傲。值此机会，我要感谢中国作家协会的信任和扶植，感谢《人民文学》的推荐和托付，感谢井冈山人民的帮助和支持，也感谢《文艺报》给予我如此隆重的表达机会。

（本文原载《文艺报》2020 年 6 月 5 日，发表时有删节）

后记

乡愁不是愁

《神山印象：一个村庄的脱贫攻坚史》❶是一个脱贫攻坚的样本。它是文学，更是历史。

❶（以下简称《神山印象》）

2019年9月19日上午，中国作家协会10楼会议室，新朋旧友济济一堂。中国作家协会在这里举行"脱贫攻坚题材报告文学创作工程"启动仪式，组织25位作家深入全国二三十个省市区，集中采写一批反映脱贫攻坚战题材的长篇报告文学作品。中国作协主席铁凝、中国作协党组书记钱小芊出席会议，国务院扶贫办主任刘永富为我们做了一场精彩的全国脱贫攻坚形势报告。当天下午，在北京西直门国务院第二招待所，中国作协副主席李敬泽做了动员。从此，对我来说，脱贫攻坚战不再是远方的新闻，而是成为我的诗和远方。

国庆70周年大阅兵一结束，我就利用休年假的时间出发了，先回故乡安庆省亲，再去嘉兴瞻仰红船。10月10日，我抵达南昌，与江西高校出版社邱少华社长、詹斌副社长、社科图书出版中心主任邓玉琼等老朋友见面晤谈。在国务院扶贫办的帮助下，我事先已与江西省和井冈山市扶贫办取得了联系。第二天一早，詹斌就陪着我一道直奔井冈山。因为是第一次去井冈山，心中所有的向往都倍增了一种神圣的色彩。我知道，那是一种信仰的力量，也是一种敬畏的虔诚。

10月11日中午1时左右，我们抵达了井冈山。我没想到南昌距离井冈山有4个多小时的车程，即使一路上驾驶技术娴熟的司机黄兆道始终没有让其他车辆超过我们的七座车，这一路也显得尤为漫长。接待我的是扶贫办的职员罗相兰，一个十分腼腆的姑娘。细心的她已经安排好午饭，等着陪我去神山村。

因为策划出版过《井冈答卷》，詹斌曾多次来到神山村，对这里比较熟悉。客随主便，他安排我住进了神山村最高档的民宿"初心小院"。第二天一早，因为工作，他就匆匆赶回南昌了。随后的七天，我像一个打破砂锅问到底的人，搜索、寻访、聆听有关神山村的所有消息；又像一个捕鱼的渔夫，在神山这个方圆不过两公里的生活池塘里捕捞鲜活的鱼儿。因为有过同样农村生活的经历和经验，我和神山村的乡亲们朝夕相处、促膝交谈，高山流水、海阔天空、无拘无束，我仿佛回到了故乡。在那里，远离城市的喧嚣，我看见了城里人向往的蓝天白云，看到了城里人渴望的绿水青山，虽然不曾拥有"不知有汉，无论魏晋"的逍遥，也不能获得"悠然见南山"的惬意，但在神山乡亲们的客家话里我记得住乡愁了。

井冈山是中国革命的神山，是我心中向往的地方，此前我还没有来过。作为一名军人，我向往着能够早日完成这次"朝圣"之旅，但我没想到的是，第一次来井冈山竟然让自己的人生旅程与伟大的脱贫攻坚工作有了如此紧密的联系。对我来说，在没有参加这项创作工程之前，我从来没有想到，也从来没有想过，闻名天下的井冈山竟然是全国著名的贫困地区。要知道，井冈山的红米饭、南瓜汤,曾经滋养了一支人民的军队,壮大了一个人民的政党。井冈山也由此成为中国革命的摇篮,成为中国共产党人的精神高地,但它竟然也曾是一块经济发展的洼地。人们不禁要问——这是为什么?问题到底出在哪里?而在脱贫攻坚的战场上,井冈山人民在党和政府的领导下,又是如何打响脱贫攻坚的"第一枪",在全国第一个脱贫摘帽,率先实现致富奔小康的梦想的呢? 带着这些疑问,我来到了井冈山,走进了神山村,见到了神山人,听到了神山的声音,看到了神山的笑脸,找到了神山的答案。可以说,今天的农村早已不是一些作家作品中喃喃自语的乡村,也绝对不是用虚构的故事所能表达的乡村,它的丰富、博大、复杂更绝对不是很多人眼中的那些破败、灰色的愚昧和落后,今日的乡村已在脱贫攻坚中脱胎换骨、凤凰涅槃、转型重塑、换代升级。当然,在这个巨大的变化中,依然有许多恒常的、不变的、稳定的元素,这些元素或许就是中国的乡村文化。

在神山,乡亲们说起摆脱贫困的往事,正如电视剧《渴望》的主题曲所唱的那样:"悠悠岁月,欲说当年好困惑,亦真亦幻难取舍。悲欢离合都曾经有过,这样执着究竟为什么? 漫漫人生路,上下求索。心中渴望真诚的生活……故事不多,宛如平常一段歌,过去未来共斟酌。"在这里,我要向接受我采访的(按采访时间顺序排列)彭夏英、张成德、彭丁华、梁远斌、左秀发、左春云、罗林辉、彭长妹、左细英、李宗吾、黄甲英、左从林、袁夏英、彭展阳、赖志成、赖国洪、李石龙、彭青良、左炳阳、彭德良、李燕平、赖福山、赖发新、赖福洪、邹长娥、邹有福、罗节莲、彭水生、彭小华、胡玉保、罗林根、刘晓泉、康莉、王晓慧、兰树荣、黄承忠、彭长良、左香云、陈学林、刘晓农、罗相兰等同志,表达我最真诚的谢意和祝福。

习近平总书记说："我们实现第一个百年奋斗目标、全面建成小康社会，没有老区的全面小康，特别是没有老区贫困人口脱贫致富，那是不完整的。"从贫穷到富裕，再到奔小康，共同富裕，最后实现乡村振兴，这是一条艰难的道路，也是一条伟大的道路，这条道路的实现需要几代人的接力奋斗、持续奋进。在神山村的采访调查，更让我清晰地认识到，脱贫攻坚是乡村振兴的第一道坎，也是中华民族实现伟大复兴"中国梦"的关键。振兴中华，必须振兴乡村，实现乡村与城市的同步发展。这是脱贫攻坚伟大工程的历史意义和现实意义的根本所在。

如今，在脱贫攻坚战即将胜利、全面建成小康社会的关键时刻，党中央、国务院正在全力解决"两不愁三保障"问题，我们的国家也正在全面推进国家治理体系和治理能力现代化，"民亦劳止，汔可小康"的千年梦想将在我们这一代手中实现，中华民族将彻底解决千百年来存在的绝对贫困问题。这是多么的了不起！这是中国共产党带领中国人民为人类做出的巨大贡献！作为中国作家协会"脱贫攻坚题材报告文学创作工程"的一分子，用自己的笔为这个人类的伟大奇迹做一点记录员的工作，我深感自豪和光荣。在接受《文艺报》记者采访时，我说："这是一个为伟大时代立传、为后人留下民族复兴信史、为社会留下脱贫攻坚样本、向全世界讲好中国故事的伟大文学创作工程。"

同时，这次采访，对作家来说是一次真正的身心洗礼，它使我完成了一次文学价值观的重构。从采访调查到社会认知再到文本创作，我们用文学勇敢地对社会、对人民、对国家展现了审美的光芒和认知的力量，向读者更加真实地呈现了乡村的面貌。这是对那些貌似很新其实是沉渣泛起的非主流的、消费主义文学写作的回应。为此,我在今年 1 月 1 日《光明日报》发表了文艺评论《从"文字下乡"到"文学下乡"》,并在评论中对类似文学现象提出了批评。

如何把一个村庄的脱贫攻坚史写成一本书,写成一本历史之书?那就要求我必须做到一点:即面对神山村的乡亲们,我不仅仅只是一个记录者;面对读者,我不仅仅只是一个讲故事的人,我要做的是要把一个村庄的脱贫攻坚史融入一个国家的脱贫攻坚史,写出神山村乡亲们的精气神,写出一个民族的精气神。现在,《神山印象》这本书就摆在诸位读者的面前,摆在神山村乡亲们的面前,我想,它通过国家、地区、村庄乃至个人的革命史、建设史和奋斗史的历史回溯、现实分析,通过客观数据、典型事例、群众感受,讲出了井冈山人民勤劳奋斗、脱贫奔小康的故事,写出了脱贫攻坚战的暖色调、幸福感和历史感,可亲、可近、可感。

值得一提的是,就在脱贫攻坚战紧锣密鼓地进行时,新冠肺炎疫情暴发,一场疫情防控的人民战争总体战阻击战又迅速在全国打响。时值春节,我回故乡安庆过年,埋头创作。返京后,居家隔离整整 20 天,更促使我夜以继日集中精力,抓紧时间完成本书的写作。我已报名参加我们解放军新闻传播中心武汉抗疫一线报道团队,随时待命出征。因为疫情的影响,神山村的"红培"和旅游产业肯定也受到了冲击,但我想告诉神山村的乡亲们,不经历风雨,哪里见彩虹?未来已来,你们正在创造着新时代神山村的历史!我也时时刻刻牵挂着你们,祝福着你们,希望你们发扬井冈山精神,组织起来,团结起来,行动起来,因为明天的生活更美好!

在《神山印象》出版之际,我要感谢中国作家协会和国务院扶贫办,感谢铁凝、钱小芊、李敬泽、何向阳、李朝全、赵宁、刘诗宇、刘秀林等同志的关心和帮助,感谢《人民文学》杂志施战军、李兰玉同志的信任和帮助,感谢《文艺报》梁鸿鹰、王觅和《人民日报》(海外版)杨鸥、《光明日报》王国平、《文学报》张滢滢等同志的鼓励和支持,感谢井冈山丁仁祥、刘晓农同志为我提供历史资料,感谢江西省扶贫办龚亮保、姜道建的帮助,感谢井冈山市扶贫办的大力支持、协助审稿,感谢罗相兰同志的帮助,感谢江西高校出版社邱少华、詹斌、邓玉琼、李目宏、余国顺、曾文英、黄兆道等同人的信任和厚爱,是他们使得我的采访创作得以顺利完成,使得这本小书以最快的速度送达神山村乡亲们的手中,呈现在读者诸君的面前。我期待这本小书能得到您的喜欢。

习近平总书记说,让居民望得见山、看得见水、记得住乡愁。我希望并且相信,在《神山印象》里,望得见山、看得见水,也记得住乡愁。因为,那山是青山,那水是绿水,那乡愁不是愁,是神山的诗和远方……

2020 年 3 月 3 日于北京平安里